María Ospina Pizano
Für kurze Zeit nur hier

María Ospina Pizano

Für kurze Zeit nur hier

Roman

Aus dem Spanischen
von Peter Kultzen

Unionsverlag

Die Originalausgabe erschien 2023 bei Penguin Random House
Grupo Editorial S. A. S., Bogotá.
Die Übersetzung aus dem Spanischen wurde vom SüdKulturFonds unterstützt.
Der Übersetzer dankt dem Deutschen Übersetzerfonds für die Förderung seiner
Arbeit am vorliegenden Text.
Deutsche Erstausgabe

Im Internet
Aktuelle Informationen, Dokumente und Materialien
zu María Ospina Pizano und diesem Buch
www.unionsverlag.com

© by María Ospina Pizano 2023
Diese Ausgabe erscheint in Vereinbarung mit der
Casanovas & Lynch Literary Agency.
Originaltitel: Solo un poco aquí
© by Unionsverlag 2025
Neptunstrasse 20, CH-8032 Zürich
Telefon +41 44 283 20 00
mail@unionsverlag.ch
Alle Rechte vorbehalten
Umschlagmotiv: EyeSee Microstock;
Jana Asenbrennerova (beide Alamy Stock Photo)
Umschlaggestaltung: Peter Löffelholz
Satz: Fotosatz Amann, Memmingen
Druck und Bindung: CPI – Clausen & Bosse, Leck
www.unionsverlag.com/produktsicherheit
ISBN 978-3-293-00622-5

Der Unionsverlag wird vom Bundesamt für Kultur mit einem
Verlagsförderungs-Strukturbeitrag für die Jahre 2021–2025 unterstützt.

Auch als E-Book erhältlich

*Für Eleazar und alle seine Geschöpfe.
Für die Hunde, die mich schon als
kleines Mädchen aufgenommen haben.
Für den Scharlachkardinal,
der hoffentlich noch lebt.*

Leben wir wahrhaftig hier auf Erden?
Nicht für immer,
für kurze Zeit nur sind wir hier.
Jade splittert,
Gold zerbricht,
das Gefieder des Quetzal verschleißt.
Nicht für immer,
für kurze Zeit nur sind wir hier.
>   NEZAHUALCÓYOTL,
>   15. Jahrhundert

zepquasqua   gehend ankommen
>   *Diccionario y Gramática Chibcha*,
>   Anfang des 17. Jahrhunderts

Aufbrechen
heißt immer zerbrechen.
>   CRISTINA PERI ROSSI,
>   *Die Reise*

Monkeys, moose, cows, dogs, butterflies, buffaloes.
What we would give to have the ruined lives of
animals tell a human story – when our lives are in
themselves the story of animals.
>   OCEAN VUONG,
>   *On Earth We're Briefly Gorgeous*

Hündinnengespräch

Ep-quaque va vm nangaxin, vm suhucas inanga.
Wohin auch immer du gehst, ich muss dir folgen.
Gramática breve de la lengua Mosca, um 1612

Besonders hoch anschlagen und loben hörte ich an uns das gute Gedächtnis, unsre Dankbarkeit und unsre unverbrüchliche Treue, sodass man uns als Symbol der Freundschaft hinzustellen pflegt. Auch wirst du schon gesehen haben, wenn du je darauf geachtet hast, dass man auf Grabsteinen aus Alabaster, auf denen gewöhnlich die Bilder der Begrabenen zu sehen sind, Ehepaaren einen Hund zu Füßen meißelt, zum Zeichen, dass sie einander im Leben unverletzliche Freundschaft und Treue bewiesen haben.
MIGUEL DE CERVANTES,
Gespräch zwischen Cipion und Berganza, den Hunden des Auferstehungshospitals

Und in dieser verlorenen
Sommerstraße
ließ sie ein Stück ihres Lebens zurück
und ging fort.
HOMERO EXPÓSITO,
Blühender Orangenbaum

Ich hatte einmal zwei Hündinnen, die passten sehr darauf auf, dass alles gerecht geteilt wurde. Das Fressen, das Streicheln, die Privilegien. Tiere haben einen sehr ausgeprägten Gerechtigkeitssinn. Ich weiß noch, wie sie mich ansahen, wenn ich etwas falsch gemacht hatte, wenn ich sie ungerecht ausgeschimpft oder nicht Wort gehalten hatte. Sie legten dann einen derartigen Groll in ihren Blick, als könnten sie das einfach nicht fassen, als hätte ich ein heiliges Gesetz gebrochen. Von ihnen habe ich eine ganz grundsätzliche, offensichtliche Gerechtigkeit gelernt.

OLGA TOKARCZUK,
Der Gesang der Fledermäuse

Kati

Kati neigt den Kopf, stellt die Ohren auf und lauscht aufmerksam, wie immer, wenn sie versucht, ein Rätsel zu entschlüsseln.

»Lauf nach Haus, Süße«, befiehlt er in dem liebevoll barschen Tonfall, in dem er auch sonst mit ihr spricht. Gleichzeitig packen ihn die beiden Uniformierten unter den Armen und heben ihn hoch, er strampelt mit den Beinen in der Luft.

Sie legt den Kopf auf die andere Seite und bellt erneut. Wahrscheinlich weiß sie, dass sie schon zu Hause ist, auch wenn sie erst seit ein paar Tagen hier in diesem Park wohnen. Womöglich fragt sie sich, ob er die Gasse meint, in der sie bis vor Kurzem gelebt haben. Bevor sie und viele andere frühmorgens mithilfe von Wasserwerfern und Tränengas von dort vetrieben wurden.

Dass er so schreit, während die beiden Kerle ihn zu dem Transporter schleppen, macht sie offenbar nur noch wütender. Von dem heiseren Gebell, mit dem sie in den Lärm einstimmt, füllt sich ihr Maul mit Geifer. Sie will sich auf einen der Männer stürzen, hält aber zuletzt im Sprung inne, um dem Fußtritt auszuweichen.

»Pass auf dich auf, Katica, und wart auf mich zu Haus, ich bin bald wieder da«, bittet der Festgenommene, während sie ihn in den Laderaum des Transporters verfrachten. Das Blinklicht lässt blaue Funken auf die Straße regnen. »Dauert nicht lange, Kleine, ehrlich. Verlass dich drauf. Und jetzt ab, nach Haus!«

Kann sein, dass Kati ihn nicht mehr hört, als die Männer die Tür zumachen. Sie rennt auf den fortfahrenden Wagen zu und hetzt über zwei Querstraßen hinter ihm her, als glaubte sie, ihn durch ihren Mut aufhalten zu können; als wäre sie überzeugt, der Wagen zerfiele durch ihr Gebell in seine Einzelteile.

Als sie feststellen muss, dass sie auf die Dauer nicht mithalten kann, weiß sie offensichtlich nicht, wohin mit ihrer Wut. Sie kann gerade noch einem Motorrad ausweichen. Vom einsamen Bürgersteig aus bellt sie weiter. Ihr Nackenhaar sträubt sich, vielleicht vor Zorn. Womöglich verdichtet sich in ihren Backenzähnen auch die Gier, jemanden zu beißen. Sie knurrt, aber davon bekommt kein Mensch etwas mit, denn um diese Uhrzeit ist auf den Straßen im Zentrum so gut wie niemand unterwegs.

Ab und zu gibt sie noch ein zorniges Bellen von sich – innerlich ist sie weiterhin in Aufruhr –, aber dann scheint sie sich an seinen Befehl und sein Versprechen zu erinnern und kehrt zurück. In ihr jetziges Zuhause, am Fuß des jungen Guajakbaums im Park, wo er frühmorgens immer den Karren abstellt, die Plastikplanen ausbreitet und die Hütte aus Pappkartons aufbaut, in der die beiden der Müdigkeit und der eisigen Kälte trotzen.

Sie zieht die Füße an und rollt sich zwischen den Decken zusammen, als wollte sie sich an die Wärme klammern, die er dort hinterlassen hat, bevor sie ihn verschleppten. Sie schläft aber nicht ein, obwohl sie von dem gewohnten nächtlichen Umherstreifen müde sein müsste. Sie hechelt, an der Hitze jedoch liegt das wohl kaum. Sie hält den Blick wachsam auf die Ecke gerichtet, hinter der er verschwunden ist, als wollte sie den Moment, in dem er wiederauftaucht, keinesfalls verpassen. Mehrere Männer kommen mit ihren Karren von der Arbeit zurück und stellen sie in der Nähe ab. Auch sie mussten sich schleunigst davonmachen, als an jenem Morgen die Wasserwerfer angefahren kamen, um ihre Unterkünfte zu zerstören. Es sieht so aus, als würde die Hündin sie wiedererkennen. Auch die Frau, die immer um diese Uhrzeit ihren Maisfladen-Stand vor dem Hotel aufbaut, das immer geöffnet hat. Vielleicht nimmt Kati den Duft nach brauner Butter und Käse wahr und mag das. Das Geknatter der klapprigen Autobusse und der Staub, den sie aufwirbeln, kündigen den Tag an. Geruch nach Regen macht sich breit, nach durchsichtigen Wolken, die den Boden streifen, und Kati zieht sich ein Stück unter den Karren zurück, aber ohne die Ecke aus den Augen zu lassen, wo er mitsamt seinem Versprechen verschwunden ist.

Von früh auf hat sie gelernt, das Haus gegen Diebe zu verteidigen. Die Kartons und Dosen, die Decken, das Radio, die Brotbeutel, die Wasserflaschen, die Kiste, in der er die Essensreste für sie aufbewahrt, die Gummistiefel und den Regenmantel für plötzliche Güsse, das Werkzeug und die Schnur, die Säcke mit Recyclingmaterial und die Plastikplanen, die sie vor Kurzem bei einer Baustelle geschenkt bekommen haben. Sie weiß, wie man das Fell sträubt, die behaarten Lippen schürzt, die Zähne fletscht und bellt, um Gegner einzuschüchtern. Diesmal muss sie aber niemanden beißen. Die beiden Kerle, die den Karren umkreisen, entfernen sich, als sie merken, dass Kati aufmerksam Wache hält. Dann kommt der hinkende weiße Hund. Ein uralter Freund und Nachbar, der inzwischen auch in den Park umgezogen ist. Begeistert beschnuppern sie ihre Flanken und reiben sich aneinander, als wollten sie buchstäblich mit Haut und Haaren von den Abenteuern ihrer nächtlichen Streifzüge über den Asphalt berichten. Sein Anblick scheint sie ein wenig zu trösten. Gut möglich, dass er auf seine Weise wahrnimmt, was ihrem Kummer zugrunde liegt.

Am späteren Vormittag beißt Kati gierig die Tüte auf, in der der Mann das Essen aufbewahrt, das er von Restaurants und Läden für sie bekommt. Hastig verschlingt sie die zähe Pampe. Da ihr Trinknapf leer ist, macht sie sich auf den Weg zu einigen nahe gelegenen Pfützen. Am Fuß der Rutsche auf dem Spielplatz hat sich Wasser angesammelt. Nachdem sie ihren Durst gelöscht hat, kehrt sie eilig zum Karren zurück. Die Geschäfte haben bereits geöffnet. Das Geräusch vorbeifahrender Autos mischt sich mit den Stimmen der Straßenverkäufer, die sich auf den Gehwegen niederlassen und durch Lautsprecher darum bitten, dass man ihre Avocados, Pfirsichpalmfrüchte, Schlösser, Handy-Ladegeräte oder Hausschuhe zum Sonderpreis kauft.

Als der Abend kommt, die Berge sich verdunkeln und nicht mehr so viele Leute unterwegs sind, brechen die Männer aus dem Park mit ihren Karren auf. Kati springt auf ihr Gefährt, das in diesem Augenblick eigentlich von ihm gezogen werden müsste, und schnüffelt an den dort liegenden Tüten. Eine davon enthält Toastbrot – wahrscheinlich ist ihr klar, dass es eigentlich nicht für sie bestimmt ist. Vielleicht wundert sie sich, dass der Tag so ruhig zu Ende geht, wo es doch sonst in diesem Moment erst losgeht. Als sie wieder zwischen den Decken liegt, wird sie schläfrig, öffnet aber jedes Mal die Augen, wenn ein seltsames Geräusch den Motorenlärm, das Gehupe und die Musik unterbricht, die noch immer aus manchen Häusern dringt. Manchmal lässt sie den Blick wieder zu der Ecke wandern, möglicherweise in der Hoffnung, dass er endlich erscheint. Sie sieht dort während der ganzen Nacht jedoch nur einen Hund, der zwischen dem verstreuten Müll herumschnüffelt, vier Männer, die mit ihren voll beladenen Karren zurückkehren, und mehrere Leute, die das Hotel betreten oder verlassen. Womöglich vermisst sie das Umherstreunen auf der Straße, deren harte Oberfläche von ihren Pfoten abgefedert wird, oder das fröhliche Beschnuppern des Abfalls, den die Stadt an jeder Ecke anbietet. Es könnte aber auch sein, dass ihr etwas ganz anderes fehlt.

Gegen Mittag des nächsten Tages schüttelt sie sich und bricht auf, um eine Runde zu drehen, vielleicht ist sie hungrig, zu essen findet sie jedenfalls auf dem Karren nichts mehr. Wenn er sie sähe, würde er merken, dass sie nicht so mutig und entschlossen dahintrabt wie sonst, dass sich etwas Zurückhaltend-Zögerliches in ihre Bewegungen eingeschlichen hat. Wenn er sie sähe, würde ihm ihre steife Nase auffallen, vom Kranksein und vom Unglück ist sie rau und trocken.

Sie ergattert zwei Hühnerknochen in der Cafeteria gegenüber vom Park, wo er immer nach Resten für sie fragt. In einem anderen Moment hätte sie gewartet, bis sie wieder auf dem Karren ist und die Knochen dort in Ruhe abgenagt. Diesmal zerbeißt sie sie aber gleich an Ort und Stelle mit gierigen Zähnen. Dann biegt sie um die Ecke und läuft in Richtung der Berge, die das Straßengewirr, in dem die beiden normalerweise umherstreifen, begrenzen. Anders als sonst, wenn sie mit ihm unterwegs ist, scheuert sie sich diesmal nicht irgendwo an einer Ecke genüsslich den Rücken. Sie sucht nach den Resten, die der vorbeifahrende Müllwagen zurückgelassen hat, aber andere sind ihr zuvorgekommen und haben alles Essbare verzehrt.

»Kati!«

Munter läuft sie auf die Frau zu, die an der Ecke steht und fegt, um an der Tüte auf dem Boden zu schnuppern. Mit gieriger Begeisterung verschlingt sie die Knochen und den Reis, den die Frau ihr von zu Hause mitgebracht hat. Als sie fertig ist, beschnüffelt sie die Tüte noch einmal, als bäte sie um mehr.

»Du sagst ja nicht mal Guten Tag, bist du so hungrig? Na komm, zeig, dass du eine brave Hündin bist, und sag schön Hallo, wie es sich gehört.«

Die Straßenfegerin krault ihr den glänzenden Rücken, und Kati leckt an ihrem abgewetzten Handschuh.

»In der letzten Zeit treibst du dich gern ein bisschen rum, was?«

Kati wedelt mit dem Schwanz und drängt sich zwischen die Beine der Frau, die sie liebkost.

»Ja, meine Schöne, bist doch die Hübscheste von allen. Und wo hast du deinen Papi heute gelassen? Sag Luis, er soll nicht so faul sein, ich hab ihn schon seit Tagen nicht mehr gesehen!«

Von der liebevollen Zuwendung scheint es Kati gleich ein bisschen besser zu gehen. Sie setzt ihren Weg fort, zu dem Platz, wo sie nachmittags immer mit ihm hingeht. Sie hat schon früh von ihm gelernt, sich während seiner Streifzüge durch die Gassen rund um die Kathedrale beim Justizpalast niederzulassen, in der Gewissheit, dass er, wie versprochen, irgendwann zurückkehrt. Sie hat gelernt, es sich hinter dem Schild, das er auf den Bürgersteig stellt, bequem zu machen. Den Spendenteller zu bewachen, auf den ab und zu eine Münze fällt, und zu warten, bis er mit dem Karren voll Blechdosen und Kartons zurückkommt und sie für ihre gute Arbeit beglückwünscht. Heute wird der gewohnte Ablauf jedoch von lautem Geschrei unterbrochen. Eine Mauer aus Menschen, die springen, pfeifen und johlen, versperrt ihr den Durchlass zur anderen Platzseite.

»Wir sind Studierende! Wir wollen hier studieren! Verschleudert unser Geld nicht mit Kriegen!«

Spürt Kati das Vibrieren der laut dröhnenden Trommeln an ihren Fußballen? Die Pfiffe und Rufe aus Hunderten von Mündern scheinen sie jedenfalls zu verwirren. Möglicherweise gibt sie sich für einen Augenblick der Illusion hin, er könne sich irgendwo inmitten der lärmenden Menge befinden, ebenso gut möglich aber, dass sie nicht weiß, wo sie mit der Suche nach ihm anfangen soll. Kurzerhand schlängelt sie sich zwischen den Beinen der Menge hindurch, bemüht, den Tritten und Sprüngen auszuweichen und so schnell wie möglich einen Ausgang aus diesem Wald erhitzter Gliedmaßen zu finden. Ihre Schnauze ist unermüdlich damit beschäftigt, an jedem ihr in die Quere kommenden Bein zu schnuppern, immer noch hoffend, ihn unter den protestierenden Körpern ausfindig zu machen, die den Platz erbeben lassen.

»Bildung ist ein Recht und keine Ware! Hört her, ihr Polizisten, wir sind keine Terroristen!«

Auf der kotverdreckten Bolívar-Statue sitzen nicht wie üblich Tauben, die sie so gerne aufscheucht, sondern Fahnen schwenkende Personen. Irgendwann erreicht Kati eine freie Stelle an der Ecke der Kathedrale. Dort haben Polizisten sich hinter einem Wall aus dicken Kunststoffschilden verschanzt. Wer weiß, ob Kati erstaunt darüber ist, dass anstelle ihrer Gesichter riesige Helme zu sehen sind, in denen sich die erregte Menge und die von ihr aufgewirbelten Staubwolken spiegeln. Vielleicht spürt sie den Hochmut, der aus den Öffnungen in den Uniformen hervordringt. Womöglich erinnert sie sich daran, dass genau solche Männer sie und ihn aus der Straße vertrieben haben, die ihr ganzes bisheriges Leben ihr Zuhause gewesen war. Mit jedem Bellen scheint sie sie zu verfluchen. Bis ein Tritt sie weit wegstößt. Niemand hört ihr kurzes Aufjaulen. Niemand nimmt wahr, dass sie verängstigt durch die Carrera Séptima davonläuft, gegen den Strom und erneut den Menschen ausweichend, die wütend auf den Platz zustürmen, ohne sich vom Tränengas aufhalten zu lassen.

Sich dicht an den Hauswänden haltend, als wollte sie Schutz suchen, biegt sie bei der ersten Möglichkeit ab. In dieser Straße sammelt er immer große Mengen Karton und Papier ein und wirft sie auf den Karren. Von hier aus treten sie auch jedes Mal den Rückweg nach Hause an – das war schon bei ihrem früheren Zuhause so, und sowohl das alte als auch das neue befinden sich nicht weit entfernt. Sie schüttelt sich ein paar Mal, als wollte sie die menschlichen Ausscheidungen loswerden, die sich in ihrem Fell festgesetzt haben. Direkt anschließend nimmt sie ihren gewohnten entschlossenen und leichten Gang wieder auf, als hätte sie keine Zeit, sich erst einmal von dem Fußtritt des Polizisten zu erholen. Sie richtet den Schwanz auf. Vor dem Haus, das seit Monaten von mehreren Emberá-Familien besetzt wird, bleibt sie kurz stehen. Doch anders als sonst findet sie rings um den Gummibaum, der aus dem Asphalt hervorwächst, keine von den Indigenen für sie bereitgestellten Essensreste vor.

Geschickt umkurvt sie die Busse und Autos, die sich auf der am Park entlangführenden Straße stauen. Möglicherweise sichtet sie dabei irgendwann den leeren Karren. Diesmal läuft sie aber einfach daran vorbei und überquert die nächste Straße, vielleicht, weil sie das Gefühl hat, der Mann könnte in ihrem früheren Zuhause auf sie warten. Dass auf den angrenzenden Straßen so wenige Menschen unterwegs sind, müsste sie wundern. Unter Umständen überrascht sie auch der Geruch nach abgestandenem Staub, der sich dort auf einmal so deutlich bemerkbar macht. Sie hält an und pinkelt an ein riesiges Schild, auf dem steht:

> HIER ENTSTEHT DAS NEUE KUNST-
> UND KREATIVQUARTIER.
> BOGOTÁ WIRD IMMER BESSER –
> FREU DICH DRAUF!

Sie trottet einfach unter dem gelben Absperrband hindurch, das Fußgängern anzeigt, dass der Durchgang hier verboten ist, und schlüpft durch eine kleine Öffnung in der Wand aus blauen Plastikplanen. Dahinter verbirgt sich die Straße, in der sie aufgewachsen ist. Aufmerksam betrachtet und beschnüffelt sie die ockerfarbenen Erdhaufen und die Staubansammlungen, die die Maschinen hinterlassen, die sich in diesem Augenblick über die letzten noch verbliebenen heruntergekommenen Gebäude hermachen. Sie hält nach einem Ort Ausschau, wo sie vor den Baggern und Planierraupen sicher ist, die eifrig Dächer zertrümmern, Schutt vor sich herschieben und Wände einreißen, auf die scheinbar niemand Anspruch erhebt. Hastig überquert sie die leer geräumte Fläche vor ihr und steuert einen Trümmerhaufen an, der sich an der Stelle ihres einstigen Hauses erhebt. Unterwegs bleibt sie zwei Mal stehen und leckt an ihrer von einem Stück Blech aufgeschnittenen Pfote. Mühsam erklimmt sie den Ruinenberg und lässt sich auf einem Brett nieder, von dem aus man die ausgedehnte Abrisslandschaft überblickt. Wenn er sie sähe, würde er erkennen, dass sich hinter ihrem herausfordernden Blinzeln traurige Mutlosigkeit verbirgt.

Viel zu spät wendet sie den Kopf, um zu sehen, wer da von hinten über sie herfällt. Zwei maskierte Männer legen ihr ein Seil um den Hals, knurrend bäumt sie sich auf, um zu verhindern, dass sie die Schlinge zuziehen – aber die beiden sind schneller.

»Ein Weibchen. Ganz ruhig, keiner tut dir was, meine Liebe.«

Aufgeregt dreht und windet sie sich in dem Versuch, die Schlinge zu lösen, in der sie gefangen ist. Als die beiden Männer sie in Richtung des bereitstehenden Transporters zerren, stemmt sie die Füße in den Boden und reißt sich an den Glassplittern und dem rauen Holz die Ballen auf. Obwohl das Seil ihr die Luft abschnürt und sie husten muss, gelingt es ihr, mehrfach ein wütendes Knurren von sich zu geben. Es verrät, wie viel Groll sich in den letzten Tagen in ihr angestaut hat. Vielleicht ist es das letzte Mal, dass sich auf diesem verwüsteten Gelände ein so heftiger Zorn Bahn bricht. (Später, an einem weit entfernten Ort, wird sie auf der Suche nach einem anderen Unterschlupf erneut ihrer Wut freien Lauf lassen. Davon weiß sie aber noch nichts.)

Im Transporter stimmen drei in einem Käfig sitzende Katzen miauend in ihren Protest ein, während die Männer, Katis schnappenden Zähnen ausweichend, ihr einen Maulkorb anlegen, sie in den Laderaum hieven und die Tür schließen.

Mona

So, bleib schön hier sitzen, du wirst schon sehen, dich nimmt bestimmt wer mit.«

Mona versucht, sich von der Leine loszureißen, mit der sie an dem Gitter angebunden ist, als sie sieht, dass die Frau, die ihr immer Befehle erteilt hat, ins Auto steigt und die Tür zumacht. Sie will zu ihr laufen, wird von der Fessel aber zurückgerissen. Während der Wagen zwischen anderen Autos außer Sicht gerät, bellt sie wie verrückt, der Lärm verhallt jedoch in der Luft des späten Nachmittags. Zwei Frauen, die auf der angrenzenden Caféterrasse sitzen und essen, wechseln unwillig den Tisch. In dem in Blüte stehenden Park gegenüber dringen dröhnend laute Stimmen aus mehreren Lautsprechern. Vor einem riesigen Bildschirm hat sich eine Menschenmenge angesammelt, die ein Fußballspiel verfolgt.

Mona steht starr da – die Leine straff gespannt –, jault und hechelt abwechselnd. In ihrem Inneren scheinen sich die Fragen nur so zu überstürzen. Wer auch immer auf dem Bürgersteig an ihr vorbeigeht, wird beschnuppert. Sie verfolgt genau, wer aus dem Café kommt, und behält alle Autos, die in der Nähe anhalten, wachsam im Auge. Womöglich hegt sie die Hoffnung, es könne jemand kommen und sie wieder abholen. Jedes Mal, wenn das Geschrei der Sportfans lauter wird, und sie jault, wirkt es, als verabschiede sie sich von ihren letzten Gewissheiten.

Nach und nach gehen die Menschen fort, und die Kälte gleitet von den Bergen herab. Da streckt Mona sich endlich auf dem Boden aus. Wer weiß, ob ihr schnelleres Hecheln anzeigt, dass ihr allmählich die Geduld ausgeht. Obwohl sie, als braver Wohnungshund, von früh auf ans Warten gewöhnt ist. Sie verfolgt aufmerksam, wie es langsam dunkel wird. Und sie nimmt genau wahr, wie sich später die Terrasse neben ihr leert und die Lichter der umliegenden Cafés und Restaurants gelöscht werden. Aus der Ferne beobachtet sie auch, wie mehrere Männer den Bildschirm abbauen und anschließend abtransportieren. Der Verkehrslärm, der ein wenig abgenommen hat, scheint ihr nichts auszumachen. Manchmal wimmert sie leise, vielleicht auch fragend, was den Eindruck vermittelt, sie sei sich nicht mehr sicher, ob überhaupt jemand Notiz von ihr nimmt, und finde sich allmählich mit der Abwesenheit einer bestimmten Person ab.

Der letzte Mensch, der aus dem Café kommt, tritt auf sie zu. »Was machst du denn hier, um die Uhrzeit? Wo ist dein Herrchen?«

Mona steht rasch auf und beäugt die Frau misstrauisch, die die Cafétür abschließt und sich danach eine Zeit lang – vergeblich – auf der Straße umsieht. Schüchtern riecht Mona an der Hand, die die Frau ihr an die Schnauze hält, als wollte sie ihre Friedfertigkeit auf die Probe stellen, und weicht ein Stück zurück.

»Na so was. Wer hat dich denn hier angebunden? Bist du schon lange hier?« Von Mona betrachtet, geht die Frau davon, bleibt dann aber noch einmal stehen. »Keine Sorge, bestimmt kommt gleich jemand und holt dich.« Die Frau geht weiter, dreht sich noch zweimal um und verschwindet schließlich.

Mona lässt sich wieder neben der Mauer nieder. Sie rollt sich zusammen und zieht die Vorderpfoten ein, um sie vor der nächtlichen Kälte zu schützen, die ihr buchstäblich auf den Pelz rückt. Von ihrem Warteposten aus entdeckt sie irgendwann zwischen den Bäumen im Park zwei Müllsammlerinnen, die die Abfalleimer durchwühlen und liegen gebliebene Dosen einstecken. Wie sie auch mitbekommt, dass in den umliegenden Gebäuden drei Wachleute ihre Schicht antreten, während deren Kollegen nach beendigter Arbeit davongehen. Zeitweilig schließt sie die Augen, aber wer weiß, ob sie sich dabei ausruht. Ihre Sorgen scheinen zu groß, als dass sie entspannt vor sich hinträumen könnte. Vielleicht hat sie das frühmorgendliche Lärmen der Spatzen und Amseln noch nie so deutlich wahrgenommen wie dieses Mal, schließlich ist sie seit Geburt daran gewöhnt, im schallgeschützten Inneren eines mit Teppichen ausgelegten Hauses aufzuwachen. Als es langsam hell wird, fängt sie an, an der Leine zu knabbern, so hingebungsvoll, wie sie sich als noch ganz junge Hündin gegen das Angebundensein auflehnte. Sie beißt so lange mit ihren kräftigen Reißzähnen auf der Plastikschnur herum, bis sie sie durchgekaut hat.

Wieder frei, schüttelt sie sich, sodass die Tautropfen zur Seite fliegen, überquert die Straße und betritt den Park, wo um diese Uhrzeit noch kein Mensch unterwegs ist. Sie pinkelt in die Furchen zwischen den blühenden Schmucklilien. Sucht in den Pappbechern, die die Leute auf der Wiese liegen gelassen haben, nach Wasser. Leckt die Krümel auf einem Plastikteller auf, den sie unter der Schaukel findet. Eine Weile schnüffelt sie zwischen den Bäumen herum, doch anders als bei ihren bisherigen Parkausflügen wird daraus keine fieberhafte Fährtensuche, die sie stundenlang fortsetzen könnte, wenn es nach ihr ginge. Im Gegenteil, obwohl sie zum ersten Mal völlig frei umherstreunt, kehrt sie schon bald zu dem Gitter zurück, wo die durchgebissene Leine sie erwartet.

»Du bist ja immer noch da!« Die Frau vom Abend davor taucht auf, nachdem sich der morgendliche Lärm gelegt und sich die Kälte wieder in die Berge zurückgezogen hat. Mona scheint sie zu erkennen, denn diesmal ist ihr Schwanz nicht ganz so steif, als sie, wie zur Begrüßung, auf sie zugeht. »Du Ärmste, wie können sie dir bloß so was antun!«

Mona lässt zu, dass sie ihr die Rippen tätschelt und den Rest der Leine abnimmt, der noch um ihren Hals hängt und ihre Verlassenheit hervorhebt. Wer weiß, ob sie etwas von dem Schmerz und den Schuldgefühlen spürt, die der Frau bis heute die Brust abschnüren. Vierzehn Jahre ist das jetzt her, seit man sie mit dem Tod bedrohte, sie aus dem Dorf nach Bogotá fliehen und ihren Hund dabei zurücklassen musste. Mona sieht zu, wie sie das Café betritt, die Fenster öffnet, die Terrasse fegt und die Tische zurechtrückt. Gierig verschlingt sie zwei harte Brötchen aus Maniokmehl, die die Frau ihr gibt, und trinkt aus der vor ihr abgestellten Wasserschüssel.

Mal sitzt sie da, mal liegt sie flach auf dem Boden. Doch wer immer das Café betritt, wird aufmerksam von ihr gemustert, selbst wenn er oder sie keinerlei Notiz von ihr nimmt. Manchmal wendet sie den Blick auch einem der Hunde zu, die, von ihren Besitzern an der Leine gehalten, zufrieden an ihr vorbeispazieren. Womöglich wird ihr klar, wie leer ihr Magen ist, als sie den Geruch von frischem Brot und Fleisch wahrnimmt, das die Leute auf den umliegenden Restaurantterrassen verzehren. Vielleicht mischen sich in ihrer Schnauze auch die Düfte der Seifen und Parfüms mancher Passanten. Und wer weiß, ob sie darunter nicht auch die blumigen Aromen wiedererkennt, mit denen die Frau, die sie hier ausgesetzt hat, sich morgens einrieb. Mehrmals erhebt sie sich und überquert die von Autos verstopfte Straße, um im Park frische Duftmarken zu beschnuppern. Sie kackt neben einem gerade erst gepflanzten Gummibaum. Um die selbstgefälligen Hunde, die hier spazieren geführt werden, kümmert sie sich nicht. Mit vollem Magen und in Begleitung ihrer Herrchen und Frauchen halten sie entspannt die Nase in den Wind, genau wie sie früher. Einem kleinen Jungen, der seinem Kindermädchen entwischt und auf sie zuläuft, um sie zu streicheln, weicht sie aus. Zu anderen Zeiten hätte sie ihm bereitwillig ihren braunen Rücken dargeboten, jetzt aber scheint sie zu solchen Unterwerfungsgesten nicht mehr bereit zu sein. Hastig zerbeißt sie die Hühnerknochen, die mehrere Bauarbeiter bei ihrer Mittagspause auf den Rasen geworfen haben. Zwischendurch kehrt sie immer wieder zu der staubigen Stelle neben dem Gitter zurück, als könnte sie bloß dort darüber nachdenken, wie und wann sie aus ihrer Einsamkeit erlöst wird.

Am Abend erscheint erneut die Frau aus dem Café. Mit wenigen ausgehungerten Bissen verleibt Mona sich das alte Brot ein, das sie mitgebracht hat. Von ihr lässt sie sich auch streicheln, reibt dabei die Rippen an ihren Beinen. »Aber warum haben sie dich einfach hier allein gelassen?« Schüchtern klopft Mona mit dem Schwanz und lässt sich schließlich auf den Pappstücken nieder, die die Frau für sie auf den Boden legt. »Wenn morgen immer noch niemand da war, lassen wir uns was einfallen. Keine Sorge, das bekommen wir hin. Aber wer weiß, vielleicht taucht ja doch gleich jemand auf und holt dich ab, du wirst schon sehen.« Mona leckt der Frau die von blauen Adern durchzogenen Hände ab, als diese versucht, sie an der Brust zu kraulen. »Bleib schön hier sitzen.«

Was ist das für eine Kraft, die sie zurückhält und nicht zulässt, dass sie der Frau hinterherläuft, während diese sich immer weiter von ihr entfernt? Sie döst auf ihrem neuen Bett ein, bis ihr irgendwann Regentropfen über die Schnauze rollen. Sie geht zu dem nahe gelegenen Laden unter das schützende Vordach. Vielleicht ist sie überrascht und bellt deshalb die bleichen Körper an, die jenseits des Schaufensters wie gelähmt ihre Bikinis zur Schau stellen. Schon bald scheint sie sich aber an die steife Gesellschaft zu gewöhnen, denn sie streckt sich vor ihr auf dem Beton aus und schläft ein. Als der Regen kräftiger wird und eine sich ausbreitende Pfütze an ihren Vorderpfoten leckt, steht sie auf und zieht in den Eingangsbereich des angrenzenden Gebäudes um. Ein Wachmann beleuchtet sie von der anderen Seite der Glastür aus mit seiner Taschenlampe. Vermutlich entschlossen, nicht noch einmal die Unterkunft zu wechseln, ignoriert sie ihn und legt sich, eng an die Wand gepresst, hin, als der Mann im Inneren des Gebäudes verschwunden ist.

Bei Tagesanbruch wird sie von einer Putzfrau geweckt. »Weg hier! Aber schnell! Und lass dir bloß nicht einfallen, noch mal den Eingang zu verdrecken!«

Mona macht sich davon, vielleicht hat sie Angst vor dem Regenschirm, mit dem die Frau vor ihr herumfuchtelt. Auf der Suche nach etwas Essbarem geht sie in den Park hinüber, findet aber nichts. Der Hunger, der in ihren Eingeweiden rumort, verwirrt sie möglicherweise. Sie pinkelt und kehrt zum vertrauten Gitter zurück. Die Pappkartons sind vom Regen durchweicht. Sie trinkt etwas Wasser aus der Schüssel, die sich während des Unwetters gefüllt hat. Dann legt sie sich auf die feuchte Fußmatte vor der Cafétür und leckt sich die Pfoten, das hat sie schon als ganz kleine Hündin gerne gemacht.

»Aber du bist ja immer noch da! Was machen wir denn jetzt mit dir?« Mona stürzt sich auf die Portion Reis mit Rippenknochen, die die Frau von zu Hause für sie mitgebracht hat. Sie wedelt mit dem Schwanz, als die Frau neben dem Gitter eine Plastikplane ausbreitet und mehrere Zeitungen darüberlegt. Danach nähert die Frau sich wieder der Tür, Mona blickt sie flehend an. »Hier rein nicht, meine Liebe, tut mir leid, aber das darf ich nicht. Sei schön brav und warte draußen, auf deinem neuen Bett, mir fällt schon was ein. Und jetzt entschuldige mich bitte.«

Noch eine Weile steht Mona vor der Glastür. Sie stellt die Ohren auf. Es ist, als wollte sie ihr Spiegelbild in Augenschein nehmen, vielleicht kommt es ihr anders vor als das von dem riesigen Badezimmerspiegel in ihrer einstigen Wohnung. (Erst viele Jahre später und weit von hier entfernt wird sie sich wieder in einem so klaren Spiegel betrachten können.) Wie aus Enttäuschung lässt sie den Schwanz hängen. Bis sie zu den Zeitungen zurückkehrt, auf denen es sich in jedem Fall angenehmer liegt als auf dem nassen Beton. Vielleicht fügt sie sich ihrem Schicksal, oder sie ist einfach nur müde – oder beides. Sie mustert weiterhin die Leute, die an diesem wolkenverhangenen Tag vorbeigehen oder das Café betreten. Sobald irgendwo eine Autotür zufällt, fährt sie erschrocken zusammen. Wer sie kennt, würde sagen, dass die Entbehrungen und der Kummer in ihren Augen immer deutlicher zu sehen sind.

Als die Frau am Mittag wieder zu ihr kommt, legt Mona sich auf den Rücken, um sich von ihr am Hals kraulen zu lassen. Es ist, als wolle sie sie bitten, einen Liebespakt mit ihr zu schließen. »Ich weiß ja, dass du traurig bist. Was für eine Schande, wie können sie dich bloß so allein lassen?« Die Frau geht in die Hocke und lässt die Hand bis zum fleckigen Bauch der Hündin hinunterwandern. Mona schaut in die Ferne, während sie der Frau mit ihrer kräftigen Pfote auf den Arm klopft, als flehte sie sie an, nie mehr aufzuhören. Wer weiß, vielleicht erinnert sie sich an das Kind, mit dem sie zusammengelebt hat. Es hat sie immer auf diese Weise verwöhnt und dabei ihre weichen Zitzen gestreichelt, die niemals Milch geben werden.

Da spürt sie plötzlich einen leichten Ruck, etwas zieht sie am Hals. »Komm mit, Kleine, das wird dir guttun. Los, steh auf. Bitte tu, was ich dir sage.«

Mona lässt sich von der Frau an der Leine führen, die sie ihr angelegt hat, sie scheint aber zu zögern, als hinderte eine frühere Anhänglichkeit sie daran, ihr zu folgen. Ein Mann hilft der Frau, die Hündin in den Laderaum des Autos zu hieven. Vielleicht wundert sich Mona, dass sie hineingehoben wird – in das Auto der Frau, mit der sie bis vor ein paar Tagen zusammengelebt hat, ist sie immer allein hineingesprungen. Dass sie so von dieser feuchten Straße voller verdächtiger Erscheinungen wegkommt, erleichtert ihr das Ganze möglicherweise. Jedenfalls protestiert sie nicht im Geringsten, hat allerdings den Schwanz eingezogen. Ob sie glaubt, dass man sie nach Hause bringt? Oder zweifelt sie daran?

»Lass dir's gut gehen, hörst du? Du bist eine tapfere Hündin, und ich weiß, dass jemand kommen wird, der dich lieb hat, ganz bestimmt. Ich hab dich natürlich auch lieb, so ist das nicht, aber du wirst schon sehen, alles wird gut.« Vielleicht merkt Mona, dass der Frau die Stimme versagt. Bevor sie die Tür zumacht, fordert sie sie auf, sich hinzulegen, aber Mona bleibt stehen, obwohl sie mit ausgestreckten Beinen in dem kleinen Innenraum kaum Platz findet, so als könnte sie ihre Lage nicht fassen. Wer weiß, ob nicht eine Unmenge Fragen in ihr aufsteigen, während sie die Frau anstarrt, die ihr zum Abschied durchs Fenster zuwinkt. Zum Beispiel: wie das sein kann, oder wo das Haus ist, von dem man ihr einst versprochen hatte, es sei auch das ihre. Oder wer dieser Mann ist, und ob man sie jetzt verschleppt oder ihr hilft. Aber wo könnten ihre Fragen Gehör finden? Sie erschrickt, als laute Salsatrompeten und -trommeln aus den Lautsprechern zu hören sind, kaum dass der Motor anspringt. Draußen auf der Straße nimmt niemand ihr heiseres Bellen wahr, das sie von sich gibt, als man sie fortbringt.

HUND 127 (WEIBLICH / JUNG / ENTWURMT / GEIMPFT / KASTRIERT / GECHIPT) – LADY
HUND 128 (WEIBLICH / JUNG / ENTWURMT / GEIMPFT / KASTRIERT / GECHIPT) – REINA

Als das Geräusch der Eisentür ankündigt, dass jemand hereinkommt, wacht zuerst Kati auf. Dann schlägt auch Mona die Augen auf. Sie wirkt verwirrt und bedauert offenbar, dass die andere sich so plötzlich von ihrer Seite entfernt, über ihre Beine hinwegsteigt und das warme Knäuel auflöst, in dem sie sich jeden Morgen gegenseitig Schutz gewähren. Kati schiebt die Schnauze zwischen den Gitterstäben des Zwingers hindurch und stimmt inbrünstig in das aufgeregte Lärmen der übrigen Hunde ein, woraufhin Mona träge zu ihr schleicht. Zu wem die Stimmen am Ende des Gangs gehören, können sie noch nicht sehen, vielleicht stellen sie jedoch trotz des Geruchs nach Desinfektionsmittel und schimmligem Beton fest, dass es sich um den gewohnten Wärter handelt, der von mehreren Unbekannten begleitet wird. Die beiden Welpen im Käfig gegenüber betrachten Kati und Mona neugierig und kläffen mit ihren hohen Stimmchen, wie um auszudrücken, dass sie auch so sein wollen wie sie.

Dass der Wärter sie liebt, wissen sie. Während er näher kommt, winselt Mona erwartungsvoll und fängt an, im Käfig im Kreis zu laufen. Als er schließlich vor ihnen steht, klopfen beide kräftig mit dem Schwanz. »Na, ihr Süßen.«

Jaulend stellen sie sich auf die Hinterbeine und stützen sich mit den Vorderpfoten am Gitter ab. Womöglich ahnen sie, dass noch nicht Essenszeit ist, sonst hätte man sie ja vorher eine Weile auf den Hof gelassen. Der unbekannte Mann mit dem Kind an der Hand scheint sie nicht zu interessieren. Sosehr sie mit ihrem Auftritt um Zuwendung betteln, der Wärter kehrt ihnen den Rücken zu und nähert sich den beiden Welpen.

Er erklärt, dass das die zwei jüngsten Hunde sind, die sie hier haben, dass sie erst vor wenigen Wochen aufgesammelt wurden und etwa vier Monate alt sind. Und dass sie zur Adoption freigegeben sind.

»Gute Rasse, das merkt man, ja. Und was haben Sie sonst noch für Hunde anzubieten?«

»Die beiden Hündinnen hier, sehen Sie mal, die sind nicht

nur hübsch, sondern auch schlau. Die dunkle dürfte um die zwei Jahre alt sein, und die braune etwa drei oder vier. Man merkt, dass sie einen Besitzer hatten, bei der Ankunft waren sie gesund, sie haben ein hervorragendes Gebiss und sind sehr gut erzogen. Und beide sind wirklich superintelligent.« Der Wärter steckt seine Finger zwischen die Stäbe von Monas und Katis Käfig. Mit lebhaften Sprüngen stupsen die beiden sich im Wettkampf um seine Zuwendung gegenseitig mit den Schnauzen zur Seite. Das Kind tut es dem Wärter nach. »Papi, schau mal, wie süß! Können sie die nicht rauslassen?«

Mona leckt mit ihrer großzügigen Zunge an den kleinen Fingern. Kati ist einen Schritt zurückgetreten und scheint sich nun damit zu begnügen, die unbekannten Körper aus der Ferne zu entschlüsseln.

Der Mann zieht das Kind von dem Käfig weg. »Wir nehmen einen von den Welpen, es muss aber ein Männchen sein. Frauen sind so was von launisch, das wird bei Hündinnen nicht anders sein.« Der Unbekannte lacht über seinen eigenen Witz.

Der Wärter nimmt einen der Welpen aus dem Käfig und hält ihn vor Kati und Mona in die Höhe. »Sag schön Auf Wiedersehen, na los. Meine Damen, seien Sie so nett, und wünschen Sie dem kleinen Kerl viel Glück.«

Mona sieht ihnen mit geneigtem Kopf hinterher, als würde sie sich fragen, warum der Wärter zum ersten Mal nicht zu ihnen in den Käfig gekommen ist, um sie ausgiebig zu streicheln. Tänzelnd kehrt sie in den hinteren Teil ihrer Behausung zurück, wo Kati sich, womöglich gelangweilt, wieder hingelegt hat. Mona wirft sich auf sie und beißt ihr mit zärtlicher Leidenschaft in den schwarzen Hals. Geradezu lustvoll knurrend wälzen die zwei sich hin und her und schmiegen sich begeistert aneinander. Sie kümmern sich nicht um das Gebell der anderen Hunde, das erst verstummt, als die Eisentür sich wieder schließt.

Zwischen Bäumen vom Weg abkommen

sue guana. l. sue Vogel
gaca Vogelflügel
guasami/qua abstürzen, vom Kurs abweichen
ainsuca Vogelgesang
isua Vogelregen
    Gramática breve de la lengua Mosca,
    um 1612

Wie lebt es sich unter den Vögeln?
    ARISTOPHANES, *Die Vögel*

Ach, Kolibri,
hör auf, in der Blüte zu bohren,
Flügel aus Smaragden.
Sei nicht grausam,
komm herunter zum Ufer des Flusses,
Flügel aus Smaragden.
Und schau mir zu, wie ich weine neben dem
roten Wasser.
    JOSÉ MARÍA ARGUEDAS,
    Die tiefen Flüsse

Wie stellen die Vögel es an,
dass sie beim Losfliegen wissen,
jetzt
ist es nicht mehr gefährlich?
Welcher Flugnerv sagt ihnen wohl,
dass sie wieder frei
zwischen den Blättern der Bäume
umherfliegen können?

FABIO MORÁBITO,
Ich höre die Wagen

All above us is the touching
of strangers & parrots,
some of them human,
some of them not human.

ARACELIS GIRMAY,
Elegy

Er möchte keine Wolkenkratzer, er möchte Wald. Wahrscheinlich aus Erschöpfung findet er diesmal jedoch nicht den Weg dorthin, allem Wissen seiner Fasern zum Trotz. Die anderen auch nicht. Im Bann des Lichts umkreisen sie die scharfkantige Spitze des Gebäudes, das sie anzieht, das seinen elektrischen Sieg zelebriert, seinen Willen aus Stahl und Glas auf sie loslässt. Vom Wetterradar werden sie in ihrer Trance erfasst, allerdings nur teilweise. Auf dem Bildschirm ist eine Zusammenballung Tausender sich bewegender Körper zu sehen. Sie sind zu einem großen grünen Fleck verschmolzen, der wie eine Wolke den Monitor der Fachleute durchzieht. Der eine oder andere Wissenschaftler wird das Bild besorgt analysieren, um die Katastrophe anschließend zu melden. Dem Radar entgehen jedoch der Rausch, der all diese Muskeln antreibt, das aufgeplusterte Gefieder, die Wut der Flügel und Schwanzfedern, die im trügerischen Licht des Wolkenkratzers aufscheinen. Gelbe, graue, gesprenkelte, schwarze, braune, rote, schwarzgrüne, weiße, orangefarbene und blaue Federn. Orientierungslose Flügel, erschöpfte Körper, die von nichts als Absicht und Schicksalshunger erfüllt waren, bevor sie in diese Falle gerieten.

Öffnete jemand in dieser Septembernacht hoch über Manhattan ein Fenster (aber wer würde das tun, in einem vollständig klimatisierten Bürogebäude, das nicht dafür gebaut wurde, den Blick auf die Umgebung zu richten?), oder erschiene in diesem Moment ein Ornithologe zu Studienzwecken auf der Dachterrasse und zeichnete die Stimmen der vom Weg abgekommenen Vögel auf – was manchmal vorkommt –, ihm würden inmitten des Verkehrslärms ihre seltsam flehenden

Rufe auffallen. Er würde die Panik in ihrem Geschrei bemerken. Ihm würde bewusst werden, wie verzweifelt sie sich von den anderen, die wie sie in der Spirale aus Licht gefangen sind, Aufklärung darüber erhoffen, wie ihr innerer Kompass dermaßen verkümmern konnte, sodass sie unfähig sind, weiter gen Süden zu ziehen. Wo ist der von den Sternen vorgezeichnete Weg, der ihnen schon vor ihrer ersten Reise in den Rücken eingraviert war? Wo die Route, der ihre Artgenossen seit Jahrtausenden entschlossen gefolgt sind?

Der Scharlachkardinal ist seit mehreren Stunden ein Teil der kreisenden Masse. Davor war er in seinem Wald in Connecticut aufgebrochen, verwandelt in einen Langstreckenzieher der Nacht, und hatte irgendwann die Spur der nach und nach vom Himmel verschwindenden Sterne verloren. So hatte er das unverschämt helle Hochhauslicht angesteuert. Die Mutter der Mutter der Mutter der Mutter der Mutter der Mutter der Mutter der Mutter der Mutter der Mutter der Mutter der Mutter der Mutter der Mutter der Mutter der Mutter der Mutter der Mutter des Scharlachkardinals flog einst wie so viele Mütter ihrer Art über diesen Ort, der schon damals New York hieß, ohne sich von irgendwelchen Glasscheiben oder Glühfäden durcheinanderbringen zu lassen. Zuerst gen Süden, später dann wieder gen Norden. Jahrtausendelang entkamen seine Vorfahren so Raubtieren und Unwettern, jahrhundertelang waren sie Zeugen menschlicher Wanderungen und bewegten sich zwischen Bäumen und Sternen – und auf einmal bricht all das zusammen.

In dem Strudel gefangen, fliegt der Scharlachkardinal wie ferngesteuert dahin und fragt sich dabei vielleicht selbst, was ihn antreibt. Womöglich ermuntert ihn die Gesellschaft Hunderter anderer großer und kleiner Vögel, die ebenfalls, flügelschlagend und kreischend, vom Kurs abgekommen sind, weiter diese Kreisbahn zu verfolgen. Oder aber es ist die Luftströmung, die sie alle durch ihren Flügelschlag erzeugen, gezwungenermaßen der Elektrizität Tribut zollend. Ihr verlorenes Umkreisen macht die Vögel gleich, die Unterschiede zwischen ihnen verschmelzen.

Auf den Bildern der Kamera, die an der Spitze des Hochhauses angebracht ist, könnten aufmerksame, an Panoramaansichten interessierte Internetnutzer die schnelle Bewegung der kleinen Körper wahrnehmen, die den Blick auf die Hochhäuser des New Yorker Finanzdistrikts beeinträchtigen. Man könnte sie für Insekten halten und zu dem keineswegs ungewöhnlichen Schluss gelangen, dass sie ein alltägliches und ganz und gar banales Phänomen darstellen. Dass es sich bei den Flecken auf der weltweit bewunderten Kulisse aus Beton, Stahl und Himmel um die wütenden Körper des Scharlachkardinals und Tausender seiner Schicksalsgenossen handelt, darauf käme so leicht niemand. Wie wohl auch kein Mensch etwas davon mitbekommt, dass viele dieser Vögel irgendwann vom stundenlangen Im-Kreis-Fliegen ausgelaugt und am Ende ihrer Kräfte in die Tiefe stürzen.

Als der Morgen schließlich das elektrische Licht verschwinden lässt, verzeichnen zwei freiwillige Mitarbeiter des städtischen Vogelschutzvereins auf dem Bürgersteig die Leichen von

Zuckervögeln

Trauertyrannen

Orangetrupialen

Pirolen

Drosseln

Vireos

Regenpfeifern

Kuckucken

Rubintyrannen

und anderen Tangaren,

die aus der Höhe des 110. Stockwerks auf die Fulton Street herabgestürzt sind.

Zu diesem Zeitpunkt endet die Schicht des Portiers am Haupteingang des Wolkenkratzers, und er macht sich auf den Weg zu den vom Himmel gefallenen Vögeln. Wie immer an solchen Herbst- oder Frühlingstagen erfasst ihn eine große Unruhe. Wie schon am Morgen davor steht er bestürzt vor den toten Vogelkörpern, die gerade erst ihren letzten Atem ausgehaucht haben und die Straße nun wie ein Teppich überziehen. Wut ergreift ihn angesichts der reglosen Flügel, die sich auf dem Asphalt ausgebreitet haben.

Weil er mit einer Großmutter aufgewachsen ist, die ihn hier im Norden gelehrt hat, die Vögel aufzuspüren, mit denen sie als Kind in Tennessee aufgewachsen war, ist ihm die Würde dieser Tiere etwas Selbstverständliches, wie er auch weiß, dass sie die Zukunft anzeigen. Ihnen zu Ehren und um der eigenen Verzweiflung etwas entgegenzusetzen, hat er im vergangenen Herbst damit begonnen, die Tiere zu bestatten. Weshalb er auch heute wieder so viele Opfer dieses Massakers, wie in den Rucksack passen, mit seinen riesigen Händen aufsammelt, um sie anschließend, nach eineinhalbstündiger U-Bahn-Fahrt, in seine Wohnung in der Bronx zu schaffen. Er und seine Tochter werden sie in der Ecke eines nahe gelegenen Parks beerdigen, im Schatten der am weitesten von allen Spazierwegen entfernten Zeder, neben den Gräbern vom letzten Frühling und vom letzten Herbst. Die Kleine wird für jeden ein Kreuz aus Stöckchen anfertigen und ein selbst erdachtes Abschiedslied singen. Ihr ist mit der Zeit immer klarer geworden, dass diese Körper, deren Dasein einen einzigen Trotz gegenüber der Schwerkraft darstellte, einem auch im Tod Begleiter sein können. So wird sie in diesem Herbst auch besser verstehen, was ihr Vater ihr beim letzten Mal erklärt hat – dass all die Pupillen, Herzen, Fasern und Federn sich eines Tages mit dem

Staub aus dem Kosmos vermengen werden, um sich in Blätter, Beeren und Wurzeln zu verwandeln. Dass alles, was die Stadt mit Beton bedecken möchte, die Erd- und Kiesschichten, die unter dem Pflaster hervorkommen, wenn die Leute von der Elektrizitätsgesellschaft mit ihren Maschinen die Straße aufreißen, eine Mischung aus Sternentaumel, Sehnen, Blut und Flügeln ist. Die Hinterlassenschaft unzähliger Bewegungen. Dann wird sie sich nicht mehr so klein vorkommen, dafür ein wenig verlorener und nicht mehr ohne Weiteres bereit, davon auszugehen, dass die Welt bloß aus Spielen und Süßigkeiten besteht.

Ein Ornithologe, der den Zug vom Aussterben bedrohter Vogelarten erforscht, wird an diesem Morgen an seinem Computer darauf stoßen, dass die Blauwaldsängerin, deren Reisen er seit zwei Jahren verfolgt, eine seltsame Abweichung von der eine Woche zuvor in Vermont eingeschlagenen Route vollzogen hat. Der winzige Sender mit eingebautem GPS, Magnetometer, Beschleunigungs- und Temperaturmesser, den er am blauen Rückenpolster des Vogels befestigt hat, um seine genaue Flugbahn nach und von Südamerika aus zu entschlüsseln, meldet eine Reihe ungewöhnlicher Bewegungen im Süden Manhattans, die damit enden, dass der Vogel ein kleines Stück Richtung Norden zurückkehrt. Das Gerät, das den tödlichen Sturz des Vogels auf den Asphalt offenbar heil überstanden hat, sendet jetzt Signale aus einem Park in der Bronx. Ein paar Tage später wird der Wissenschaftler auf der Suche nach seiner Blauwaldsängerin dort eintreffen und die Kreuze entdecken, die in den kleinen Erdhaufen des Vogelfriedhofs stecken. Er wird die Erde durchwühlen und mehrere Vögel ausgraben, bis er den winzigen Körper mit blauen Flügeln und gebrochenem Genick samt GPS finden wird, an dem sich bereits die ersten Würmer gütlich tun. Ihm wird auffallen, dass die weiße Brust des Wesens, dem er sich zugehörig fühlt, noch immer glänzt. Wer das Tier hier begraben hat und warum, wird er nie erfahren, und es wird ihm schwerfallen, hinzunehmen, dass der winzige Vogel – zu dessen fernem Begleiter bei seiner Reise von Nord nach Süd und von Süd nach Nord und wieder von Nord nach Süd und von Süd nach Nord er sich selbst erkoren hatte – nach seinem Tod auch von anderen beweint wurde. Dass außer ihm noch jemand seinen Verlust beklagt hat, ein Mensch, der nichts von Routen, Hormonen, Erhaltungszuständen oder Auslöschungsszenarien weiß. Und genauso wenig, wie viel Mühe es ihn gekostet hat, diesen Vogel zu fangen und mit einem Sender auszustatten. Eine Weile wird er überlegen, ob er am Grab der kleinen Sängerin ausharren soll, bis der Eigentümer des Friedhofs erscheint, um diesen zu befragen. Dann wird er jedoch zu dem Schluss gelangen, dass er nicht wegen ein paar Knochen mit jemandem streiten will. Er wird den halb zerfallenen Vogel samt Sender in einen sterilen Beutel legen und zwei in der Nähe beerdigte Zuckervögel dazu. Zuvor wird er aber die übrigen Vögel erneut in ihre letzte und ewige Ruhestätte betten.

Wenn der trauernde Wissenschaftler die Leiche der Blauwaldsängerin in seinem Labor einfriert, wird er mehrere ihrer blauen und weißen Federn in ein Glaskästchen legen und dieses auf seinen Nachttisch stellen. Die Analyse der Daten, die der Sender ihm während ihrer letzten Lebenstage hat zukommen lassen, wird ihm nichts darüber verraten, dass mehrere Stunden ganz in ihrer Nähe ein Scharlachkardinal geflogen ist und sie womöglich ab und zu gestreift hat. Dass der Schwarzflügelige der Blauflügeligen nicht nur begegnet ist, sondern sich genau wie sie nach dem Süden gesehnt und gleichermaßen erstaunte und wütende Gesänge angestimmt hat, bevor Letztere starb.

Dem Scharlachkardinal gelingt es jedoch, dieser Hölle zu entkommen. Als das elektrische Licht, das das Hochhaus verbreitet, bei Tagesanbruch schwächer wird, löst sich der Vogelschwarm der Überlebenden auf, als hätten sie plötzlich die Käfigtür entdeckt, nach der sie seit Stunden gesucht haben. Der Scharlachkardinal lässt die Gefangenschaft hinter sich, muss nun aber mit deren Folgen zurechtkommen – er zittert am ganzen Körper, seine Zunge ist womöglich rissig vom Durst und die Schwanzfedern steif vor Erschöpfung. Er lässt sich auf einem Fenstersims in der Nähe nieder und entgeht so dem Sturz in die Tiefe. Er scheint zu zögern. Er konnte sich zwar vor dem Aufschlag auf dem mit platt getretenen Kaugummis und Hühnerknochen übersäten Bürgersteig von Manhattan retten, über den nun eilige Halluxfüße stiefeln. Dass er das jedoch bereits als Rettung erlebt, ist wenig wahrscheinlich. Vielleicht erkennt er beim Blick in die Fensterscheibe vor sich den erschöpften Vogel mit den zerzausten und schlaff hinabhängenden gelben, rötlichen und schwarzen Federn nicht wieder. Eine Weile ruht er benommen aus, als wartete er darauf, dass das Herzklopfen nachlässt und die starren Glieder wieder beweglich werden. Das Morgenlicht lässt den Stahl unter seinen Füßen aufblitzen. Endlich kann er die Augen schließen.

Eins hat auf jeden Fall keinen Schaden genommen, während er vom Weg abkam: seine Liebe zum Laubwerk der Bäume. Gegen die Müdigkeit ankämpfend, steuert er eine kleine Ansammlung davon an, die auf der Dachterrasse eines niedrigeren Gebäudes zu sehen ist. Die Terrasse gehört zu einem Hotel und ist mit Zierpflanzen und Liegestühlen ausgestattet. Eine ebenfalls dort installierte Überwachungskamera filmt ihn, während er sich auf einem Ast niederlässt und anschließend aus einem kleinen Teich trinkt. Dass er dann zwischen ein paar Sträuchern umherhüpft und sich zum Frühstück einen Käfer und zwei Motten einverleibt, bleibt der Kamera dagegen verborgen. Auch, dass er danach die Lider herunterklappt. Die Videoaufnahme wird jedoch ein ganzes Jahr in der Datenbank weiterbestehen, in der die Aufzeichnungen Hunderter Kameras einer Sicherheitsfirma gespeichert sind. Erst danach wird sie – ungesehen – gelöscht werden.

Auf den vorausgegangenen Reisen legte der Scharlachkardinal in der ersten Nacht jedes Mal riesige Strecken zurück. Dem Chaos gerade erst entronnen, scheint es seinem Körper jetzt jedoch nicht so leichtzufallen, neue Kraft für seine Flügel zu sammeln. Vielleicht hilft eine ausgiebige Ruhepause hier auf einem Ast, die Verbindung wiederherzustellen. Er ist noch viele Wochen von seinem Nebelwald entfernt. Wer weiß, wie viel Sorgen er sich wegen der verlorenen Nacht macht. Wie viel Kopfzerbrechen es ihm bereitet, dass die Zeit vergeht, die für ihn möglicherweise bloß in einer für uns nicht nachvollziehbaren Verknüpfung von Höhe und Gestirnen besteht – oder worin auch immer.

Um 10.17 Uhr meldet das Vogelradar des Washington Dulles International Airport die Ankunft Hunderter in südöstlicher Richtung fliegender Zugvögel. Der Scharlachkardinal ist mit ihnen unterwegs, sein wieder von Tatkraft überbordender Körper und die wie wild schlagenden Flügel werden jedoch von niemandem wahrgenommen, wie auch? Die diensthabende Technikerin im Radarturm bemerkt zunächst einen orangefarbenen Fleck auf dem Bildschirm des Radars. Der Infrarotmonitor, den die Israelis erfunden haben, um sich vor Luftangriffen jeglicher Art zu schützen, bestätigt ihre Wahrnehmung. Wie sie ebenfalls feststellt, ist er kurz davor, ein Warnsignal auszulösen. Sie nimmt die pulsierenden Bewegungen auf dem Bildschirm noch einmal genauer in Augenschein und kommt zu dem Ergebnis, dass es sich bei dem, was in wenigen Minuten die Flugschneisen kreuzen wird, um Vögel handelt und nicht um Monarchfalter, Fledermäuse oder einen

Mottenschwarm. Flughöhe: zwischen 518 und 726 Metern. Körpergröße: unterschiedlich. Sie schickt eine Warnmeldung an den Tower. Sie sagt sich, dass jetzt schließlich Mitte September ist, und freut sich, dass dank ihres Einsatzes – auch wenn sie das tagaus, tagein vor dem Bildschirm Sitzen mit Rückenschmerzen bezahlt – niemand seine Reise unterbrechen muss, oder so gut wie niemand. Auf einem anderen Bildschirm sieht sie, dass für die folgenden zehn Minuten sämtliche Starts und Landungen ausgesetzt sind und der Tower den Flugzeugen die Anordnung erteilt hat, in größere Höhen aufzusteigen. Sie spürt das gleiche erleichterte Kitzeln zwischen den Rippen, wie wenn sie mit ihrem Freund am Wochenende im Fernsehen Abenteuerserien sieht und die Heldinnen und Helden im Urwald oder in der Wüste eine gefährliche Situation heil überstehen. Es gibt nichts Besseres als einen Körper, dem das Risiko erspart bleibt, sich zum falschen Zeitpunkt am falschen Ort aufzuhalten.

Doch gleich darauf ist der Schmerz wieder da, den sie zum ersten Mal im vergangenen Frühling empfand, als sie ebenfalls vor einem großen Vogelschwarm warnen musste. Ein Brennen, das sie, trotz des guten Gehalts und der großzügigen Krankenversicherung, vergeblich zu verdrängen versucht. Das heftige Geflatter der Tiere hat für sie etwas Quälendes, auch wenn sie es in ihrer Arbeit, die darin besteht, geflügelte Lebewesen zu klassifizieren, nur in abstrahierter Form auf dem Bildschirm wahrnimmt. Sie muss angesichts dieses vehementen Vorwärtsdrängens an ihre Eltern denken, die seit sechsundzwanzig Jahren gezwungenermaßen New York nicht mehr verlassen haben – seit sie aus Ecuador gekommen und dort gelandet sind. Bis heute haben sie keine gültigen Papiere. In ihrem uneinnehmbaren Turm sitzend, wo sie dazu beiträgt, dass alle anderen ungehemmt die Lüfte durchqueren können, empfindet sie schmerzlich die Kluft zwischen der Bewegungsfreiheit der einen und der erzwungenen Sesshaftigkeit der anderen. Gestern Abend (als der Scharlachkardinal sich an dem Wolkenkratzer verfing, der dreiundzwanzig Querstraßen von dem Restaurant entfernt ist, in dessen Küche ihr Vater arbeitet) hat ihre Mutter ihr gestanden, dass sie ihren sechzigsten Geburtstag nicht feiern möchte, sosehr die anderen sie dazu drängen. »Was soll ich denn feiern? Dass ich jetzt schon so lange in diesem Laden stehe und den Gringos die Kleider bügele? Du weißt genau, dass ich längst wieder in Cuenca sein müsste, um Blumen auf das Grab meiner Mutter zu legen und deiner Schwester mit der Kleinen zu helfen.«

Und sie, die erfolgreiche Tochter, die in den USA zur Welt kam und studieren konnte, die ein Talent dafür hat, fliegende Wesen auf ultramodernen Radargeräten für diplomierte Techniker wie sie zu bestimmen, und die sich darum kümmert, dass die Flugträume der anderen in Erfüllung gehen, weiß immer noch nicht, wie sie sie trösten soll.

Der Scharlachkardinal stürmt nur so dahin, was aber nicht der Angst, sondern besserem Wissen geschuldet scheint. Seine Farben verschmelzen bei dieser Geschwindigkeit. Er ist auf der Suche nach Laubbäumen voller Septembergrillen, wo er sich von der unfreiwilligen Wegabweichung erholen kann. Am Rand von Richmond, in einem Wald, dessen Blätter sich vorläufig noch dem herbstlichen Dahingerafftwerden widersetzen, steht ein Mann in Tarnkleidung am Ufer eines kleinen Flusses, wo er regelmäßig Stunden mit Vogelbeobachten zubringt. Er sieht, wie der Scharlachkardinal angeflogen kommt, und greift rasch nach seinem Fernglas. Für mehrere Sekunden kann er den Vogel betrachten: Er hat sich auf dem Ast eines Ahorns niedergelassen. Seine gelblichen Federn weisen noch Spuren der leuchtend roten Färbung auf, die er sich während der sommerlichen Paarungszeit zugelegt hatte. Magerer kommt er ihm vor als die anderen Scharlachkardinale, die er im Lauf von mittlerweile vier Jahren obsessiver Verfolgung des Vogelzugs zu sehen bekommen hat. Begonnen hat er damit, nachdem er als pensionierter Oberst aus dem Irak und Afghanistan zurückgekehrt war. Wie immer empfindet er vor Aufregung ein Brennen an der Stirn, das sich seitlich bis zu den Schläfen ausbreitet und ihn fast um den Verstand bringt – so geht es ihm jedes Mal, solange offen ist, ob er einen Vogel, den er mit eigenen Augen ausgemacht hat, anschließend auch vor die Linse seiner Kamera bekommen oder aber unwiderruflich aus dem Blick verlieren wird.

Erst vor Kurzem ist dem Mann klar geworden, dass seine Faszination für Vögel nicht nur ihrem manchmal überwältigend bunten Federkleid oder den ungestümen Tänzen geschuldet ist, die ihre winzigen Körper im Flug aufführen. (Er hat genügend riesige Flugzeuge erlebt, die den Himmel durchpflügen, und leichte Drohnen, die so tun, als wären sie lebendige Wesen, während sie ihre Bomben abwerfen.) Viel stärker beeindruckt ihn, dass die Vögel offensichtlich Dinge wahrnehmen, die er sich nicht einmal vorstellen kann. Oder die komplizierten Rufe, mit denen sie sich verständigen und die für ihn kaum unterscheidbar sind, weil er von den vielen Explosionen im Krieg nahezu taub ist. Die Farben, die sie sehen und die ihm für immer verborgen bleiben werden. Die Luft, durch die er sich niemals auf vergleichbare Weise bewegen wird. (Obwohl er Kampfflugzeuge gelenkt hat.) Die Bäume, in deren Wipfeln sie sich so selbstverständlich niederlassen. Ihr nächtliches Umherschweifen. Eine Welt, die ihm weder ein Nachtsichtgerät noch eine Infrarotkamera mit Zoom und Laser, noch eine der Drohnen vermitteln kann, die er bei so vielen militärischen Unternehmungen gesteuert hat. Manchmal kann er die Vorstellung kaum ertragen, dass er und diese Tiere sich gleichzeitig und doch so weit voneinander entfernt in ein und demselben Wald aufhalten, und dass sie sehr gut ohne ihn auskommen und trotzdem einen solchen Einfluss auf ihn ausüben. Er verflucht sich für seine Schwärmerei und will dennoch um keinen Preis davon lassen. Er macht sich Vorwürfe, weil er diese Tiere vor seiner Pensionierung nie beachtet, sie jahrzehntelang nicht wahrgenommen hat.

Er hat es gelernt, hinzunehmen, dass die Vögel seine einstigen militärischen Gewissheiten zersetzen, die sich auf Karten, Geräte und fachmännische Einschätzungen stützten. So wie damals, als er in Afghanistan der Hauptmann einer Kompanie war und sein Fernglas und die Drohnen ihm etwas vor Augen führten, das vom Krieg nichts wissen wollte. Frauen in einem Dorf beim Wäschewaschen, spielende Kinder auf einem Weg. Ihm war klar, dass er mithilfe der starken Linsen mühelos ihre Augenfarbe hätte bestimmen können – jedoch niemals, nach welchen Regeln sie ihr Leben lebten. Und auch wenn er es keinesfalls zugegeben hätte, war er zuletzt dankbar für die Verunsicherung, die diese Körper in ihm auslösten, die keinen Schutz von ihm verlangten, im Gegenteil, sie bestanden auf ihren Geheimnissen, so wie jetzt die Vögel, denen er Tag für Tag im Wald nachspürt.

Der Scharlachkardinal steuert hastig flatternd den Wipfel eines Maulbeerbaums an, in dessen Laub er sich versteckt, als wollte er verhindern, dass der Mann mit seiner neuen superpotenten Kamera ein Foto von ihm macht. Enttäuscht muss dieser feststellen, dass er einmal mehr nicht rechtzeitig auf den Auslöser gedrückt hat. Er muss sich mit den verwischten Flecken begnügen, die der sich bewegende Vogelkörper auf dem Film hinterlassen hat. Woraufhin er demütig in seinem Vogelbeobachtungsheft vermerkt:

Scarlet Tanager – male, James River National Wildlife Refuge, 7:13 a. m.

Wenn er wieder zu Hause ist, wird er die Angabe an eine

Internetdatenbank für Vogelbeobachter übermitteln, die Sichtungen sammelt, Flugrouten verfolgt und für den gesamten Kontinent Bestandsschätzungen anstellt. Er wird der Liste außerdem einen Rosenbrust-Kernknacker, einen Königstyrannen und zwei Baltimoretrupiale hinzufügen. (Letztere tragen ihren Namen zu Unrecht, wie der Mann weiß, denn es handelt sich um Zugvögel.) Die anderen Tiere, die er an diesem Tag zu sehen bekommt, wird er nicht melden, weil sie keine vergleichbar langen Strecken zurücklegen und auch keine der Grenzen überqueren, die den Politikern, die er normalerweise wählt, solche Sorgen bereiten. Diese Vögel machen ihm keinen allzu großen Eindruck.

Wie gewohnt, wird er der Frau aus Guatemala, die seit einem halben Jahr bei ihm putzt, seine neueste Fotoausbeute zeigen. Manchmal ist ihm die überschäumende Freude, die ihn dabei erfüllt, peinlich, der Ursache davon hat er bislang aber nicht auf den Grund gehen wollen. Sie wird sagen, »good« – worauf ihre Englischkenntnisse sich fast beschränken –, und sie wird, sich verhaspelnd, versuchen, die Namen nachzusprechen, die er ihr vorsagt. Er wird sich bemühen, ihr verständlich zu machen, dass er schon seit Langem darauf aus ist, eine scharfe Aufnahme eines Scharlachkardinals zustande zu bringen, was ihm aber bislang nicht gelungen ist, weil diese Vögel am liebsten ganz hoch oben in möglichst großen Bäumen Platz nehmen und er einen steifen Hals bekommt, wenn er längere Zeit aufwärts blickt.

Sie kann nicht genug Englisch, um ihm zu sagen, dass sie, was ausgedehnte Reisen durch mehrere Länder angeht, ebenfalls viel Erfahrung hat. Allerdings ist sie dabei nicht geflogen (ein Flugzeug hat sie noch nie betreten), sondern war zu Fuß, im Bus, auf einem Zugdach und auf Lastwagen unterwegs. Sie weiß, dass es zu lange dauern würde, ihm das per Online-Übersetzer zu erklären, aber gerne würde sie ihm verraten, dass sie sich jedes Mal fragt, wenn er ihr seine neuesten Vogelfotos zeigt, wer wohl mehr Hindernisse hat überwinden müssen. Sie und ihr kleiner Sohn auf der Reise bis an die texanische Grenze samt deren anschließender Überquerung, wobei sie sich ständig vor irgendwelchen Banden und der Grenzpolizei verstecken mussten, oder diese schönen Tiere, die sich nicht um Mauern, Schienen, Waffen oder Papiere scheren? Auch dass sie ihren eigenen kleinen Vogelkult betreibt, wird sie ihm nicht erzählen. Dass sie das Papageienweibchen schmerzlich vermisst, das ihre Großmutter ihr hinterlassen hatte – für sie ist es wie eine Schwester, schließlich sind sie zusammen aufgewachsen. Dass sie es nicht wiedergesehen hat, seit sie es bei einer Tante in Zacapa untergebracht und sich auf den Weg in die USA gemacht hat. Dass sie sich Sorgen macht, weil sie von der Tante erfahren hat, dass der Vogel seit ihrem Verschwinden verstummt ist. Und dass sie ihm jeden Tag WhatsApp-Sprachnachrichten schickt, damit er nicht vor Kummer eingeht. Wenn sie auf dem Nachhauseweg aus dem Bus das Schild an dem Tierladen sieht, auf dem Papageienbabys für dreihundert Dollar angeboten werden, fängt sie manchmal an zu weinen.

Er wird erst drei Jahre später darüber nachdenken, was diese so ungleichen Reisen miteinander zu tun haben könnten. Da muss die Frau, die seine Welt vom Staub befreit, schlagartig aufbrechen. An dem Morgen, als sie zum ersten Mal im Leben ein Flugzeug betritt – nach der Ablehnung ihres Asylantrags befördert es sie nach Guatemala –, wird er einmal mehr losziehen, um die Vögel auszuspähen, die hier in seiner Umgebung einen Zwischenhalt einlegen. Während er durchs Fernglas blickt und darauf wartet, dass einer der Vögel am Fluss erscheint, um zu trinken, wird er an sie denken. Er wird sich fragen, ob sie wohl den Feldstecher mitnehmen konnte, den er ihr neulich vermacht hat, oder ob sie ihn zusammen mit ihrem Sohn bei ihrer Schwester zurückgelassen hat. Er wird ahnen, dass sie froh darüber ist, nicht mehr die elektrische Fußfessel an dem wund gescheuerten Knöchel tragen zu müssen, wie es ein Richter ein paar Monate davor angeordnet hatte. Weshalb sie auch nicht mehr zum Stecker in der Wand hasten und das Gerät aufladen muss, wenn es zu piepen anfängt, weil die Batterie fast leer ist. Er wird überlegen, was für schöne Vögel man in Guatemala wohl vor die Linse bekäme, woraufhin die Erinnerung an das Foto eines Indigofinken in ihm aufsteigt, der sich immer um diese Zeit auf den Weg Richtung Mittelamerika macht. Bis jetzt hat er diesen Vogel bloß im Internet zu sehen bekommen. Er wird sich vornehmen, bald einmal dorthin zu reisen. Vielleicht sieht er dann zum ersten Mal einen lebenden Quetzal, und vielleicht kann er bei der Gelegenheit auch die Frau besuchen, obwohl Wiederbegegnungen ihn normalerweise äußerst nervös machen.

Mehrere Nächte später steigt der Scharlachkardinal in den klaren Himmel auf. Seinem leichten Flügelschlag ist die zwanghafte Anstrengung nicht anzumerken, mit der er die Erdanziehung zu überwinden versucht. Er fliegt über aufgegebene Gemüsegärten hinweg, wo verlassene Autos und Wohnwagen vor sich hin rosten, ohne dass dies irgendwen zu stören scheint. Er überquert Vorstädte, wo Masten mit Fahnen auf für ihn irrelevante Grenzen verweisen und den Bäumen den Platz streitig machen. Oft sind es riesige Ansammlungen völlig gleich aussehender Häuser mit kahlen Gärten – auf die Idee, dort Bäume zu pflanzen, scheinen die Besitzer gar nicht erst zu kommen. Eingeschlossen in ihren vollklimatisierten, von sorgfältig kurz gehaltenen Rasenflächen umgebenen Behausungen, träumen die Bewohner davon, in Ausübung ihres heiligen Rechts auf Eigentum auch noch das letzte herumliegende

Blatt beiseitezuschaffen und alles zu vernichten, was auf dem Boden herumkrabbelt. Sich von Pflanzen auch nur streifen zu lassen, das geduldige Wachsen der Flechten zu verfolgen oder es gar zu wagen, die Erde aufzureißen, das möchte hier so gut wie niemand. Nur ganz wenigen ist bewusst, dass sich mehrmals im Jahr wagemutige Vögel ungefragt den Himmel über ihnen aneignen.

Das Radar, mit dem eine Gruppe von Wissenschaftlern in North Carolina die Auswirkungen des Klimawandels auf die Zugvögel zu erforschen versucht, erfasst auch den Scharlachkardinal, so wie Tausende anderer Vögel. Auf ihrem Bildschirm erscheint er jedoch nur als winziger Punkt, als Teil eines Stroms, der darüber hinwegfließt. Die Pixel sagen allerdings nichts darüber aus, wie sehr es den riesigen Schwarm in die fernen Tropen zieht.

Koordinaten: 34.68853, -78.59514
Uhrzeit: 0:32 Uhr.

Vielleicht drängt es ihn, im Wettlauf gegen die kälter und dunkler werdende Umgebung möglichst schnell voranzukommen. Jedoch scheint ihn eine Vorahnung zurückzuhalten. Einen Tag vor dem Ausbruch eines Wirbelsturms hat er bereits den Feuchtigkeitsgrad der Luft bestimmt, die Stärke des Windes gemessen, der die Federn an seinem Kopf zerzaust, und gründlich die dicken Wolken in den Blick genommen. Als der Hurrikan die Küste erreicht und Bäume, Autos, Plakate, Fahnen, Dächer, Werkhallen umreißt, sind der Scharlachkardinal und Millionen anderer Vögel noch weit genug entfernt, um vor der sich austobenden Wut in Deckung zu gehen. Im strömenden Regen hat er in einem der Bäume Unterschlupf gefunden, die aus Rissen in den Wänden eines alten Herrenhauses mit bröckelnden Säulen hervorwachsen.

Aus den zerfallenden Fundamenten winden sich Kletterpflanzen in die Höhe, Pilze breiten sich über die Mauern aus, und spitze Äste kratzen die Ziegel auf. Müde plustert der Scharlachkardinal sein Brustgefieder auf, im Schutz eines Vordachs, wo zuvor ein Specht seinen Wohnsitz aufgeschlagen hatte, umgeben von Balken, die unermüdlich von Holzkäfern zernagt werden. Drei Tage inmitten von Nebelschwaden und Regenschauern. Manchmal erhascht er eine ertrunkene Spinne. Den Rest der Zeit wartet er stoisch ab, bis das Unwetter vorbei ist.

Als der Regen und die Donner schwächer werden, schwingt der Scharlachkardinal sich auf den Wind, den das Unwetter hinterlassen hat, und macht sich erneut auf den Weg gen Süden. Seine Glieder dürften ihm ziemlich schwer vorkommen, jetzt, wo er so abgemagert ist. Und vielleicht liegt es am Hunger, dass er noch vor Tagesanbruch in einem Park der Stadt Charleston eine Pause einlegt. Den Durst stillt er an einem Brunnen, dessen Grund mit glitschigem Lehm und Münzen bedeckt ist. Er lässt sich hoch oben in einer alten Ulme nieder. Deren Äste streifen die riesige Säule, auf der eine Statue des siebten Präsidenten der USA steht. Der wütende Bronzemann, der dort oben mit den Bäumen wetteifert und misstrauisch die Umgebung in den Blick nimmt, scheint ihn nicht aus der Ruhe zu bringen. Seine Exkremente hinterlassen einen Fleck auf den Flechten, die ihrerseits die Baumrinde überziehen. Als müsste er erst einmal wieder zu Atem kommen, wartet er auf die Ankunft des neuen Tags, der wolkenlos zu werden verspricht.

Er schöpft in der luftigen Höhe Kraft, und zunächst erweckt es den Eindruck, dass er die drei Frauen in Kapuzenjacken, die auf den Sockel des Denkmals klettern, um auf den Steinen eine Botschaft anzubringen, nicht bemerkt oder sich nicht für sie interessiert. Der ungewohnte Spraygeruch dringt ihm jedoch offensichtlich in den friedlich geschlossenen Schnabel und scheucht ihn aus seiner Ruhe auf.

TAKE IT DOWN!
FUCK CALHOUN!
RACIST STATUES GOTTA GO!

Ob er, der alle möglichen Farben und Spektren wahrnehmen kann, mitbekommt, wie der rote Farbbeutel zerplatzt, den die Frauen auf das Schild mit dem Namen des Nationalhelden und Verteidigers der Sklaverei schleudern? Eine der Frauen filmt das Ganze mit dem Handy, der Vogel, dessen Körper dort oben auf dem Ast zu neuem Leben zu erwachen scheint, entgeht ihr jedoch. Ebenso wenig zeichnet sie das Zucken seiner Muskeln auf, die offenbar nicht recht wissen, ob sie weiterschlafen oder aufwachen und dem Appetit auf Ameisen nachgeben sollen.

Als die Polizeisirene aufheult und mit ihrem blauen Blinklicht die Morgendämmerung unterbricht, schrickt der Scharlachkardinal auf. Er flattert zum obersten Ast und bezieht daraus womöglich den nötigen Schwung, um sich endgültig dafür zu entscheiden, einen anderen Rastplatz zu suchen. Als versuchte er, die Botschaft der Wellen zu entschlüsseln, die von unten zu ihm hinaufdringen, bewegt er den Kopf hin und her, dreht ihn, senkt ihn, beugt ihn, neigt ihn – was wollen die Schreie der davonlaufenden Frauen und das Reifenquietschen des näher kommenden Polizeiwagens wohl besagen? Wie dem auch sei, jetzt fliegt er los, bis zu einer Palme am gegenüberliegenden Ende des Parks. Hier beginnt er mit der Nahrungssuche.

Von der Polizeidrohne, die spähend über den Baumwipfeln kreist, als es schließlich hell geworden ist, wird er nicht entdeckt. Vielleicht wird ihm durch das aufgeregte Kreischen der Blauhäher aber klar, dass das Brummen des Metallwesens Gefahr verheißt. Er bricht die Insektenjagd ab. Fliegt über eine Straße und mehrere Gebäude hinweg und lässt sich zuletzt in einer der hundertjährigen Eichen nieder, die neben dem Rathaus in die Höhe ragen.

In dem Park, den er hinter sich gelassen hat, krächzt ein Fischadler empört, breitet in dem Nest, das er sich zwischen den Füßen der Bronzestatue gebaut hat, die Flügel aus und stürzt sich auf den elektrischen Vogel, der unerlaubt in seinen Herrschaftsbereich eingedrungen ist. Er hackt mit dem Hakenschnabel auf die Propeller ein und reißt mit den scharfen Klauen die Seitenwände auf, bis der Störenfried in die Tiefe stürzt. Das aufdringliche Gebrumm verstummt, und alles kehrt zum gewohnten morgendlichen Treiben zurück. Eine Straßenecke weiter sucht der Scharlachkardinal Rinden nach Nahrung ab.

Eine Zeit lang wird er von niemandem gesehen. Auch die Maschinen der Welt nehmen ihn nicht wahr. Er fliegt über Straßen voller Autos, die von schlaflosen Menschen gelenkt werden. Sie zerteilen die Wälder und überqueren die Seen. Häuser mit geschniegelten Gärten, in denen kein Mensch zu wohnen scheint, und Häuser, die dabei sind, sich in Schutthaufen zu verwandeln. Beleuchtete Sportplätze, leere Parkplätze, kleine Ortschaften. Riesige und winzige Lagerhallen, Fabriken mit hohen Schornsteinen. Gewaltige Tomaten-, Mais-, Obstpflanzungen. Wälder mit vollkommen quadratischen Grundrissen. Wiesen, auf denen alte Fahrzeuge vor sich hin rosten, von ihren einstigen Benutzern vergessen. Ansammlungen nagelneuer Autos, die auf ihre Besitzer warten.

Der eine oder andere könnte eine gewisse Erleichterung angesichts der Tatsache verspüren, dass Millionen von Zugvögeln sich die Nacht und nicht den Tag als Reisezeit erwählt haben. So bleibt ihnen der Anblick der vielen Narben der Erde erspart, der Flugzeuge, die Werbebanner hinter sich herziehen, der gewaltsam ans Tageslicht beförderten Sandberge, der Autobahnen dort, wo einst Flüsse waren, der Maschinen, die schon frühmorgens alte und junge Knochen zermalmen. Oder ahnen sie, dort oben, ohnehin längst, was vor sich geht?

Vor der unausweichlichen Überquerung des Meeres braucht der Scharlachkardinal einen Wald, um wieder zu Kräften zu kommen. Wie Tausende anderer Vögel lässt er sich dort, wo die Halbinsel endet, in der Krone eines der nicht ganz so zahlreichen Bäume nieder, die sich hartnäckig dem Arsen, dem Blei und den Pflanzenschutzmitteln widersetzen. Wer weiß, vielleicht spürt der Scharlachkardinal, wie diese Bäume versuchen, die Chemikalien auszutricksen, die ihre Wurzeln versengen und ihren Willen zum Wachstum aushöhlen wollen. Da ihm das Warnschild am Weg nichts sagt, das darauf hinweist, dass hier alle möglichen Gifte entsorgt werden, trinkt der Scharlachkardinal das Wasser der Pfützen, die sich in dem verseuchten Schlamm gebildet haben. Im Wahrnehmen der geschmacklichen Besonderheiten des Wassers und der Erde, das es einbettet, muss er ein wahrer Experte sein. Vielleicht bemerkt er diesmal auch den ihm bislang unbekannten bitter-harzigen Beigeschmack. Er hat schon des Öfteren mit Wasser zu tun gehabt, das brennende Bestandteile enthielt, die ihm womöglich Bauchschmerzen verursacht oder das eine oder andere Organ verätzt haben. Womöglich hat er sich längst diesem Umstand gefügt.

An dem Morgen, als der Scharlachkardinal den beeindruckenden Wald neben dem Homestead-Aufnahmezentrum für minderjährige Migranten ansteuert – ein Gefängnis für Kinder, die sich des unerlaubten Grenzübertritts schuldig gemacht haben –, betrachtet eine Angestellte aufmerksam die Bildschirme der Überwachungskameras. Sie ist für den Frühappell zuständig, und weil letzte Woche ein Mädchen aus Honduras aus der Haftanstalt entwischt ist und bei einer nahe gelegenen Straußenfarm um Aufnahme gebeten hat, hat man sie angewiesen, noch wachsamer als sonst zu sein.

Kamera 1 zeigt etwa einhundertfünfzig Jungen in Uniform, die in Reih und Glied zu den Fußballplätzen am Rand der Zelte und Gebäude marschieren. Sie machen Frühsport und werden danach für den Rest des Tages in einen Schuppen geführt. Vier Männer leiten die Jungen an, die sich wie Roboter vorwärtskämpfen, als würde eine starke Kraft sie zurückdrängen. (Die Frau, die regelmäßig Science-Fiction-Filme ansieht, hat den Eindruck, eine elektromagnetische Strömung aus einer anderen Dimension lasse die Kinder immer wieder zurückweichen. Ihr fällt auf, wie anders diese Jungen sind – ihr Sohn dagegen läuft auf jede Tür zu, die sich irgendwo in seiner Umgebung öffnet.)

Kamera 2 zeigt etwa zweihundertfünfzig Mädchen unterschiedlichen Alters, die, der Größe nach, ebenfalls uniformiert und mit orangefarbenen Mützen auf dem Kopf, in zwei Reihen zwischen Absperrgittern auf einen großen Schuppen zugehen, in dem sich die Cafeteria befindet. Zehn Frauen kümmern sich darum, dass alles reibungslos abläuft.

Kamera 3 zeigt eine Gruppe von etwa einhundert Mädchen in Uniform, die von zehn weiblichen Aufsichtspersonen in einer langen Reihe zu der Ecke mit den mobilen Toiletten geleitet werden. Dort werden sie von drei anderen Frauen kürzeren Warteschlangen zugewiesen, die zu den einzelnen Häuschen führen. Manche Mädchen fächeln sich mit den orangefarbenen Mützen Luft zu. (Die Frau ist froh, dass sie nicht den Job in der Großgärtnerei angenommen hat, sonst befände sie sich jetzt nicht in diesem Büro mit Klimaanlage, wo sie nicht der unerträglich feuchten Septemberhitze ausgesetzt ist.)

Kamera 4 zeigt siebenundzwanzig Jungen und sechsunddreißig Mädchen, die auf dem Parkplatz des Aufnahmezentrums angetreten sind. (Wenn weniger als einhundert Personen auf dem Bildschirm zu sehen sind, gibt die Software deren genaue Anzahl an, außerdem besteht dann die Möglichkeit zur Gesichtserkennung.) Jedes Kind hat eine Tasche dabei. Fünf Männer führen die Kinder zu einem Bus mit der Aufschrift Department of Corrections. (Sie weiß, dass diese Kinder bis zur Entscheidung über ihren Asylantrag an Verwandte übergeben werden. Wie schon bei früheren Gelegenheiten freut sich die Frau für sie und wünscht ihnen viel Glück, gleich darauf erinnert sie sich aber an die Worte ihres Präsidenten, der immer wieder verkündet, dass ihr Land nicht zum Zufluchtsort von Eindringlingen und Kriminellen werden darf. Daraufhin rudert sie innerlich zurück.)

Kamera 5 zeigt eine Kindergruppe, die von sieben Erwachsenen angewiesen wird, sich in Reih und Glied vor den Schlafbaracken aufzustellen, um sich anschließend zum Frühstücken in den Schulpavillon führen zu lassen. Mehrere Kinder sind unruhig und scheren immer wieder aus. (Die Frau weiß, dass seit dem Eintreffen der letzten Kindergruppe vor einer Woche in der Cafeteria nicht mehr genug Platz für alle ist.) Zwölf Jungen, die offenbar versucht haben, zurückzubleiben, werden gezwungen, sich der Reihe der anderen anzuschließen.

Kamera 6 zeigt vier Baracken, in denen in langen Reihen die jetzt leeren Betten der Kinder stehen. (Bei diesem Anblick denkt sich die Frau jedes Mal, wie schwer es ihr fallen würde, an einem solchen Ort in den Schlaf zu finden.)

Kamera 7 zeigt das winzige Büro für die Anwaltsbesuche. (Sie kann es sich selbst nicht erklären, aber aus irgendeinem Grund ist sie erleichtert, dass es fast immer leer ist.)

Kamera 8 zeigt die Krankenstation, wo sich zwei Kinder ein Bett teilen – sie liegen mit dem Kopf in die jeweils entgegengesetzte Richtung. (Die Frau fragt sich, warum die Krankenschwester neuerdings bloß noch mittags dort vorbeikommt.)

Kamera 9 zeigt die Straße, die das Aufnahmezentrum von dem dichten Wald trennt, in dem die Vögel sich vor dem Weiterfliegen ausruhen. Dort stehen seit Monaten immer dieselben dreizehn alten Frauen mit ihren Plakaten und Regenschirmen auf dem Bürgersteig.

FREE THE CHILDREN
NO HUMAN BEING IS ILLEGAL
END FAMILIY SEPARATIONS NOW
KIDS DON'T BELONG IN DETENTION
CLOSE THIS CONCENTRATION CAMP!

(Die Frau freut sich jedes Mal, dass die Kamera über einen Zoom verfügt, so kann sie die Texte auf den Plakaten entziffern. Der mit dem Konzentrationslager ist neu, außerdem haben die Frauen diesmal einen Tierkäfig mit einer Puppe darin mitgebracht. Die Aufseherin verflucht sie lautstark. Sie stellt sich vor, wie es wäre, wenn sie den Frauen auf dem Nachhauseweg aus ihrem vorbeifahrenden Auto etwas zurufen würde. Merken Sie nicht, dass wir Ihre Freiheit verteidigen? Letztlich wird sie sie aber bloß böse ansehen und den Kopf schütteln. Bei der nächsten Personalversammlung wird sie einmal mehr darüber klagen, dass die Protestierenden sie, die Angestellten des Aufnahmezentrums, durch ihr Auftreten verunsichern und bei der Arbeit stören. Und dass die Polizei etwas unternehmen und sie vertreiben muss. Mehrere Kollegen werden ihr zustimmen.)

Kamera 10 zeigt den Blick vom Funkmast der Grenzschutzstelle. Wie immer ist das Bild voller Flecken, denn zahllose Geier haben dort oben ihren Sitz und kacken alles voll. Mehrere von ihnen sind auch zu sehen, sie hocken auf dem Eisengerüst und machen sich für den Tag zurecht.

Kamera 11 wurde erst vor Kurzem auf dem Hauptwachturm des Aufnahmezentrums angebracht. Sie ermöglicht einen Rundblick über das gesamte Gelände und zeigt in diesem Moment Hunderte Vögel, die über das abgeriegelte Lager fliegen, in dem inzwischen immer mehr Kinder unterwegs sind. Da die Vögel so schnell dahinziehen, lassen sie sich kaum auseinanderhalten. Seit die Frau vor ein paar Monaten hier angefangen hat zu arbeiten, hat sie noch nie so viele Vögel auf einmal den Himmel verdunkeln sehen – weder mit eigenen Augen noch durch eine Kamera. Sie überlegt, ob die Tiere womöglich vor etwas auf der Flucht sind. Oder kündigen sie ein besonderes Ereignis an? Am nächsten Sonntag wird sie den Pfarrer in der Kirche danach fragen. Er wird ihr mit einem Bibelzitat antworten: »Fluche dem König auch nicht in Gedanken und fluche dem Reichen nicht in deiner Schlafkammer; denn die Vögel des Himmels tragen die Stimme fort, und die Fittiche haben, sagen's weiter.« Was das mit den flüchtigen Flecken auf ihrem Bildschirm zu tun haben soll, versteht sie nicht ganz. Wenige Tage später wird ihr Interesse an der möglichen Bedeutung der vorüberziehenden Vögel aber ohnehin erloschen sein. Es ist wie mit den Sandburgen, die ihr Sohn baut, wenn sie mit ihm ans Meer fährt: Irgendwann schwappen die Wellen darüber hinweg, und sie sind verschwunden.

Zu dem ersten Schwarm, der hoch am Himmel die Sportanlage des Gefängnisses überquert, gehört auch der Scharlachkardinal, er bewegt die Flügel aber viel zu schnell, als dass die Frau ihn unter den Tausenden von Körpern in heftiger Bewegung ausmachen könnte. Teilweise verdecken die Vögel dabei die Ansicht von Kamera 1 und damit die Kinder, die der aufgezwungenen morgendlichen Choreografie folgen. Nie hätten diese Kinder sich träumen lassen, als sie im Süden aufgebrochen sind, dass es im Norden so zugehen könnte. Vielleicht nimmt keines von ihnen hier, in dieser Haftanstalt, in der ihr Umherirren vorläufig ein unfreiwilliges Ende gefunden hat, die Vögel wahr. Aber nicht, weil sie die geflügelten Wesen nicht mögen würden (viele vermissen womöglich sehnsüchtig den Gesang des einen oder anderen Vogels), die Müdigkeit lähmt sie vielmehr und die beängstigende Vorstellung, es könnte jemand vergeblich auf der Suche nach ihnen sein. Woher sollen sie da die Kraft und den Willen nehmen, den Kopf in den Nacken zu legen, um in den glühend heißen offenen Himmel zu starren und sich zu sagen, dass ihre Reise noch nicht zu Ende ist?

Tagelang verfolgt der Scharlachkardinal, ob er will oder nicht, von einem Baumwipfel aus die eingesperrten Kinder. Dabei pickt er unermüdlich, verschlingt mit maßlosem Appetit Beeren, Käfer, Ameisen und Termiten. In seinem Magen sammeln sich Unmengen von Insektenflügeln, Insektenbeinen und Insektenfühlern an. Mehrmals fliegt er über das Stoppelfeld, auf das die Kinder einmal pro Tag geführt werden, um sie eine Zeit lang der sengenden Sonne auszusetzen. Nach zweiwöchigem Schlingen scheinen die pralle Brust und die gut gefüllten Flanken dem Scharlachkardinal mitteilen zu wollen, dass die Pause vorbei und die Zeit zum Weiterfliegen gekommen ist. Es gilt, die Ruhe am Himmel zu nutzen.

Unmöglich zu sagen, woher er die Kraft nimmt, so lange über dem Meer dahinzufliegen, ohne auch nur einen einzigen Zwischenhalt einzulegen; was ihm die nötige Stärke verleiht, um sich unbeirrt durch den vom Ozean aufsteigenden Dunst vorwärtszubewegen; woher er die Gewissheit bezieht, dass die

Energie, die nichts als einige Insekten und Früchte ihm verleihen, zum Überleben reicht. Die Begeisterung, die sich in seinen Flügeln angesammelt hat und die ihm immer wieder versichert, dass der riesige Abgrund, über den er Tag um Tag und Nacht für Nacht dahinzieht, nicht das Ende der Welt ist – woher stammt die? Wittert er etwa schon die neuen Pflanzen, die in der Ferne auf ihn warten? Und was ist mit dem inneren Brennen, das ihn davon überzeugt, dass er jedem Unwetter gewachsen ist? Was ihn letztlich antreibt, bleibt unerklärlich – eine Sternenkraft, ein Magnetismus? Und, wer weiß – aber wir werden es niemals wissen –, vielleicht auch das Glück.

Über die Boote der Küstenwache und andere schwere Schiffe, die sich hartnäckig einbilden, sie könnten das Wasser beherrschen, gleitet er einfach hinweg. Wer weiß, ob er sie überhaupt bemerkt, sosehr ihr einsames Blinken ihn von den Sternen ablenken möchte. In einem Wald auf den Kaimaninseln warten er und Tausende anderer Vögel ab, bis der Sturm sich gelegt hat, vor dessen Ausbruch sie hier gerade noch Unterschlupf gefunden haben. Gegen Abend macht er sich hastig davon, als ein Wanderfalke sich auf eine Baumratte stürzt, die auf demselben Ast herumläuft, auf dem er sitzt. Er lässt sich auf einem anderen Baum nieder und kackt, wahrscheinlich gleich mehrfach erleichtert. Bevor es dunkel wird, frisst er eine Libelle, drei Käfer und mehrere Ameisen.

Als er später wieder über dem offenen Meer unterwegs ist, fliegt er über ein flüchtiges Krokodil hinweg, das auf der Suche nach einer rettenden Insel Richtung Norden schwimmt. Natürlich sehen die beiden einander nicht, dafür sind sie viel zu beschäftigt damit, aus der Luft beziehungsweise vom Wasser aus den jeweiligen Horizont auszuspähen. Trotzdem braucht man kein kosmisches Auge, um zu begreifen, dass zwischen dem Vogel und dem Schuppentier eine Beziehung besteht.

Der Scharlachkardinal bewegt eifrig die Flügel, um das Festland und dort die Wälder der Hochebene zu erreichen. Das Krokodil paddelt wie wild, um an ein Ufer zu gelangen, das möglichst weit von dem Fluss entfernt ist, wo man ihm die Haut abziehen wollte, um sie, zu Handtaschen verarbeitet, zu verkaufen. Sie beide verbindet das trübe Gewässer, dessen Grund das Krokodil aufwühlte, bevor es sich aufs unbekannte Meer hinauswagte. Über ebendieses Gewässer wird der Vogel hinwegfliegen und sich anschließend auf einem der Bäume des Regenwalds ausruhen, der von dem Dunst lebt, der von diesem Fluss aufsteigt.

Nachdem der Scharlachkardinal viele Stunden lang Wolken durchquert hat, die das aufgewühlte Meer verdecken, erreicht er, wahrscheinlich ausgehungert und durstig, aber vor weiteren Unwettern sicher, den Darién-Dschungel. Als er auf das dichte Laubgeflecht zufliegt, hat er womöglich das Gefühl, von all dem Schreien und Krächzen und Schnattern und Gackern und Zischen und Heulen und Summen und Tropfen bereitwillig aufgenommen zu werden. In den längst nicht so üppigen Wäldern des Nordens kommt solch ein lärmendes Durcheinander jedenfalls nicht vor. Vielleicht wird er auch von spontaner Begeisterung erfasst, als er erlebt, mit welcher Ungeduld die Früchte hier aufplatzen – als wären sie einzig zu dem Zweck herangereift, Tausende Neuankömmlinge wie ihn zu diesem Zeitpunkt in Empfang zu nehmen und zu verkösten. Dieses Gewirr aus Fasern, in dem alles sich aufschlitzt und durchdringt, zerbeißt und verschlingt, verheißt ihm womöglich trotz allem eine Zuflucht. Diese pulsierende Welt voller Schlamm und Moos, Säften und Sporen, wo alles kraftvoll seine Gerüche und Geräusche entfaltet, kündigt ihm vielleicht an, dass sein Ziel bloß noch wenige Tage entfernt ist. Der Regen, der sich unaufhörlich auf diese gleichermaßen verschworene und verfeindete Gemeinschaft von Stämmen, Stielen und Pilzen ergießt, scheint ihm nichts auszumachen. Selbst die dicken Tropfen nicht, die ihn sanft im Nacken kitzeln, anschließend an den Bäumen hinabgleiten und den Morast noch morastiger machen, die Flüsse anschwellen lassen und die Frösche aus ihrer Lethargie holen. Im Gegenteil, in all dem Regen und Dunst, die dafür sorgen, dass die Bäume Himmel und Erde in Verbindung halten, scheint er sich wohlzufühlen.

Am zweiten Tag seines Festmahls entgeht der Scharlachkardinal mit viel Glück dem Angriff einer Gottesanbeterin. Als Zweig eines von ihm oft besuchten Mahagonibaums getarnt, war sie schon bereit, ihm, wie all ihren Opfern, genüsslich das Hirn auszusaugen. Obwohl er davongekommen ist, beklagt er sich womöglich darüber, dass er deshalb die Jagd auf den Käfer hat aufgeben müssen, der ganz in der Nähe seine Eier abgelegt hatte. Vorsichtshalber kehrt er aber nicht mehr zu diesem Baum zurück. Oder etwas anderes hält ihn davon ab.

Wenige Tage vor dem Aufbruch – seinen Bauch hat er inzwischen so gut gefüllt, dass er bereit für die Weiterreise ist – schreckt das Motorengeräusch eines Kleinflugzeugs ihn auf, das tief über dem Wald angeflogen kommt. Den Laserstrahl, den die zwei Wissenschaftlerinnen auf die Wipfel der höchsten Bäume richten, nimmt er wahrscheinlich nicht wahr. Die beiden arbeiten für ein Forschungsprojekt, mit dessen Hilfe der Bestand an alten Bäumen kartografiert und die von diesen gespeicherte CO_2-Menge ermittelt werden soll. Der Scharlachkardinal, der auf dem Ast eines Rosenholzbaums sitzt, wird dabei nicht erfasst. Der Indigene – ein Emberá-Schamane –, der für die Wissenschaftlerinnen als Führer arbeitet, beobachtet durch das kleine Fenster, wie die Vögel beim Näherkommen des Flugzeugs aufgeregt davonfliegen, und fragt sich besorgt, ob der Lärm die Mütter der Tiere und die Geister des Wassers und der Wasserpflanzen, überhaupt alle Lebewesen der Umgebung, auch die Seelen seiner Vorfahren, nicht völlig durcheinanderbringt. Die Vorstellung, den Königsgeier zu stören, der die Tore zur oberen Welt bewacht, beunruhigt ihn. Er bemüht sich, trotz der Geschwindigkeit, mit der das Flugzeug sich fortbewegt, herauszufinden, welche Vögel vor ihnen Reißaus nehmen. Er nimmt an, dass

Kewarás
Kumbarrás
Sorrés
Pipidís
Wido-Widós
und Jue-Jués

darunter sind. Und er fragt sich, ob der Motor ihren Flug und ihre Gesänge nicht so sehr beeinträchtigt, dass die Verbindung unterbrochen wird, die diese Vögel zu den Bewohnern sämtlicher Welten unterhalten; ob sie nach diesem Schreck noch imstande sein werden, mit der gewohnten Sicherheit das Ansteigen der Flüsse, die Ankunft des Regens, die Besuche der Leguane und die Schwangerschaften der Frauen vorherzusagen. Mit Grausen stellt er fest, dass er offenbar nichts dagegen unternehmen kann.

Mühsam versucht er, wie versprochen, aus der Höhe die riesigen Bäume zu bestimmen, deren jeweilige Verbreitungsgebiete bereits ein Satellit angezeigt hatte. Er, der seit seiner Kindheit auf unzählige Stämme geklettert ist, mit den Geistern des Waldes gesprochen hat und die Heilkräfte so vieler Blätter, Wurzeln und Samen kennt; der bei seinen Visionen unterirdische Netze und Geflechte vor sich sieht und zeitlebens die Wipfel über sich ausgeforscht hat. Er, dessen Poren augenblicklich die unterschiedlichsten Wässer erkennen, die die Luft heranträgt, und alles, was sich unterhalb des Morastes befindet; der am Rauschen der Blätter merkt, ob die Bäume sich Sorgen machen oder zufrieden sind – ausgerechnet er ist sich in diesem Moment nicht sicher, ob er sich in seinem eigenen Wald noch zurechtfindet. Auf Fußmärschen hat er die Wissenschaftler bereits zu den ältesten wilden Cashew-, Bongo- und Mandelbäumen geführt, die er in der Umgebung seines gegenwärtigen Schutzgebietes kennt. Hier dagegen, fern von dem Schlamm, der die Bäume trägt, und den Samen, die ihre Zukunft enthalten, inmitten des Motorenlärms, der alle tierischen Geräusche überdeckt, und der Plastikumhüllung, die ihn von sämtlichen irdischen Gerüchen abschneidet, in einer Höhe, die ihm in keiner Weise entspricht, ist der Schamane verwirrt und orientierungslos.

Der Scharlachkardinal wiederum lässt in diesem Augenblick den Rosenholzbaum hinter sich und sucht mit einem Schwarm anderer Vögel das Weite.

Als der Pilot verkündet, dass sie sich der kolumbianischen Grenze nähern und deshalb umkehren müssen, erinnert sich der Schamane an seinen Baum in Salaquí, jenseits der von anderen festgelegten Trennungslinie, wo er gelebt hat, bis er mit dem Rest seines Dorfes vor dem Krieg nach Panama fliehen musste. Er wird die Unterhaltung der beiden Wissenschaftlerinnen über CO_2, Sensoren und Satelliten unterbrechen und ihnen von dem riesigen wilden Cashewbaum am Jurachira erzählen, der das Reservat beschützte, in dem er zur Welt gekommen war. In seinem holprigen Spanisch wird er den unvergleichlich dicken und geraden Stamm beschreiben – so etwas ist ihnen noch nie vor die Messgeräte gekommen. Die Wurzeln seien wie Mauern, wird er sagen. Nirgendwo sonst hat er je so ein gewaltiges und zugleich biegsames Wesen gesehen, das, so viele Jahrhunderte auch noch vergehen mögen, vor Unglück bewahrt. Seine Großeltern aus Fleisch und Blut haben ihm beigebracht, dass dieser belaubte Verwandte schon auf ihre Vorfahren aufgepasst hatte, noch bevor die Kampuniá erschienen – die Nicht-Indigenen –, um sich dort niederzulassen und die Emberá zu kolonialisieren. Der Cashewbaum war ihr Wachturm, als die kriegslüsternen Weißen mit ihren Pferden auftauchten. Er wird anfügen, dass seit jener tragischen Zeit alle Erwachsenen die anderen in ihren Erzählungen hieran erinnern müssen. »Der Baum in Salaquí, dieser Großvater von mir, ist sehr weise.«

Eine der beiden Wissenschaftlerinnen wird ihm erklären, dass wahrscheinlich mehrere der zweiundfünfzig großen Bäume, die sie an diesem Vormittag ausgemacht haben, drei- bis sechshundert Jahre alt sind. Sie stellt ihm in Aussicht, dass sie nach Auswertung der Daten werden abschätzen können, wie viele der Bäume dort aus präkolumbianischer Zeit stammen. Und dass sie das in Zeitungen und Fachzeitschriften bekannt geben werden, und dass das gut für den Wald sein wird. Die Frau wird bedauern, dass sie die Grenze nicht überqueren dürfen, sonst könnten sie seinen Cashewbaum ausmessen. Er wird bedauern, dass er den Baum nicht streicheln kann.

Eine Weile wird der Emberá dankbar sein, dass jemand sagt, dass der Baum, den er zurücklassen musste, ihm gehört, obwohl er weiß, dass das nicht stimmt. Er wird sich vorstellen, wie schön es wäre, seinen Verwandten zu umarmen, nachzusehen, ob er immer noch diesen wohlriechenden Saft ausscheidet, ob seine Blätter immer noch so süß riechen, wenn man sie zerreibt, ob er weiterhin unverdrossen seine Bestandteile erneuert, immer einen nach dem anderen. Er wird sich fragen, ob der Baum ihm und seinen Leuten immer noch ein Begleiter ist oder ihnen den überstürzten Aufbruch übel genommen hat. Ob jemand versucht hat, ihn zu fällen oder den Kosmos aufzulesen, den seine Samen in sich bergen. Er wird erleichtert sein, dass die Wissenschaftlerinnen den Baum nicht ausmessen, was er ihnen aber nicht sagen wird.

Das Flugzeug kehrt über dem gewölbten Blätterdach voller Blüten nach Norden zurück, während der Scharlachkardinal auf dem Weg nach Nahrung und weniger Lärm Richtung Süden fliegt. Der Schamane ahnt, dass er irgendwo dort unterwegs ist, er und seine zahlreichen Begleiter, so wie er die Anwesenheit seiner Vorfahren und Verwandten spürt. Sehen kann er den Scharlachkardinal aber nicht.

Nachdem der Vogel sich erneut eine Woche lang mit Insekten und Früchten den Bauch vollgeschlagen hat, setzt er die Reise gen Süden über den dichten, sich wellig ausbreitenden Wald hinweg fort. Wer weiß, ob er in der Dunkelheit die Narben bemerkt, die die Bergarbeiter hinterlassen haben, als sie auf der Suche nach glänzenden Schätzen Bäume gefällt und die Erde aufgerissen haben. Und obwohl er nicht weiß, dass sie es auf Gold abgesehen haben (und in seinem von Düften und Blüten bestimmten Leben nicht begreift, was die unsterblichen Metalle für die Menschen bedeuten), nimmt er womöglich die hilflose Verzweiflung wahr, die der Boden ausschwitzt; vielleicht auch die Verätzungen, die das Quecksilber verursacht hat, die Fassungslosigkeit der Pilze und Wurzeln und die jahrtausendealte Kraft der Bäume, die unverdrossen dabei sind, die entblößte Erde erneut in Besitz zu nehmen. Wohl kaum bemerken wird er dagegen den Schein der Taschenlampen unter den Bäumen. Sie gehören Menschen aus Venezuela, Kuba und Haiti, die auf dem Weg nach Nordamerika den Urwald durchqueren. Auch von dem atemlosen Hecheln der Hunde bekommt er nichts mit, die manche dieser Menschen von so weit her begleiten.

Es geht Richtung Süden, es geht aufwärts. Zusammen mit dem Urwald die ersten Gebirgsausläufer erklimmen. Hinter sich lassen, was sich seit Jahrtausenden Schicht um Schicht über die Erde legt und ungeduldig davon träumt, auf diese Weise irgendwann bis zu den Sternen zu gelangen. Der Scharlachkardinal massiert mit seinen Schwungfedern die dunstige Luft, spannt die Schwanzfedern an und reckt den Kopf in die Höhe, um nach und nach die von dichtem Wald und Wolken überzogenen Abhänge zu überwinden, die das Ende der Ebene ankündigen. Als die Welt unter ihm sich immer mehr in Falten legt, ahnt der Scharlachkardinal vielleicht, dass er endlich den Bäumen näher kommt, in deren Laubwerk er sich während der nächsten Monate ausruhen wird.

Als er gegen Tagesanbruch von Müdigkeit überwältigt zu werden droht, muss er rasch einen Rastplatz finden inmitten all der toten Flächen voller freigelegter Wurzeln, die mittlerweile immer mehr Raum zwischen den Wäldern einnehmen. Ob er merkt, dass diese Gegend auf seiner letzten Reise noch grüner und stärker bewaldet war? Ob er Trauer darüber empfindet? Keiner der Bäume, die einsam inmitten von Kuhweiden und Pflanzungen ihren Platz behaupten, scheint ihn anzuziehen. Schließlich macht er in der bergigen, zu Ackerland umgewandelten Umgebung von Dabeiba ein Stück dichten Wald aus, das am Rand einer Schlucht überlebt hat. Die alten Bäume steigen von hier bis ans Ufer eines reißenden Flusses hinab. Von einem hohen Ast aus ist in der Ferne der Lichtschimmer zu sehen, der die seltsame Stunde ankündigt, von der die Menschen gerne hätten, dass sie andauert und die Nacht verlängert, was der Kosmos ihnen jedoch Tag für Tag aufs Neue verwehrt.

In der Nähe ist auf einmal Maschinengewehrfeuer zu hören. Der Scharlachkardinal hält es vielleicht für das Gedonner eines windlosen Unwetters und entscheidet sich dafür, zunächst etwas gegen seinen Hunger und Durst zu tun, um die schwindenden Lebenskräfte zu erneuern. Als der Hubschrauber vorbeifliegt und das feuchte Geäst in heftige Bewegung versetzt, unterbricht der Scharlachkardinal die Jagd und klammert sich an seinen Zweig, bis der Sturm vorüber ist. Trotz seines zerwühlten Gefieders empfindet er wahrscheinlich Erleichterung, als wieder das Lärmen des Waldes zu hören ist, das hartnäckige Zirpen der Grillen und Zikaden, auch wenn sich gleich darauf aus einem anderen, nicht weit entfernten Waldstück erneut der Widerhall von Schüssen vernehmen lässt.

Als Nächstes erscheint ein Kleinflugzeug und unterbricht das Frühstück des Scharlachkardinals mit seinem Krach und einem feinen weißen Sprühregen. Zum Großteil landet das Gift auf den Pflanzungen, aber auch die Bäume, die die Fällarbeiten bislang überlebt haben, bekommen etwas ab. Auf einem davon sitzt inzwischen der Scharlachkardinal und versucht, sich zu erholen. Der giftige Tau brennt auf der Haut und verschleiert die Pupillen. Das Gefieder verklebt, die Beeren werden von einer feinen Schicht überzogen, der Geschmack der Dinge ändert sich, und die Zunge schmerzt.

Als auch das Kleinflugzeug vorbeigeflogen ist, stellt sich die gewohnte Geräuschkulisse wieder ein. Der Vogel, der immer noch Appetit auf Insekten verspürt, steuert einen hundertjährigen Kapokbaum am Flussufer an. Das Rauschen des über die Felsen springenden Wassers überdeckt womöglich die Stimmen eines Mädchens und seiner Mutter, die ganz in der Nähe mit ihrem Hund an den Fluss gekommen sind, um sich das Gift abzuwaschen.

Die Mutter stellt sich in voller Montur ins Wasser. Als sie nach einer Weile wieder herauskommt, tritt sie wütend Steine zur Seite. »Jetzt weiß ich, warum letzte Nacht die Schreieule zu hören war.«

»Und was hat sie gesagt, Mama?« Die Kleine nimmt die sich sträubende Hündin auf den Arm und steigt mit ihr ebenfalls ins Wasser.

»Weißt du etwa nicht, dass die Eulen Gefahren ankündigen? Darauf kannst du dich verlassen. Ich habe gedacht, sie will uns sagen, dass der Krebs von deiner Tante schlimmer geworden ist. Hätte ich doch bloß kapiert, dass sie sagen wollte, dass die verfluchten Soldaten kommen, um unsere Pflanzung auszuräuchern.«

»Und wenn wir die Blätter abwaschen, Mama?«

»Nein, dafür ist es zu spät. Die Kokablätter werden noch heute anfangen zu welken, du wirst schon sehen. Und der Rest geht dann auch noch ein, wart's ab. So ist das mit den Mistkerlen, die die Regierung hierherschickt. Kaum sind sie da, machen sie alles kaputt.«

»Vielleicht finden wir ja irgendwo einen Tukan.« Vor Kurzem hat der Großvater der Kleinen erzählt, dass es Glück bringt, wenn man Wasser aus einem Gefäß trinkt, aus dem zuvor ein Tukan getrunken hat. Und das Mädchen hat sich längst angewöhnt, seine Mutter zu trösten, wenn sie merkt, dass sie wieder einmal wegen etwas Traurigem wütend ist.

»Na toll.«

»Wirklich, Mama, das ist kein Witz. Hast du nicht irgendwo in der Nähe einen Tukan gesehen? Wenn auf den Bäumen hier welche leben, kommt bestimmt gleich einer angeflogen und trinkt aus dem Fluss. Das machen wir dann auch, und du wirst schon sehen, danach kommt alles wieder in Ordnung. Ein bisschen wenigstens. Nein?«

»Trink hier jetzt bloß nicht vom Wasser! Flussaufwärts sprühen die Flugzeuge doch bestimmt auch alles voll, bei den vielen Pflanzungen dort! Und Tukane haben sich in dieser Gegend sowieso schon lange nicht mehr blicken lassen.«

»Haben die Tukane denn Angst vor den Flugzeugen?«

Die Mutter geht nicht auf die Frage ein und sagt stattdessen, sie solle lieber nach Kolibris Ausschau halten. Sie hat ihrer Tochter schon vor einiger Zeit beigebracht, dass es Glück bringt, wenn man Kolibris rumfliegen sieht.

Flussaufwärts badet der Scharlachkardinal nervös in einer flachen Pfütze. Vielleicht ist er erleichtert, als die harzige Substanz, die sein Gefieder verklebt, und der bittere Geruch des Giftes sich auflösen. Flussabwärts klettert die Kleine auf den Felsen herum und späht zwischen die Bäume, bis sie irgendwann die Lust verliert, weil sie bloß Stechmücken, Schmetterlinge und Wespen entdeckt. Als das Hubschrauberdröhnen in der Ferne verklungen ist – es gehört zum Krieg, das weiß sie –, ist auf einmal ein derartig lautes Gezwitscher zu vernehmen, dass sie sich sagt, dass bestimmt auch einer dieser Vögel Glück bringt.

Mehrere Monate später, als Mutter und Tochter die Kuh und die beiden Hühner verkauft, ein Schloss vor die Haustür gehängt, die eingegangene Pflanzung sich selbst überlassen haben und mit der Hündin zu einer Tante in Medellín gezogen sind, wird die Kleine jede Nacht an ihre alte Heimat denken. An den Wald, wo sie sich so oft mit ihren Cousins und Cousinen versteckt hat, und an den Fluss, in dem sie gebadet hat, bis das Gift versprüht wurde. Wenn sie mit ihrer Mutter loszieht, um im Parque de los Pies Descalzos Handyminuten und allen möglichen Krimskrams zu verkaufen, wird sie sich daran erinnern, wie das Wasser nur so an ihr vorbeigerauscht ist, und die aufgeregte Begeisterung, mit der die Stadtkinder die Schuhe ausziehen und in den Brunnenbecken herumhüpfen, wird ihr lächerlich vorkommen. Am liebsten würde sie dann wichtigtuerisch sagen, dass sie weiß, was ein richtiger Fluss ist, und dass der Park hier nichts ist im Vergleich zu dem machtvollen Strom bei ihr im Dorf, und dass es dort Tukane und Kolibris gibt. Aber letztlich wird sie die anderen bloß von ihrer Ecke aus wütend anstarren.

Einmal wird sie tatsächlich einem echten Tukan begegnen, im Tierheim, wohin die Lehrer von der Stiftung für Vertriebene Kinder eines Tages einen Ausflug mit ihnen machen werden. Zuerst wird sie dort aber andere Tiere sehen, die auch Schlimmes hinter sich haben. Erleichtert wird sie feststellen, dass der gerettete Jaguar, der vor ihr einen Knochen zerbeißt, offensichtlich froh darüber ist, keinem Drogenhändler mehr als Haustier dienen zu müssen, auch wenn er immer noch hinter Gittern lebt; dass der behäbige Bär, der auf einer Landstraße von einem Lastwagen angefahren wurde und nur noch drei Beine hat, anscheinend ruhig und zufrieden vor sich hindämmert; dass die sieben Köhlerschildkröten nach Lust und Laune in ihrem großen Becken herumschwimmen können, nachdem sie jahrelang in irgendwelchen winzigen Behältnissen eingesperrt waren; dass der Leguan flink auf einen Orangenbaum klettert, statt zu versuchen, den Steinen auszuweichen, mit denen die Touristen ihn in seinem Käfig in dem Hotel in Capurganá bewarfen; dass die Kapuzineraffen, vor allem der mit der verstümmelten Hand, in den Zweigen umherspringen und nicht mehr an die Arme der Männer gekettet sind, die sie an der Straße nach Urabá zum Kauf anboten; dass das Ara-Weibchen mit dem kaputten Schnabel nicht mehr ihrem Folterer ausgeliefert ist, der sie mit einer Schnur an einem Gitter angebunden hatte; dass die Papageien sich mit den Bäumen, die unter einem Netz wachsen, trösten, bis sie wieder freigelassen werden. Zuvor mussten sie zwei Wochen in völliger Dunkelheit zubringen, in Kisten gesperrt, die in den Frachträumen von Kleinflugzeugen und Lastwagen hin und her schwankten, um anschließend im Bauch eines mit Zucker beladenen Schiffs nach Europa gesandt zu werden. Ein Schicksal, dem sie gerade noch einmal entkommen sind.

Erst als sie sich am Ende in eine Ecke setzen will, um sich ein wenig auszuheulen, wird sie ihn entdecken. Er sitzt auf dem Ast eines wilden Cashewbaums, mit seinem riesigen bunten Schnabel, der schamlos aus dem gelben Gesicht hervorspringt. Wie eine Waffe, die aber einen künstlichen Eindruck macht – als wäre der restliche Körper des Vogels bloß dazu da, um diesen anstößigen Teil zu tragen. Erstaunt wird sie das Gesicht ans Gitter pressen, um genau mitzuverfolgen, wie dieser Vogel, der sich um so etwas wie Tarnung nicht im Geringsten zu scheren scheint, eine Papaya zerhackt. Sie wird die roten, orangen und blauen Flecken bewundern, die sich über den grünen Schnabel verteilen und den Eindruck erwecken, gleich würden dort noch ganz andere, ihr bislang unbekannte Farben hervorsprießen. Sie wird sich fragen, ob jemand mit einem Pinsel die feinen Striche gezogen hat, und ob er täglich Blut trinkt, damit die Schnabelspitze immer so schön rot bleibt. Wird sich sagen, dass dieser Schnabel jeder Blumenschere haushoch überlegen ist, eine Königin unter den Taschenmessern, ein Zaubergerät. Sie wird neidisch auf dieses Etui sein, das eine lange Zunge umhüllt, die nach Lust und Laune von allem probieren kann, anders als sie selbst.

Sie wird aufmerksam zuhören, als der Führer erklärt, dass dieses so hübsche Tukanweibchen – das deshalb auch Guapa heißt – Anfang des Jahres im Parkhaus eines Einkaufszentrums in Medellín gefunden wurde. Wann sie sie wieder freilassen, wird sie fragen und betrübt zu hören bekommen, dass sie, nachdem sie so lange in der Stadt gelebt hat, im Urwald nicht mehr überleben könnte.

»Kann man sie nicht adoptieren?«

Der Führer wird lachen und das Mädchen aufgeregt nach dem Trinknapf Ausschau halten, in den der Tukan seinen bunten Schnabel taucht. Sie wird ungeheure Lust auf einen Schluck von seinem Wasser verspüren. Und das unbändige Verlangen, ihm diesen Schnabel abzureißen, um alle Leute damit zu streicheln und zu liebkosen und sich die eigene Haut aufzukratzen, damit sich ihre Flüssigkeiten vermischen. Wenn sie einmal groß ist, wird sie sich in diesem Moment sagen, will sie als Tierretterin arbeiten und den Leuten, die ohne Erlaubnis Lebewesen aus dem Urwald entführen, um sie zu verkaufen, ihre Beute wieder abnehmen. Am Abend jenes Tages wird sie ihrer Mutter verkünden, dass sie Umweltpolizistin werden will, aber keine von denen, die Pflanzungen vernichten. Allerdings wird sie (aus Angst, die Mutter könne ihr die Sache vermiesen) nicht verraten, dass sie das vor allem vorhat, um eines Tages einen gefangenen Tukan zu befreien und etwas von dem Wasser abzubekommen, das sich durch die Berührung seines Schnabels in einen Zaubertrank verwandelt.

Von Ast zu Ast hüpfend, bald hier, bald da eine Frucht aufpickend, entfernt sich der Scharlachkardinal flussaufwärts immer weiter von der Mutter und ihrer Tochter. Als er endgültig satt ist, schüttelt er sich und spreizt die Flügel, um zwischen den Federn herumzustochern und sich von dem Ungeziefer zu befreien, das sich darin festgesetzt hat. Die Kleine und ihre Mutter warten den ganzen Nachmittag im Nieselregen und von Mücken geplagt an dem schaumbedeckten Ufer, bis keine Hubschrauber mehr zu hören sind und die Eulen wieder ihre Rufe erklingen lassen. Dann kehren sie mit der Hündin zu ihrem vergifteten Haus zurück.

Als hätte der viele Donner ihm den Schwung genommen, verweilt der Scharlachkardinal noch einen weiteren Tag im Wald. Vielleicht irritieren ihn die Kriegsgeräusche, die immer noch aus nicht allzu großer Entfernung zu ihm dringen. Ein seltsamer Wind streicht über die Blätter, aber ohne sie zu liebkosen, und nach Vegetation riecht er auch nicht. Ab und zu brandet erneut Lärm auf. Ein seltsamer Rauch treibt vorbei, ein weißes Fluid.

Es kostet Kraft, dem Auf und Ab der Bergwälder zu folgen, die immer höher hinaufreichen. Wer weiß, woher er den Mut nimmt, das Rückgrat einer Gegend zu erklimmen, die sich auffaltet, plötzlich absinkt, dann wölbt, dann zusammenzieht.

Über riesige Flüsse hinwegzufliegen, die tief unter ihm glitzern. Bäche in den Blick zu nehmen, die sich todesmutig von den Gipfeln stürzen. Wolkenfelder zu durchqueren, die auf die Abhänge herabsinken und sich in den Bäumen verfangen, ihren Inhalt an sie weitergeben. Luft einzuatmen, die immer dünner wird, und das Herz dabei über Gebühr zu beanspruchen.

Zum Glück weicht der Scharlachkardinal dem hellen Schein Medellíns aus, der seitlich am Horizont aufglänzt. Anderen Vögeln gelingt das nicht. Wie fast immer im Oktober und im April wird er von den angriffslustigen Wolken des Gebirges gründlich durchgespült. Wer weiß, ob die Blitze, die er über den Bergen in der Nähe aufleuchten sieht, ihm Angst machen. Als am frühen Morgen die höchsten Gipfel der Strecke hinter ihm liegen, taucht in der Ferne der Río Magdalena auf. Vielleicht nimmt er von oben den sanften Überfluss wahr, der in seinem Tal herrscht. Ob ihm bewusst ist, dass der gewaltige Strom, der alles Leben in Sediment auflöst, erschöpft ist von dem vielen Schlamm und den Knochen, die er inzwischen mitschleppen muss? Er streckt den Kopf vor, um sich die Luft gefügig zu machen, die dicker wird, während er zum Sinkflug ansetzt. Vielleicht liegt es an den vielen Viehweiden und dem Schlamm an den Ufern, jedenfalls schiebt er trotz seiner Müdigkeit die Landung auf, bis er eine Gruppe baumbestandener Hügel am Rand des Tals erreicht.

Zwei Tage ruht er in dem Wald aus, der hartnäckig versucht, das Gebiet zurückzuerobern, das man ihm vor einigen Jahren durch Abholzung und Anlegen von Pflanzungen geraubt hat. Der Scharlachkardinal verschlingt die prallen Früchte der Inga-, Kaffee-, Avocado- und Guavenbäume. Ob er weiß, was für Vögel sich zusammen mit ihm hier eingefunden haben? Ob er ihre versteckten Fähigkeiten wahrnimmt? Ob er sie als seinesgleichen empfindet?

In der Nacht, in der er wieder aufbricht, stößt er auf Tausende Vögel, die sich am Himmel zusammenballen. An den Daten, die der Sender mit eingebautem GPS vom Rücken einer Drossel, die ebenfalls hier unterwegs ist, an die Internationale Raumstation weiterleitet, wird jedoch für niemanden zu erkennen sein, dass sich dem riesigen Schwarm auch ein Scharlachkardinal angeschlossen hat, der eine Zeit lang neben dem kleinen braunen Vogel herfliegt.

Er scheint einem uralten Gebot zu folgen, als er die Überwindung der nächsten Bergkette in Angriff nimmt, wo ihn kältere Tagesanbrüche, aber auch Bergtrauben und Myrtenbeeren erwarten. Dabei stört er die Ordnung am Himmel, für die in diesem Gebiet immer die Kondore gesorgt haben. Mittlerweile sind sie jedoch fast ausgestorben. Er fliegt über Klippen hinweg, auf denen Schopfbäume wachsen. Wird er langsamer werden, so wie wir, wenn wir zu Fuß in der dünnen Luft dieser Höhen unterwegs sind? Während er eifrig auf den Horizont zufliegt, liefert er sich ein Wettrennen mit den pummeligen Wolken, die behäbig von dem großen Fluss aufsteigen. Als er in sie eindringt, bohren sich Wassernadeln in seine Flügel, er lässt sich davon aber nicht beeindrucken, genauso wenig wie von den Tropfen, die ihm den Schnabel säubern und die Augen ausspülen.

Schließlich erreicht er die Hochebene, und in der Ferne zeichnet sich der leuchtende Fleck von Bogotá ab, der dem Himmel die Farben entzieht, die Nacht verwirrt und den Scharlachkardinal auf Abwege führt. Unter ihm tauchen die Straßen im Westen der Stadt auf – einzig um diese Uhrzeit sind sie leer –, der von schmarotzenden Flugzeugen in Besitz genommene Flughafen und die großen Hallen des Industriegebiets. Dann glitzert plötzlich eine sumpfige Wiese, die streunende Hundemeute, die dort im Schutz eines Kapernstrauchs und eines Bambusgebüschs lagert, sieht er allerdings nicht. Es fängt an zu regnen, so stark, dass schon bald die Abflüsse überlaufen in der Stadt, die für ihr Wasser noch nie viel übrig gehabt hat. Der Scharlachkardinal fliegt in östlicher Richtung weiter, über ein Gewirr aus Dächern, Tanks und Antennen, die wie Pilze aussehen, bis er irgendwann eine dicht gedrängte Baumgruppe in einem Park ausmacht. Ein altgedienter Guajakbaum lädt ihn ein, auf seinen Ästen abzuwarten, bis die Sintflut vorbei ist. Er lässt die Donner über sich hinwegrollen – sie machen es ihm immerhin leichter, dem Wunsch zu widerstehen, sich einer Siesta hinzugeben. Vielleicht friert er, da er wieder stark abgezehrt ist, weshalb er nach einer Möglichkeit Ausschau hält, die Gewichtslücken wieder aufzufüllen. Dass unter einer Betonbank in der Nähe zwei Straßenhunde schlafen, entgeht ihm offenbar.

Als nur noch leichter Nieselregen vom Himmel fällt und sich allmählich das Licht zwischen den Wolken hindurchkämpft, macht der Scharlachkardinal sich auf die Suche nach stärker belaubten Ästen. Es ist, als vernähme er den Ruf der nahe gelegenen Hügel. Denkbar ist auch, dass er einfach genug vom Gehupe und Bremsenquietschen der soeben erwachten Stadt hat. Dass das nur hilflose Imitationen der Rufe bedrängter Tiere sind, ist ihm womöglich klar. Vielleicht brennen außerdem die stinkenden Autoabgase in seiner Lunge.

Bevor er in den massigen Bergen Zuflucht suchen kann, ist da jedoch der Spiegel. Das Bankhochhaus mit den glänzenden Fensterscheiben, die so tun, als wären sie der Himmel. Nachdem er aus vollem Flug dagegen geknallt ist, versinkt der Scharlachkardinal in eine Benommenheit, die mit Schlaf nichts zu tun hat. Keine der Frauen, die die Büros putzen, und keiner der leitenden Angestellten, die so früh erschienen sind, um einen neuen Kredit abzuzeichnen, bekommt mit, wie er mit dem Schädel an das dicke Glas prallt. Vielleicht schlagen seine Flügel aus purer Gewohnheit einfach weiter, sodass er auch jetzt noch dahingleitet und nicht im Sturzflug auf dem Straßenpflaster aufschlägt.

Die ihn umgebenden Mauern und Fenster schwanken in seiner verwirrten Wahrnehmung womöglich. Zugleich verschwimmt ihm die Sicht so stark, dass er nicht mehr imstande ist, einen Baum mit Sicherheit als solchen zu erkennen. Gut möglich, dass er stechende Schmerzen im Genick verspürt.

Benommen landet er auf dem Balkon einer Wohnung im dritten Stock eines nicht besonders großen Hauses. Die Frau, die gerade hinaustritt, um ein Handtuch aufzuhängen, vergisst ihr geprelltes Steißbein, als sie den auf dem Granitboden sitzenden Vogel entdeckt. Sein Blick wirkt abwesend, und anders als erwartet dreht und wendet er den Hals kein bisschen. Warum macht er keinerlei Anstalten, fortzufliegen? Als sitze er einbalsamiert in einer Museumsvitrine, ignoriert der Scharlachkardinal die Quinoakörner und das Schälchen mit Wasser, das die Frau ihm hinstellt. Vielleicht befällt ihn, schreckhaft und scheu, wie er ist, Panik angesichts des riesigen Körpers, der sich ihm nähert, und er ist zusätzlich vor Angst wie gelähmt.

»Was ist denn mit dir los, Vogel?«

Zum ersten Mal streicht ihm ein menschlicher Finger über den Rücken und zerzaust die rötlichen Federn, die von seinem gelben Mantel verborgen werden. Ist er immer noch so verwirrt, dass er die Aufforderung, die darin liegt, nicht bemerkt? Die Frau spürt den hektischen Herzschlag des Vogels und bekommt ein schlechtes Gewissen, weil sie ihn aus solcher Nähe ansieht. Am liebsten würde sie sich entschuldigen. Sie hat den Verdacht, dass sie gegen ein uraltes Gesetz verstößt, das besagt, dass freie Vögel vom menschlichen Blick nicht fixiert werden dürfen. Ihr flüchtiges Wesen ist unbedingt zu respektieren.

Sie fragt sich, warum der Vogel sich auf ihrem Balkon niedergelassen hat, zwischen dem Besen und den Wäscheleinen, und nicht auf dem Gummibaum im Nachbargarten, der hundertjährigen Esche unten an der Straße oder einem der Eukalyptusbäume auf den nahe gelegenen Hügeln. Gerne würde sie glauben, dass der Scharlachkardinal sie ausgewählt hat, weil sie sich einbildet, eine besondere Beziehung zu Vögeln zu besitzen. Bereits als Mädchen kam sie sich erwählt vor: Während sie einmal auf einer der Weiden des Hofs unterwegs war, auf dem sie aufgewachsen ist, kreiste ein Schwalbenschwarm über ihr, und plötzlich landete ein wenig Vogeldreck auf ihrer ausgebreiteten Handfläche. In einem Alter, in dem ihr alles irgendwie falsch vorkam, sagte sie sich, dass der Kot auf der mittleren Linie ihrer Hand – der Kopflinie, wie die Köchin, die sich mit dem Thema auskannte, ihr erklärt hatte – unbestreitbar ein Geschenk war, ein Glücksbringer. Hier auf dem Hof hatte sie schon als ganz kleines Mädchen Schwalben und Kolibris, die gegen eins der Fenster geflogen waren, mit Zuckerwasser und zärtlichem Streicheln wieder aufgepäppelt. Wenn sie nach dem Aufprall benommen am Boden liegen blieben, hob sie sie auf und barg sie in ihrer hohlen Hand, bis sie wieder zu sich kamen. Wenn sie sich dann erneut in die Luft schwangen, beglückwünschte sie sie. Und die, die sich tödlich verletzt hatten, begrub sie. Nachdem sie sich jedoch, wie so manche, im Lauf der Jahre immer mehr in sich zurückgezogen hat, kommt sie nicht mehr wie selbstverständlich auf den Gedanken, der Vogel könne einfach deshalb so jämmerlich, wie gelähmt, vor ihr sitzen, weil er im unerschütterlichen Glauben an seine Pilgermission an die harte Wirklichkeit einer Glasscheibe gestoßen ist.

Lieber sagt sie sich, dass der Vogel sich entschieden hat, bei ihr Station zu machen, weil er spürt, wie sehr sie Tiere mag und wie sehr der Gedanke an die Verfolgungen, denen sie ausgesetzt sind, ihr zu schaffen macht – und das fast jeden Tag. Das geht so weit, dass sie manchmal nachts für streunende Hunde Knochen an der Straßenecke auslegt, Spendensammlungen für Tierschutzvereine organisiert oder, wenn Stierkämpfe stattfinden, vor dem Eingang in die Arena steht und protestiert. Neulich nahm sie auch die angefahrene Hündin mit, die sie auf einem Parkplatz entdeckt hatte, und brachte sie in ein Heim. Bei anderer Gelegenheit überredete sie ihre Tante, die auf dem Land lebt, ein Pferd aufzunehmen, das tagaus, tagein unter Qualen einen Karren durch die Stadt ziehen musste. Oder sie versucht, ihren Großvater davon abzubringen, weiterhin ohne Rücksicht auf die Bienen seinen Mais mit Gift zu besprühen. Selbst mit Freunden hat sie sich schon überworfen, weil die sich von ihr nicht zum Veganismus überreden lassen wollten.

Gleich darauf macht sie sich Vorwürfe, weil sie sich einredet, der fremde Vogel bettle sie um Hilfe an. Sie muss an die wagemutigen Vögel denken, die aus den Käfigen entwischen, in denen ihre Besitzer sie eingesperrt haben. Sie fragt sich, ob der Vogel auf ihrem Balkon so verwirrt ist, weil er aus der Gefangenschaft in einer Wohnung in den stinkenden Großstadtlärm von Bogotá geraten ist. Als sie vor ein paar Jahren in Boston studierte, gelangte sie angesichts der vielen Zettel mit Suchanzeigen, die dort im Herbst an den Laternenpfosten erschienen, zu dem Eindruck, zur Zeugin eines Aufstands der gefangenen Vögel zu werden. Die erste Anzeige verkündete, es sei ein grüner Wellensittich mit rosa-schwarzer Kehle verloren gegangen. Dazu das Foto eines wunderschönen Vogels, der angeblich auf den Namen Bandi hörte und würdevoll auf einem menschlichen Finger posierte.

In den folgenden Monaten fielen ihr noch jede Menge Ausreißersuchanzeigen auf, vielleicht, weil ihr Blick nun für derlei geschärft war. Ein Kakadu, noch ein Wellensittich, ein

Papageienweibchen (mit dem unvergesslichen Namen Lollypop), eine Taube mit nur einem Bein (wie die entkommen war, entzog sich ihrer Vorstellungskraft) und ein Kanarienvogel. Jedes Mal gab ein Besitzer das Verschwinden seines Vogels bekannt und flehte die Leute an, ihm aus seiner Verlassenheit, ja, Verwaisung zu helfen. Wie auch jedes Mal eine große Summe all denjenigen in Aussicht gestellt wurde, die so großmütig waren, den Blick in die Höhe zu richten, um den im Laub verborgenen kleinen Sänger ausfindig zu machen – und das zu einem Zeitpunkt, zu dem die übrigen gefiederten Wesen die Flucht vor der Kälte antraten, die schon bald diese nördliche Region heimsuchen würde. Als begriffen diese Leute nicht, dass ihre Lieblinge entflohen waren, weil sie genug von Fingern, Gitterstäben, Geruch nach gebratenem Fleisch, Fernsehern und Tapeten hatten und endlich den Staub von ihren verkümmerten Flügeln schütteln und sich mit den Bäumen und dem offenen Himmel vertraut machen wollten. Verwies ihr Aufstand auf etwas Größeres, auf etwas, das damit zu tun hat, dass die Welt so kaputt ist? Während jener dunklen Studienmonate hatte sie sich über die aufsässigen Vögel gefreut. Die ganze Zeit über hatte sie ihnen telepathische Botschaften zukommen lassen, in denen sie ihnen Mut machte und sie darin bestärkte, ihren Exodus fortzusetzen, obgleich ihr bewusst war, dass sie sie niemals erreichen würden.

Eine befreundete Biologin hatte ihr einmal von wissenschaftlichen Untersuchungen erzählt, die mit gefangenen Zugvögeln durchgeführt wurden. Dabei hatte sich jedes Mal bei Herbst- beziehungsweise Frühlingsbeginn gezeigt, dass die im Käfig gehaltenen Vögel an den Tagen, an denen ihre Artgenossen sich zum Aufbruch bereit machten, anfingen, wie verrückt umherzuspringen, verzweifelt mit den Flügeln zu schlagen und sich gegen die Gitterstäbe zu werfen. Nach jahrzehntelanger Beobachtung ihrer Verwirrung und des Ausmaßes der dabei durchlittenen Qualen galt als erwiesen, dass die Vögel den Reigen der Planeten in all seinen Einzelheiten wahrnehmen, ihre innere Uhr nach den kosmischen Zeiten stellen und dementsprechend auf Reisen gehen. Bei dem Versuch, dem Geheimnis ihres Nomadentums auf die Spur zu kommen, hatte ein Wissenschaftler den Begriff der »Zugunruhe« geprägt.

Auf diesen Ausdruck war die Frau gestoßen, als sie mehr über die Sache wissen wollte. Ein deutscher Ornithologe hatte damit im 19. Jahrhundert das seltsame Verhalten gefangener Vögel zu beschreiben versucht. Was für uns bedeutet, ins Exil vertrieben zu werden, heißt für diese Tiere, an Ort und Stelle festgehalten zu werden. »Zugunruhe« – ein Ausdruck, der dem Zweck dient, das mörderische Tun derjenigen zu kaschieren, die diese Tiere einsperren, und zugleich eine Art von Entschlossenheit zu benennen, die über das, was wir Menschen als »freien Willen« bezeichnen, weit hinausgeht. Als sie am Ende ihres Studiums aus den USA zurückkehrte, hatte sie den Begriff vergessen. Erst jetzt, wo der Scharlachkardinal wie gelähmt vor ihr sitzt, ist er ihr wieder eingefallen.

Dass sie zu spät zur Arbeit kommt, ist ihr egal. Im Internet findet sie Hunderte Fotos von Scharlachkardinalen – Männchen mit roten Federn, die zeitweilig ockerbraun werden, gelbe Weibchen. Den wissenschaftlichen Namen, die volkstümlichen Namen und das Verbreitungsgebiet. Auch eine Landkarte, auf der mit bunten Pfeilen der Nordosten der Erdhalbkugel, wo die Scharlachkardinale sich paaren und ihre Eier ausbrüten, mit den Tropenregionen, die sie auf ihrem Zug durchqueren, und mit Teilen der Anden verbunden ist. Dort im Süden weichen sie dem aus, was wir in den Wäldern des Nordens als Winter bezeichnen. Angesichts der so reduzierten Lebenskräfte des Vogels, der auf ihrem Balkon nicht wieder zur gewohnten Stärke zurückzufinden scheint, kommen ihr all die ausführlichen Schilderungen und Erläuterungen geradezu obszön vor. Sie geht erneut hinaus und stellt fest, dass er immer noch wie versteinert dasitzt. Ob er zum Sterben zu ihr hinabgekommen ist? Im Internet hat sie gelesen, dass ein 1990 in Pennsylvania beringter männlicher Scharlachkardinal 2001 in Texas wiedergefunden wurde. Was bedeutet, dass er die Gesamtstrecke mindestens vierundzwanzig Mal zurückgelegt hatte. Zu gerne wüsste sie, wie oft der Scharlachkardinal auf ihrem Balkon diese Entfernung bewältigt hat.

So oder so rührt es sie, diese Chiffre der großen Kontinentalreisen unmittelbar vor sich zu sehen, die Zeugnis von der souveränen Ungebundenheit jener Weltenwanderer ablegt. Sie weiß, dass sie übertreibt, aber der Gedanke, dass der Scharlachkardinal nicht zufällig gerade auf ihrem Balkon gelandet ist, gefällt ihr, schließlich sind sie beide Weltenwanderer. Auch wenn die eine im Süden und der andere im Norden geboren ist, und seine Reisen anderen Strömungen folgen und viel mehr Zwischenhalte erfordern. Gerne würde sie jedoch behaupten, dass das ständige Hin und Her und die Liebe zur intensiven Sonne, die es im Winter des Nordens nicht gibt, die eigentliche Verbindung darstellen. Dass dadurch Übereinstimmung, ja geradezu Gleichklang zwischen ihnen entsteht.

Eine Weile behält sie den Scharlachkardinal von der Balkontür aus noch im Auge, bis sie sich irgendwann ganz sicher ist, dass der Vogel, der sich kein bisschen um sie kümmert, weder um Schutz noch Anerkennung bittet. Sie glaubt, seine stumme Forderung, allein gelassen zu werden, nachvollziehen zu können. Und sie spürt, dass seine Erschöpfung leidvollen Erfahrungen geschuldet ist, von denen sie keine Ahnung hat. Bevor sie ihn allein lässt, macht sie ein Foto von ihm.

In den nächsten Jahren wird das Bild das Vogels auf dem rissigen Granit ihr als Fetisch dienen, der Freude und zugleich Unruhe in ihr hervorruft, wie die Heiligenbildchen mit der traurigen Jungfrau Maria oder den Märtyrern darauf, die Gläubige in der Brieftasche mit sich herumtragen. Vom Bildschirm ihres Computers wird der Scharlachkardinal ihr zuzwinkern, bis man ihr das Gerät eines Tages stiehlt und damit auch alle Dateien, sodass sie den Scharlachkardinal nie mehr zu sehen bekommen wird.

Noch lange wird die Frau sich fragen, warum dieser Vogel sich ausgerechnet ihr auf dem Balkon des Hauses offenbart hat, in dem sie noch mehrere Monate wohnen wird, bis es im Nationalarchiv, in dem sie arbeitet, zu Personalkürzungen kommt. Als sie mithilfe eines ziemlich belastenden Darlehens in die USA zurückkehrt, um dort ein weiteres Diplom zu erwerben, wird der Gedanke an den Scharlachkardinal sie erneut stark beschäftigen. In der Hoffnung, dass der Vogel noch lebt, wird sie überlegen, was für Strecken er seit damals zurückgelegt haben könnte. Sie wird sich aufgeregt vorstellen, wie er sie auf der Rückreise in sein Sommerquartier in einem

Wald im Nordosten, wo sie sich ein neues Leben aufbauen wird, irgendwann einholt. Immerhin sind sie einander ja schon im Süden einmal ganz nahegekommen. Weshalb sie von da an jedes Jahr im Frühling, wenn auf den kahlen Stämmen ein munteres Leben voller Starts, Landungen und Gesängen einsetzt, die Wochenenden dafür nutzen wird, sich in den Wäldern Pennsylvanias auf die Suche nach Scharlachkardinalen zu machen. Mehrere Monate wird sie brauchen, um den Kredit für ein Fernglas mit enormer Reichweite abzubezahlen. Sie wird sich wie verrückt die vom Blütenstaub juckenden Augen reiben und, obwohl es ihr schwerfällt, sich bemühen, sich den Gesang dieser Vogelart einzuprägen, von dem es im Internet zahlreiche Aufzeichnungen gibt. Sie wird sich täglich Online-Radarkarten ansehen, auf denen Vogelzüge verfolgt werden können, wie auch eine Webseite, auf der in Echtzeit Vogelsichtungen gemeldet und mithilfe roter Fähnchen auf einer Übersichtskarte verzeichnet werden. Zu ihrem Bedauern wird sie die Millionen Zugvögel, die in April- und Septembernächten den Himmel in Besitz nehmen, nicht sehen können, sosehr sie auch von dem kleinen Balkon ihrer Mietwohnung nach ihnen Ausschau halten wird. Trotz ihres miserablen Gedächtnisses wird sie versuchen, sich auch noch die Kennzeichen anderer Vogelarten zu verinnerlichen. Und sie wird sich bemühen, sesshafte Vögel nicht mit abschätzigen Blicken zu bedenken. Diese verzichten bekanntlich aufs Reisen und setzen sich dafür der schrecklichen Kälte vor Ort aus. Wenn im Winter schließlich alles wie tot wirkt, wird sie sogar Bewunderung für sie empfinden. Und wenn es ihr im Mai gelingt, den einen oder anderen Neuankömmling aus dem Süden zu identifizieren, wird sie ihn lautstark begrüßen, dass es weithin durch den Wald hallt. Die verwunderten Blicke zufällig vorbeikommender Spaziergänger werden ihr egal sein.

Sieben Jahre wird sie vergeblich nach einem Scharlachkardinal Ausschau halten. Allerdings wird sie häufig glauben, irgendwo hoch oben in einer Eiche seinen Gesang zu hören, wie ihr auch Leute mit Ferngläsern, denen sie unterwegs begegnet, bestätigen werden, dass tatsächlich Scharlachkardinale eingetroffen sind. Und als sie eines Tages in der Nähe von Philadelphia durch einen Wald voll gieriger Zecken spaziert, wird sie es auf einmal erkennen:

Tiit tiiiuuuuit tiuit tiit tiuuuit.

Und dann wird sie das stolze Männchen entdecken, das auf der Spitze einer frisch ergrünten Zeder sitzt und seine leuchtende Röte und den Gesang dazu präsentiert. Sie wird versuchen, ihn mit dem Handy zu filmen, auf der Aufnahme wird jedoch bloß das sich bewegende Laub und das Lärmen zahlreicher Vögel wahrzunehmen sein. Sie wird ihren Freundinnen davon erzählen, die zu ihrer Enttäuschung aber nichts Besonderes daran finden.

Um diese Zeit wird eine Geliebte, die bloß Englisch spricht und wenig gereist ist und mit der sie nicht allzu lange zusammen sein wird, sie zwingen, die Gründe für ihre Vogelleidenschaft zu nennen, die bis dahin, in den Windungen und Falten ihrer Eingeweide verborgen, ein so stummes wie geheimnisvolles Eigenleben führten. Ihr wird jetzt nichts anderes übrig bleiben, als sich einzugestehen, dass sie inzwischen in Philadelphia Wurzeln geschlagen hat und das ständige Hin und Her zwischen zwei Ländern auf die Dauer schwer aufrechtzuerhalten ist. Sie wird einen Freund geheiratet haben, bloß um auf diese Weise eine dauerhafte Aufenthaltsgenehmigung zu erhalten und nicht immer wieder Verlängerungen erbetteln zu müssen. Sie wird bei einer Stiftung, die sich für die Reformierung des Strafvollzugs einsetzt, eine Anstellung gefunden haben, mit der sie gerade so viel verdient, dass sie davon leben und darüber hinaus jeden Monat an eine Einrichtung für misshandelte Tiere in Cali Geld überweisen kann.

Sie wird auch eine Katze aus dem örtlichen Tierheim adoptiert haben, bei dem sie freiwillig mitarbeitet. Und sie wird, wenn auch widerstrebend, angefangen haben, die Namen der nordamerikanischen Bäume zu lernen, von denen sie so lange nichts wissen wollte. Handelt es sich nicht um Laubbäume, wird sie diese Namen allerdings häufig wieder vergessen.

In ihrem Englisch, mit dem sie sich immer ungenau und wenig überzeugend vorkommen wird, wird sie ihrer Geliebten erklären, dass Zugvögel sie so begeistern, weil sie bei ihrem Auf und Ab und Hin und Her den Unterschied zwischen Himmel und Erde verwischen und die unterschiedlichsten Plätze der Welt als Unterschlupf wählen. Zugleich werden sie von ihren Flügeln unermüdlich daran erinnert, dass kein Ort für immer zum Wohnsitz taugt. Als Gäste des Himmels, in dem man sich nirgendwo verstecken kann, kümmern sie sich nicht um die Grenzen, die sich die Menschen in ihrer Niedertracht ausgedacht haben, und lachen, wenn dieselben Menschen zornig über Fremde schimpfen. Ihnen kann niemand zurufen: Geh zurück in dein Scheißland! (Wie sie selbst es eines Tages zu hören bekommen wird.) Auch wenn dem Vogel auf seiner Reise Hunger und Durst drohen, gefräßige Raubtiere und alle möglichen menschengemachten Hindernisse, quält ihn keinerlei Heimweh. Über alles Trennende setzt er sich hinweg, sorgt stattdessen aktiv für Vermischung, sein Platz ist weder am Rand noch jenseits davon, sondern mitten im Gewebe der Welt und der Lüfte.

Obwohl sie es sich nicht eingestehen will, wird die Frau in ihrer Besessenheit für Scharlachkardinale irgendwann dennoch begreifen, dass sie neidisch auf diesen Wandervogel ist. Dass sie voll Eifersucht sieht, wie mühelos er mit all diesen Zweideutigkeiten zurechtkommt und mit welcher Leichtigkeit er sich den Widrigkeiten stellt, die ihr dermaßen zu schaffen machen. Dass er furchtlos den kosmischen Auftrag annimmt (so kommt es ihr wenigstens vor), immer wieder zum Ausgang zurückzukehren. Von Mal zu Mal stärker ernüchtern und erschöpfen wird sie dagegen das nun schon zehn Jahre andauernde, wenn auch allmählich seltener werdende Hin und Her zwischen dem Norden und dem Süden des Kontinents. Der Wechsel zwischen den Wäldern Pennsylvanias mit ihren ausgeschilderten Wegen und kleinen Hügeln, wo stets von irgendwoher eine Autobahn zu hören ist, während entgegenkommende Wanderer grußlos an einem vorübergehen, und den verschlungenen Pfaden durch die wolkenverhangenen Anden, denen sie jetzt bloß noch Kurzbesuche abstattet. Sooft sie nach einer Zeit im Süden in den Norden zurückkehrt, wird sie quälendes Heimweh empfinden, auch wenn ihr das kitschig vorkommt und sie mit aller Kraft versucht, das Gefühl abzuschütteln. Jede neue Wohnung wird die Hoffnung in ihr wecken, nun könne sie endlich Wurzeln schlagen – nur um wenig später ein schreckliches Gefühl von Gefangenschaft hervorzurufen. Jedes Mal wird es wehtun, wenn sie die Kissen, die Wolken, die Himmelsrichtung austauscht, und trotzdem wird sie weiterhin jede Gelegenheit dazu nutzen. Wenn sie nach den Ferien in Kolumbien allen Flugreisen und Waschmaschinen zum Trotz die immer gleichen Samen von den Wiesen im Hochland in ihren Kleidern entdeckt (ihre Großmutter nannte sie Liebesgaben), wird sie sich darüber freuen und gleich darauf ärgern. Sosehr sie sich auch dagegen wehrt, sie wird das Gefühl nicht los, dass die Anziehungskraft der Luft und der Bäume, auf die sie schon als Kind geklettert ist, kein bisschen nachlässt, obwohl sie fast das ganze Jahr weit davon entfernt ist. In der dunkelsten und kargsten Zeit des Winters, wenn die Zugvögel in weiser Voraussicht längst die Flucht ergriffen haben, wird sie spüren, wie die Erinnerung an das ferne Gebirge mit aller Macht an ihr zerrt. Sie wird wissen, dass jeder Widerstand zwecklos ist. Doch obwohl sie sich immer wieder vornimmt, ja, verspricht, nach Bogotá zurückzukehren, wird sie zuletzt trotz allem die Zelte im Norden nicht abbrechen.

Ihrer kurzzeitigen Geliebten wird sie erklären, dass sie diesen Zugvogel dafür bewundert, dass er sein Leben ohne Zögern den so wechselhaften Strömungen der Luft anvertraut und den Laubbäumen, deren Äste nur zu leicht in heftige Bewegung geraten. Falls er sich überhaupt je verwurzelt, dann indem er auf einem von ihnen rastet. Seine Reise ist kein Exodus, sondern eine Feier des ewigen Wandels. Tapfer verkörpert er das Schicksal eines einsamen Wanderers, auch wenn er zeitweilig Kinder hütet oder sich einem Schwarm anschließt. Er will weder jederzeit dazugehören noch sich allem entziehen, während Menschen wie sie, vielleicht auch alle Menschen, aus der Klage ebendarüber nie herausfinden.

Und sie wird hinzufügen, dass sie darüber staunt, wie entschlossen dieser Vogel dem Wald entgegenpilgert; wie er sein vertrautes Gespräch mit der Sonne fortsetzt, das er mit den Bäumen teilt; welche Verehrung er den frischen Trieben und saftigen Blättern erweist, was ihn erst recht dazu bringt, der winterlichen Kälte zu entfliehen, die sie selbst so hasst.

Die Antwort der Geliebten, in Wirklichkeit gingen die Zugvögel doch bloß auf Reisen, um hier wie dort die vertrauten Bedingungen vorzufinden und so immer zu Hause zu bleiben, wird sie als Beleidigung empfinden. Sie wird im Gegenzug fragen, wieso sie sich anmaße, verschiedene Wälder gleichzusetzen, erst recht, wo sie noch nie dort gewesen sei. Und mit den Worten, da sehe man doch wieder mal, wie diese Gringos ticken, wird sie sie zum Schweigen bringen.

Sie wird darauf beharren, dass ein Zugvogel der Erste wäre, dem auffällt, dass die Bäume in den Tropen nicht stoisch monatelange Ruhepausen zu ertragen brauchen und dass die Säfte in ihnen mit anderer Geschwindigkeit fließen. Dass ihr Blattwerk sich ganz anders präsentiert.

Als der Frau die Gründe ihrer Bewunderung und ihres Neids klar geworden sind, wird sie einsehen, dass sie und dieser Vogel, obwohl sie durch so viele Laubbäume des Nordens und der Äquatorregion verbunden sind, nie, nie gleich sein werden. (Aber auch in ihrer damaligen Geliebten wird sie keine wirkliche Entsprechung finden. Deren Traum von einem Haus in der Vorstadt wird sie verabscheuen. Genauso ihre hysterische Angst vor Insekten und ihre Liebe zum Winter. Ihr Misstrauen gegen den Wald. Dass sie »wir« sagt, wenn sie von der Regierung spricht. Und sie wird sie dafür verachten, dass sie sich dermaßen ungeschickt anstellt, wenn sie einen steinigen Weg hinaufgeht – sie stolpert über jede Wurzel. Kurz nachdem die Vogelliebhaberin aufgehört haben wird, die andere, der nicht das Geringste an diesen Tieren liegt, zu bitten, sie bei der Vogelsuche unter den Bäumen zu begleiten, werden sie sich trennen.)

Als die Frau erneut auf dem Balkon erscheint, um nach dem Scharlachkardinal zu sehen, ist dieser verschwunden. Die Quinoakörner sind unangetastet, das Schälchen mit Wasser offenbar auch. (Jahre später wird die Frau zu dem Schluss gelangen, dass sie ihm besser eine aufgeschnittene Frucht angeboten hätte.) Vielleicht hat der strenge innere Marschbefehl den Vogel letztlich aus seinem Dämmer gerissen. Eine Art »Zugunruhe«, der Drang nach Veränderung. Leider hat er keinerlei Spuren hinterlassen. Auf der Suche nach einem Kotfleck auf dem Granit geht die Frau in die Hocke, aber vergeblich.

Niemand kann wissen, wie der Scharlachkardinal es anstellt, das Brennen seiner Wunden zu verdrängen, seine Koordinaten wiederzufinden und sich auf die Suche nach einem richtigen Wald zu machen. Im Nieselregen fliegt er über die Häuser hinweg, bis er die schlammigen Hügel erreicht. Er setzt seinen

Weg bis zum Berggipfel fort, von wo aus sich die Stadt als raues und jähzorniges Rätsel präsentiert. Knurrt ihm der Magen? Und wenn ja, wie hört sich das wohl an? Spürt er heftige Schmerzen? Nirgendwo auf den nassen Eukalyptus- und Kiefernzweigen findet er Insekten. Auch keine Früchte gibt es hier. Womöglich empfindet er das Pochen seines Herzens jetzt stärker, wo das Körperfett fast verschwunden ist, das seine Eingeweide sonst mit einem schützenden Polster bedeckt.

Kann sein, dass der Scharlachkardinal die Schmerzen in Knochen und Sehnen verdrängt, als er in dieser Nacht hastig aufbricht, um das letzte Wegstück hinter sich zu bringen. Er fliegt eine Weile an den Bergen entlang, die die Stadt daran hindern, sich weiter auszudehnen, und überquert später eine Hochebene, auf der nur wenige Lichter zu sehen sind. Irgendwann tauchen felsige Bergspitzen unter ihm auf. Und ein See, er glänzt, ist dabei, auszutrocknen. Wer die Route des Vogels nicht kennt, könnte auf die Idee kommen, er sei nicht erschöpft, sondern habe die Orientierung verloren.

Unmöglich zu wissen, wie der Scharlachkardinal inmitten so vieler in Wolken gehüllter Gipfel den Berg wiedererkennt, der sein Ziel darstellt. Welcher Nerv verrät ihm, dass er am Ende seines Wegs angelangt ist, wo sich die Stelle befindet, die ihm schon andere Male Zuflucht gewährt hat? Er gleitet durch den Nebel zu dem Wald hinunter. Wer weiß, ob er Enttäuschung oder Zweifel verspürt, als er dort eine terrassierte Weide vorfindet, die verkündet, dass es vorbei ist mit den Steineiben, Eichen, Weinmanniabäumen, Lorbeerbäumen, Myrtengewächsen, Zedern, Schwarzkiefern, Balsam- und Würgefeigen? Zwischen riesigen toten Stümpfen stehen jetzt wiederkäuende Kühe. Was mag aus den Bäumen geworden sein, die früher nicht nur ihn, den Scharlachkardinal, sondern ebenso Unmengen von Käfern und Spinnen, Schmetterlingen und Motten beherbergten? Und was aus der mineralischen Intelligenz der Abermillionen Wurzeln, die mit Feuereifer dem Mittelpunkt der Erde entgegenstrebten? Wird der Scharlachkardinal die Trauer wahrnehmen, die die verwüstete Erde verströmt? Steigt in ihm in irgendeiner Art und Weise die Frage nach dem auf, was nicht mehr da ist?

Vielleicht erkennt er die Eiche in der Mitte einer Pferdekoppel wieder, auf der er sich eine Weile niederlässt, als müsste er sich erst einmal von der verstörenden Entdeckung erholen. Möglicherweise ist ihm bewusst, dass er schon mehrfach hier gesessen hat, und so fühlt er sich von dem Baum willkommen geheißen, der noch immer liebevoll von Schlingpflanzen, Pilzen und Flechten besiedelt wird. Wer weiß, ob er die dumpfe Klage wahrnimmt, die die Blätter des Überlebenden ausschwitzen, die bedrückte Frage nach den Stammesgenossen, nach den Verbindungen, die die Motorsäge durchtrennt hat? Möglicherweise geben die Muskeln des Stamms die Verwirrung seiner Wurzeln an ihn weiter, deren Suche nach ihresgleichen ins Leere geht. Ihren unversehrten Wunsch, andere zu umschlingen. Das Aufbegehren der hundertjährigen Zweige, die unerschütterlich neue Samen abwerfen, aus denen Kinder hervorgehen, die die Kühe ebenso unerschütterlich in sich hineinschlingen. Die dreckig schwarzen Vogelkrallen umklammern den mit Moos und Flechten gepolsterten Ast und werden feucht. Vielleicht teilen beide die Hoffnung, dass die Kraft, die alte Umgebung wiederherzustellen, noch in der Luft, in den Fasern um sie herum vorhanden sein könnte.

Ganz oben in dem riesigen Baum wartet der Scharlachkardinal schließlich ab, bis es hell genug wird, um die Hügel vor ihm in Augenschein nehmen zu können, wo sich der Nebel allmählich auflöst. Irgendwann scheint er den letzten Rest Elan in sich aufgespürt zu haben, woraufhin er erneut losfliegt. Über einen blühenden Kartoffelacker hinweg, der gerade von mehreren Männern mit Gift besprüht wird. Über noch mehr Ackerland und noch mehr Kuhweiden, und dann ein Saumpfad voller glitzernder Pfützen, der zu einem Hügel führt, auf dem sich lauter hundertjährige Bäume aneinanderdrängen, die glücklich darüber sind, die Erhebung durch ihr beharrliches Zusammenwirken mit einer festen Haut zu überziehen.

Dort steht im großmütigen Schatten einer Eichengruppe ein kleines Haus. Mehrere Hunde bellen. Die Grünhäher fangen an zu krakeelen. Bestimmt ist der Scharlachkardinal erleichtert. Oder? Womöglich durchlaufen ihn Wellen der Freude oder des Trosts. Vielleicht ist ihm klar, dass jetzt, wo er sich nach so vielen Umwegen in diesem Nebelwald niederlässt und sich dem Trubel und den Geräuschen zwischen den schief gewachsenen Bäumen anvertraut, nichts mehr fremd für ihn sein wird. Zumindest eine Zeit lang, bis der Kosmos ihn abermals zur Rückkehr aufruft.

Auf der Erde umherwandern

quycas isyne auf der Erde umherwandern
hichatana, l, hischy cuspquana im Inneren der Erde
    Diccionario y Gramática Chibcha,
    Anfang des 17. Jahrhunderts

Behold this compost! behold it well!
…
Now I am terrified at the Earth, it is that calm and
    patient,
It grows such sweet things out of such corruptions,
It turns harmless and stainless on its axis, with such
    endless successions of diseas'd corpses,
It distills such exquisite winds out of such infused
    fetor,
It renews with such unwitting looks its prodigal,
    annual, sumptuous crops,
It gives such divine materials to men, and accepts such
    leavings from them at last.
    WALT WHITMAN, *This compost*

Tankayllu heißt zum Beispiel die summende harmlose Hummel, die auf den Feldern an den Blumen nascht. Der *tankayllu* erscheint meistens im April auf den bewässerten Feldern, manchmal auch in anderen Monaten. Er bewegt die Flügel mit ungeheurer Geschwindigkeit, um seinen schwerfälligen Körper, seinen viel zu großen Leib in die Luft zu erheben. (...) Die Kinder fangen den *tankayllu*, um den Honig zu lecken, der an diesem falschen Stachel klebt. (...) Da das Geräusch seiner Flügel ziemlich laut ist, viel zu laut für das kleine Tier, glauben die Indios, dass im Körper des *tankayllu* nicht nur sein Leben, sondern noch eine andere Kraft wohnt. Warum trägt er auf dem Stachel an seinem Bauch Honig? Warum können seine kleinen, schwachen Flügel die Luft bewegen und Wind erzeugen? Wie ist es möglich, dass der, der den *tankayllu* vorbeifliegen sieht, einen Luftzug im Gesicht spürt? Sein kleiner, pelziger Körper allein kann ihm nicht so viel Kraft geben. Und doch vermag er die Luft zu bewegen und wie ein großes Insekt zu summen; er steigt steil in die Höhe und verschwindet im Licht. Nein, er ist kein bösartiges Geschöpf, die Kinder, die seinen Honig lecken, fühlen ihr Leben lang im Herzen die sanfte Berührung eines milden Hauches, der sie vor Traurigkeit und Groll bewahrt.

JOSÉ MARÍA ARGUEDAS,
Die tiefen Flüsse

Bevor sie vertrieben wurde, hatte sie sich schon einmal gerettet: Sie überlebte die hitzige Hacke, die den Lehm ihrer Behausung neben dem Holunder aufriss, damit in dem neuen Gemüsegarten Mangold gesät werden konnte. Damals war sie noch jung und weich. Erst einen Monat zuvor war die schleimige Membran ihres Eis aufgeplatzt, und sie war, ganz die gelassene frisch geschlüpfte Larve, durch Staub und Mineralien losgekrochen.

Doch an dem Tag, als alles um sie herum zu beben anfing und die Krumen, die sie umschlossen, zerbröckelten, wurde sie emporgeschleudert. Es bewahrte sie davor, von der eisernen Schneide zweigeteilt zu werden. Woraufhin ein zäher Saft aus zersetzten Blättern aus ihrem prallen Leib ausgetreten wäre, wie es zweien ihrer Geschwister widerfuhr. Beim Fall zu Boden dämpften die dicken Ringe ihres Larvenkörpers den Aufprall ab. Den Kopf wiederum schützte der harte Helmpanzer, der damals noch vorhanden war. Sie zog ihren langen Wurmkörper zusammen, drehte sich nach einer Weile auf den Bauch und bugsierte ihr dickes Akkordeon durch den Schlamm, bis sie irgendwann erneut in die Dunkelheit aus Mykorrhiza und Stein vorstieß, wo durch die neu entstandene Unordnung ungewohnt viele Dämpfe eindrangen. Sie fasste sich in Geduld für einen weiteren Monat, in dem ihr noch unbewehrter Thorax und die Flügel ausreifen sollten.

Manch einer würde sagen, dass erst jetzt, wo sie ihr Puppendasein beendet – zwei Monate nachdem die Hacke ihr Leben buchstäblich durcheinandergewirbelt hat –, ihr umherirrendes Leben beginnt. Beziehungsweise die lange Folge von Irrtümern, die der Aufbruch ins Leben nach Ansicht vieler einleitet. Munter reißt sie in ihrer unterirdischen Behausung die Hülle auf, die sie bis zur endgültigen Ausgestaltung zusammengehalten hat. Entledigt sich der eigenen Begrenzungen (womöglich ganz ohne Wehmut), verabschiedet sich vom glitschig weichen Dasein einer weißen Larve und verkündet, dass sie nun ein Käfer mit einer festen braunen Rüstung sei. Und weiter die Böden durchpflügen werde, aber auf andere Weise. (Wer hat genau das nicht schon ab und zu bekannt geben müssen?) Sie streckt die Beine aus, stellt sie in Reih und Glied auf, damit sie den neuen kompakten Körper tragen können, und macht sich auf den Weg, weicht Wurzeln aus, reibt sich am Staub, kämpft stoisch mit Steinen und Erdklumpen und setzt sich der feuchten Nachtluft aus. Seit ihrer Larvenzeit hat sie kein Blatt mehr gegessen, weshalb sie bestimmt von Hunger befallen wird. Nach dem wochenlangen Schlaf unter der Erde ist ihr Kiefer womöglich ein wenig steif, und sie muss ihn erst lockern, bevor sie erneut, dann aber umso erfolgreicher, Laub verschlingen kann.

Zum ersten Mal die Flügel zu entfalten und unter dem Gewicht ihrer Rüstung damit zu schlagen, scheint ihr Mühe zu bereiten. Ebenso mit ihrer Hilfe einen ersten kurzen ungeschickten Flug durchzuführen. Statt sich senkrecht in den Himmel zu erheben, bricht sie seitlich aus und beschreibt bloß einen mickrigen Bogen, wie eine Feuerwerksrakete, die zu lange in einem Lager rumgelegen ist. Ihr neuartiges Zellophanbrummen und dass sie sich fortbewegt, ohne einen einzigen Schritt zu tun, macht ihr womöglich keinen besonderen Eindruck – sie nimmt es hin wie etwas, was sie seit jeher vorgehabt hat. Vielleicht landet sie absichtlich in dem Garten, der das Haus umgibt, und dort gleich neben ein paar angeknabberten Pflanzen, die sich bemühen weiterzuspießen, trotz des Regens und der Invasion der Käfer, die, genau wie sie, immer im November hier auftauchen. Langsam bewegt sie sich zwischen den Stängeln und anderen Erhebungen im Gelände fort, bemüht, das Schaukeln ihres Brustkorbs auszugleichen, von dem sie umzukippen droht. Manche würden sagen, was sie ausmache, sei vor allem Anstrengung und Unbeholfenheit, wahrscheinlich fühlt sie sich jedoch jetzt, wo sie sich von ihrer lang gestreckten Larvengestalt befreit hat und mit ihren Flügeln die Luft in Bewegung versetzen kann, leichter denn je. Schwankend setzt sie auf dem unebenen schlammigen Boden einen Fuß vor den anderen – einem so kleinen Wesen wie ihr muss es vorkommen, als mache sie sich daran, ein Gebirge zu ersteigen. Löst sich ein Erdbrocken und rollt auf sie zu, bringt sie das jedes Mal fast aus dem Gleichgewicht. Gemächlich klettert sie über einen Hundehaufen. Wie unwillkürlich schlitzen ihre Krallen dabei die Fliegeneier auf, die in dem Kot heranreifen.

Sie schließt sich dem dünnbeinigen Getrippel der älteren Käfer an, die landen, essen, sich paaren und wieder abheben. Wahrscheinlich nimmt sie die Düfte wahr, die sie in dem feuchten Dunst verbreiten, um sich gegenseitig darauf hinzuweisen, dass sie hier sind und die Erde aufkratzen, bereit, sich zu besteigen, aneinander zu reiben und Eier hervorzubringen, falls der Regen es zulässt. Auf dem Weg durch die frisch angepflanzten Farnsträucher kommt sie an einer Spinne vorbei, die auf ihrem Rücken Dutzende Babys mitschleppt. Mit welcher Leichtigkeit sie das tut, scheint das Käferweibchen nicht zu interessieren. Sie weicht Gräsern, Pilzen und schlafenden Grillen aus, klammert sich schließlich mit den Mandibeln an ein zu Boden gefallenes Hortensienblatt und beginnt zu knabbern. Ihre erste Käfermahlzeit, endlich. Die bitteren Säfte und der flauschige Schimmel, der das welke Blatt überzieht, lösen womöglich einen tierischen Jubel in ihr aus, wie wir ihn selbst niemals werden erleben können. Besser wäre aber, sie würde erstarren – den Ruf des Tagschläfers scheint sie jedenfalls nicht wahrzunehmen, der seit Einbruch der Dunkelheit nicht mehr so tut, als wäre er Teil eines Baumstamms. Stattdessen hat er die gelben Raubvogelaugen aufgeschlagen und hält Ausschau nach knackigen Insekten. Wer weiß, ob das Käferweibchen den Lärm der Frösche hört, die an einer der Stellen sitzen, wo Wasser aus dem Boden quillt. Ihr Gequake gibt allem, was sich in dieser Nacht vernehmen lässt, den Rhythmus vor. Mit ihren scharfen Mundwerkzeugen reißt sie Stück um Stück von dem jungen Blatt einer anderen Hortensie ab, zerkaut und verschluckt es. Nach der langen Zeit unter der Erde muss sie sich wahrscheinlich erst einmal richtig satt essen. Dabei ist sie so langsam, dass es von oben gesehen den Eindruck macht, als schlafe sie.

Als sie weiterwandert, rutscht sie unversehens in eine Pfütze, die sich am Nachmittag durch den sintflutartigen Regen am Rand eines Calla-Beets gebildet hat. Eine Weile treibt sie durch das schlammige Wasser. Wie groß ist wohl die Angst, die sich unter ihrem Brustpanzer breitmacht, während sie hilflos vor sich hin strampelt? Zuletzt schafft sie es, sich an einen Strohhalm zu klammern und so an den Rand zu klettern. Dort ruht sie ein Weilchen aus, als wollte sie abwarten, bis alles Wasser von den winzigen Seidenhärchen abgetropft ist, die ihre Bauchdecke schützen. Ihr muss dieser Aufenthalt wie eine halbe Ewigkeit vorkommen.

Irgendwann fliegt sie wieder los, lässt den Garten hinter sich und steuert begeistert auf das helle Licht der Lampe zu, die im Hof des Hauses hängt und bereits von Dutzenden Motten umschwirrt wird, die sie für den Mond halten. Obwohl ihre Flügel immer noch feucht vom Pfützenwasser sind, wirken sie jetzt elastischer und brummen umso lauter. Wild entschlossen strebt sie dem Zentrum des Lichts entgegen, bis sie gegen die Birne prallt und zu Boden fällt. Zum ersten Mal muss sie erleben, welche Katastrophe es bedeutet, rücklings dazuliegen und unfreiwillig in den Himmel zu starren. Ob es sie sehr stört, dass sie sich die Fühler an den Fliesen aufschürft, während sie mit aller Kraft strampelt, um sich umzudrehen? Vielleicht merkt sie, dass einige andere Käfer um sie herumliegen, wie sie in stummer Verzweiflung die Beine in der Luft bewegend. Eine volle Stunde kämpft sie gegen den Rückenpanzer an, der dazu da ist, sie vor Schlägen und Stößen zu schützen, sie jetzt aber daran hindert, weiter ihre Ziele zu verfolgen. Während ihre Schenkel und Schenkelringe, Schienen und Füße sich drehen und wenden, schlitzen ihre Krallen die winzigen Tröpfchen der Dunstwolke auf, die sich allmählich auf sie herabsenkt. Wahrscheinlich nimmt sie die ängstlichen Ausdünstungen ihrer Schicksalsgefährten wahr, die wie sie darum ringen, wieder den Boden vor Augen zu haben. Nach und nach geht ihnen jedoch die Kraft aus, sie versinken in einem erschöpften Dämmerzustand und fügen sich der Tatsache, dass sie wohl für allezeit auf die Erde unter ihren Füßen werden verzichten müssen. Wer weiß, ob das Käferweibchen in dieser buchstäblich kopfstehenden Welt die Leiche der Artgenossin ganz in ihrer Nähe sehen kann, auf die die Besitzerin des Hauses einige Stunden zuvor aus Versehen getreten ist. In dem weißen Fett, das am hinteren Körperende hervorquillt, scheint ihr letzter Atemzug sichtbare Gestalt angenommen zu haben. Ob der Tod von ihresgleichen sie bewegt? Womöglich ist ihr, die erst vor Kurzem den schlammigen Tiefen entschlüpft ist, nicht bekannt, dass dieser Insektenfriedhof regelmäßig von Vögeln und Mäusen aufgesucht wird, die hier ihre Morgenmahlzeit zu sich nehmen. Sich ständig mit ängstlichen Gedanken an irgendwelche gierigen Jäger herumzuschlagen, scheint jedoch nicht ihre Art zu sein. Sie ist weder jederzeit fluchtbereit wie eine Fliege oder immerzu auf dem Sprung wie eine Grille, noch ist sie flink wie eine Motte. Als machte es ihr nichts aus, dass die Welt manchmal einzig und allein aus Gefahren besteht.

Der Hund läuft in den Garten, um die Nachttiere zu erschnuppern, die er in Bogotá nicht kennengelernt hat. Vielleicht ist er auf der Suche nach einem der Opossums. Er scheint verrückt nach ihrem Duft zu sein, der wie eine Mischung aus feuchtem Gras und ranzigem Fett riecht. Sein Schwanz schlägt gegen die Stängel der Blumen, die die Frau angepflanzt hat, mit der er vor Kurzem hierhergezogen ist. Er schiebt die Schnauze in das Loch, das er am Morgen gegraben hat, weil er glaubte, einen Mäusegeruch wahrzunehmen. Jetzt wirkt es jedoch, als ob der ihm nicht mehr allzu viel bedeutet. Er saugt den Duft des Wachslorbeers ein, auf den sich vor ein paar Tagen das Opossum flüchtete, hinter dem er zuletzt her war, frische Spuren sind aber nicht zu entdecken. Von den aus der Ferne herandringenden Gerüchen nach Fleisch, Haaren, Nadeln und Pilzen weiten sich seine Nüstern. Aber es ist dunkel und feucht, weshalb er, nach einer Zeit des Prüfens und Abwägens, zu dem Schluss zu gelangen scheint, dass jetzt nicht der Moment ist, um anderen Schnauzen nachzujagen. Er lässt ein zielloses Bellen vernehmen und bespritzt zwei Käfer und eine Grille mit seinem Urin. Auf dem Weg zu seinem Schlafplatz – seit er die Stadt verlassen hat, übernachtet er draußen – stößt er im Hof auf die im Sterben liegenden Käfer. Er ist inzwischen kein kleines Hündchen mehr, trotzdem befällt ihn manchmal immer noch die unwiderstehliche Lust, mit sämtlichen Lebewesen zu spielen, die ihm in die Quere kommen. Er nähert sich dem erschöpften Käferweibchen, das seine Aufstehversuche mittlerweile aufgegeben hat, und stupst sie mit der Pfote an, vorsichtig, um sie nicht zu zerquetschen, als wollte er sie zum Weiterleben ermuntern. Er schiebt sie ein Stück mit der Schnauze vor sich her, dann wieder mit der Pfote, will sie dazu bringen, zu fliehen, um sie gleich darauf wieder einzufangen, so wie bei den Mäusen, die er neulich im Laub unter den Eichen aufgestöbert hat. Als erwachte sie aus ihrer Schicksalsergebenheit, klammert sich das Käferweibchen an eine Zehe des Hundes. Von dem plötzlichen Hilfsgesuch überrascht, bewegt der Hund heftig das Gelenk und klopft so lange mit den Ballen auf den Boden, bis er sie abschüttelt. Sie kugelt über die Fliesen. Anschließend richtet sie sich auf. Ob durch den Aufprall bei ihr etwas durcheinandergeraten ist? Verspürt sie Erleichterung, weil sie wieder den Boden vor sich hat? Der Hund läuft zu der Frau, die ruft, er solle sich hinlegen, und vergisst sie, für immer.

Das Käferweibchen trippelt über die beleuchteten Platten vor der Glastür des Hauses. Wie die anderen Käfer macht sie es sich zunutze, dass die Handwerker, die hier vor ein paar Monaten zugange waren, schlampig gearbeitet und zwischen Tür und Boden einen zu großen Spalt frei gelassen haben, ohne an die Regenzeit oder die Insekten zu denken. So überquert sie die Türschwelle und betritt das Haus, wie gebannt von dem falschen Himmelslicht, das sie davon abhält, sich einen Partner zu suchen und anschließend Eier zu legen. Der helle Schein muss unwiderstehlich für sie sein, denn schon bald hört sie auf, auf dem Teppich herumzukrabbeln, auf den sie gestoßen ist. Stattdessen breitet sie die Flügel aus und fliegt hinauf zu der Lampe über ihr. Diesmal kommt es zu keinem Zusammenprall, sie lässt sich vielmehr auf dem Vorhang gleich daneben nieder. Wer weiß, ob sie die kleine weiße Motte bemerkt, die sich an denselben Stoff klammert. Wenig später wird sie von einem anderen, wärmeren Licht angezogen. Erneut spreizt sie die Flügel und steuert nun auf den Kronleuchter in der Mitte des Zimmers zu. Sie umkreist ihn mehrmals, findet jedoch keine Stelle, wo sie sich niederlassen und mit den Glühfäden verschmelzen könnte. Wie ein aus der Spur geratener Fallschirmspringer kreiselt sie langsam auf den Tisch hinab. Die Kleider, die die Hausherrin dort abgelegt hat, sorgen für eine weiche Landung. Ihre Krallen verfangen sich in den Fäden einer Strumpfhose. Sie will weiterfliegen, aber der Stoff hält sie zurück. Erst nach langem Ziehen und Zerren kommt sie frei.

Wie ein Kamikaze fliegt sie jetzt auf das helle Küchenlicht zu, das geradezu darum bettelt, sie möge doch ihren Panzer an ihm zerschmettern. Nach dem Aufprall landet sie auf der Arbeitsplatte voller Lebensmittel, diesmal aber zum Glück auf den Beinen. Während sie ruhig dasteht, scheint sie zu überlegen, was sie als Nächstes ansteuern soll. Womöglich zieht der Mangold sie mit seinem Geruch an. Mühsam krabbelt sie auf der rutschigen Granitfläche darauf zu, ohne die beiden Käfer zu beachten, die rücklings tot daliegen. Verspürt sie Erleichterung, als sie bei dem faserigen roten Stängel des ersten Blatts ankommt, das genauso verheißungsvoll grün ist, wie sie es nach ihren Strapazen verdient hat? Sie erklimmt die runzelig friedvolle Fläche, die nur darauf zu warten scheint, sie in die Arme zu schließen. Wahrscheinlich ist sie müde vom vielen Rumfliegen. Sie beißt in aller Ruhe zu, zerfetzt die Fasern, saugt, schlingt und schluckt. Dann kackt sie. Womöglich verspürt sie anschließend das dringende Bedürfnis, sich begatten zu lassen und die Eier in ihrem Inneren der Erde zu übergeben.

Woran sie wohl merkt, dass man ihr den Zugang zum Himmel versperrt hat? Vielleicht nimmt sie die Luftveränderung im Inneren des Plastikbeutels wahr, in den sie samt dem Mangold eingeschlossen wird. Durch eine Ritze in dem Panzer, der ihren fetten Leib schützt, muss die Kälte des Kühlschranks dringen. Nachdem sie sich an dem Blatt satt gefressen hat, umklammert sie einen der Stängel. Sie ist der Dunkelheit eines Apparates ausgeliefert, der so gar nichts mit ihrer ersten Nacht im Laub oder dem unterirdischen Dasein während ihrer Kindheit zu tun hat. Zweimal klettert sie an dem Stängel hinauf und wieder hinab, wahrscheinlich ohne das Geringste zu sehen.

Dabei rutscht sie immer wieder ab, schafft es zuletzt aber bis ganz nach oben. Siebenmal versucht sie, abzuheben, so als sehnte sie sich nach dem Licht. Jedes Mal wird sie aber von der Plastikmembran ausgebremst, bis sie irgendwann aufgibt und sich ihrem Schicksal zu fügen scheint. Erneut kackt sie. Und macht sich ans Warten.

Sehr viel später schlägt ihr blendend helles Licht entgegen, weil jemand den Kühlschrank aufmacht, woraufhin alles erneut in heftige Bewegung gerät. Das Käferweibchen fällt auf den Boden der Tüte, schafft es aber, ein Mangoldblatt zu umschlingen. Allerdings rutscht sie mehrfach ab – kann sich aber immer wieder festklammern –, bis das Geschaukel irgendwann aufhört und die Welt zur Ruhe kommt. Der Beutel ist in einem Korb gelandet. Womöglich blendet sie die Nachmittagssonne, vor der sie sich, wenn sie frei wäre, in eine Höhle zurückziehen würde. Als das Auto, in das man den Korb gestellt hat, auf dem Feldweg losfährt, der während dieser regnerischen Tage mehr Löcher denn je aufweist, setzt das Gerüttel wieder ein. So einschläfernd das Tageslicht auch wirken mag, das Rumpeln des Wagens, das sich auf den Beutel und den Mangold darin überträgt, macht jedes Ausruhen höchstwahrscheinlich unmöglich. Als sie schließlich auf eine Teerstraße einbiegen und der Korb seltener hin und her geworfen wird, breitet das, vielleicht verwirrte, Käferweibchen die Flügel aus. Doch einmal mehr unterbindet die Plastikhaut jeden Fluchtversuch.

Die einhundert Kilometer, die das Auto auf der sich dahinschlängelnden Bergstraße zurücklegt, Schlaglöchern, riesigen Sattelzügen und Kipplastern ausweichend, lassen sich schwerlich mit der kurzen bisherigen Passage des Käferweibchens durch Schlamm, Moos, Tierleichen und alle möglichen Ablagerungen vergleichen. Genauso wenig die Tatkraft des Wagens, der das Gebirge durchquert, mit der matten Begeisterung des in seiner Bewegungsfreiheit eingeschränkten Insekts, das nicht mehr verlangt als ein paar Blätter und ein wenig Morast, in dem es seine Eier ablegen kann. Wie es auch schwierig ist, die fünf Stunden, die die Frau am Steuer des Autos für die Fahrt nach Bogotá braucht, gegen den gewaltigen Abschnitt aufzuwiegen, den dieselbe Zeit für die Existenz des Käferweibchens bedeutet, dem bloß noch zwei Wochen minus ein Tag zu leben bleiben. Womöglich drückt sich jedoch gerade in dieser Unvergleichbarkeit, dieser unerhörten Verschiedenheit, das wahre Gewicht ihrer Entführung aus.

Zum letzten Mal wird das Käferweibchen heftig durchgeschüttelt, als die Frau den Mangold zusammen mit ihr aus dem Beutel holt und auf die Arbeitsplatte in der Küche der Wohnung legt, in der sie soeben angekommen ist. Auch diesmal kann das Käferweibchen sich wieder an einem Mangoldblatt aufrichten. Kaum hat sie es erklommen, sieht sie sich erneut dem Lockruf einer Glühbirne ausgesetzt.

Als die Frau, die gerade ihren Koffer auspackt, das Brummen hört, wird ihr erst nach einer Weile klar, dass es irgendwie nicht zu diesem Ort passt. Dass das Wesen, von dem es ausgeht, hier nicht zu Hause ist, fällt ihr zunächst nicht auf. Doch sie will nicht recht glauben, dass in dieser winzigen Wohnung im Norden von Bogotá tatsächlich ein Käfer unterwegs sein könnte – wo sie hier doch noch nie ein Insekt gesehen hat. Während des einmonatigen Aufenthalts im Landhaus ihrer Tante hat sie sich an das Zusammenleben mit diesen Tierchen gewöhnt, allerdings nicht ohne Einschränkungen. Nachts, während sie dasaß und las, hat sie alle Insekten energisch verscheucht, die versuchten, auf ihrem Kopf zu landen. Wie sie auch zigmal morgens im Hof in die Hocke gegangen ist, um dort auf dem Rücken liegende Krabbeltiere einzusammeln, aus Furcht, sie könne sie zertreten. Gar nicht zu reden von all den Tierleichen, die sie Tag für Tag aus dem

Abflusssieb der Spüle fischte – jedes Mal überrascht von der Menge. Trotzdem fällt es ihr schwer, zuzugestehen, dass das kleine Tier, das in diesem Augenblick in ihrer Küche herumfliegt, aus den abgelegenen Bergen kommen soll, aus denen sie soeben zurückgekehrt ist. Sie wäre nur ungern dafür verantwortlich, es seiner Heimat beraubt zu haben. Sollte tatsächlich sie schuld daran sein, dass das Käferweibchen nicht mehr dorthin zurückkehrt? Wenn sie wenigstens einen großen Garten in der Nähe hätte, wo sie das Insekt aussetzen könnte! Ob das Versprechen der Tante, ihr das Landhaus zu vererben, wirklich ernst gemeint war? Und wenn ja – was würde sie im Fall des Falles mit den dort lebenden Insekten machen?

Nachdem es ein Weilchen mit der Lampe geschäkert hat, landet das Käferweibchen auf dem Boden. Wahrscheinlich ist es auch diesmal verwirrend für sie, sich auf dem glatten und ebenmäßigen Untergrund aus poliertem Holz und Granit fortzubewegen, ohne jeden noch so kleinen Erdklumpen oder feucht-schwammige Stellen. Die Frau überwindet den leisen Ekel, den das Kribbeln der Beinchen egal welcher Insekten in ihr auslöst – als Kind hat sie genau das genossen –, und hebt das Käferweibchen hoch. Vielleicht wundert das kleine Tier sich über die so weiche Höhle der Hand, die sie auf einmal umschließt. Wie auch über das rutschige Glas der leeren Blumenvase, in der die Frau sie deponiert.

Wäre die Frau noch ein Mädchen, hätte sie sich das Käferweibchen in die Tasche gesteckt, auch wenn sie nicht hätte sagen können, ob sie sich damit Gesellschaft verschaffen oder jemand anderem Gesellschaft leisten wollte. Als sie klein war, wusste sie, wann der Frühling anfing, weil dann jedes Mal in Scharen die frisch aus dem Erdreich gekrochenen Tierchen angeflogen kamen. Sie verdunkelten den Himmel und machten sich als braune Flecken in den Gärten breit, wo daraufhin ihr lüstern-unbeholfenes Knistern und Knacken zu vernehmen war. Sie genoss es, sie in der Schule oder im nahe gelegenen Park zu streicheln oder auf ihren Armen und Beinen entlangkrabbeln zu lassen, und war überzeugt, dass ihnen das ebenso gut gefiel. Manchmal stopfte sie sich auch welche in die Rocktaschen ihrer Schuluniform und freute sich, sich als großmütige Beschützerin zu fühlen. In der vierten Klasse wurde sie einmal für einen Tag vom Unterricht ausgeschlossen, weil sie Dutzende Käfer in ihrem Pult versteckt und später mitten im Unterricht freigelassen hatte, woraufhin sie in der Klasse umherschwirrten, als die Lehrerin gerade dabei war, zu erklären, zu welchen Missverständnissen falsche Kommasetzung führen kann. Bis auf wenige Ausnahmen hatten ihre Mitschüler erschrocken aufgeschrien. Seitdem nannten sie sie bloß noch das Ungeziefer. Insgeheim war sie hochzufrieden über den Spitznamen. Sie war von der zeitweiligen Gesellschaft dieser Pilger fasziniert, die von einem Tag auf den anderen erschienen und begeistert über die Gärten und unbebauten Grundstücke herfielen, um sich wenig später ohne jedes Abschiedsritual wieder davonzumachen, als erwarteten sie selbst nicht, dass ihnen irgendjemand auch nur eine Träne nachweinte.

Doch dann wurde sie älter und streifte nicht mehr durch Gärten und Parks, weil sie jetzt Hausaufgaben zu erledigen und Anrufe zu beantworten hatte, später hatte sie Vorlesungen in der Universität und sich lange hinziehende Busfahrten quer durch die Stadt und langweilige Treffen in Cafés, wo sie das Gerede von Männern über sich ergehen lassen musste, die ihr hartnäckig Dinge erklärten, die sie nicht interessierten oder längst wusste. Die Käfer verschwanden dabei unbemerkt aus ihrem Alltag. Ohne dass sie sie betrauert hätte. (War das, sagte sie sich jetzt, nicht die beste Art, sich zu verabschieden?) Und als sie schließlich zum Studieren nach Madrid ging, in die trockene Hochebene, wo es nur wenige und ihr unbekannte

Insekten gab, vergaß sie die Tiere ihrer Heimat endgültig und ersetzte sie durch Pläne, Modelle, Bars und menschliche Haut und Hintern. Bis ihre Tante sie einmal über den Jahreswechsel in ihr neues Haus auf dem Land einlud. Dort war sie plötzlich wieder von lauter Insekten umgeben und stellte erstaunt fest, dass ihre einstige Hingabe nicht mehr existierte, dass es sie nicht mehr begeisterte, wenn ihre spitzen Beinchen sie kitzelten, und nicht mehr rührte, wenn sie sah, wie unbeholfen sie umherschwirrten. Jetzt waren da bloß noch eine distanzierte Hochachtung und die stumme Bitte, ihr ja nicht zu nahe zu kommen. Was hatte sich bei ihr verändert? Wie hatte sie sie dermaßen vergessen können? Und war das gerechtfertigt?

Sie schickt ihrer Cousine eine Nachricht. Früher hat diese auch Eidechsen und Grillen gesammelt, manchmal sogar Käfer, wie sie. Und Schmetterlinge und Bienen aus Pfützen gerettet. Sich für Karotten und Rettiche und anderes Gemüse begeistert. Zum letzten Mal mit ihr über Insekten gesprochen hat sie allerdings, als sie zwölf Jahre alt war.

> Hallo, ich bin endlich wieder zurück. Wie geht's dir?
> Ich hoffe, besser. Eine Frage: Was ist eigentlich aus den
> Käfern von Bogotá geworden? Kommen die immer
> noch regelmäßig in der Winterzeit, und wir kriegen es
> nicht mit? Oder sind alle eingegangen?
> Oder kommen sie einfach nicht mehr nach Bogotá?

Obwohl sie sich jeden Samstag schreiben oder telefonieren, antwortet ihre Cousine nicht. Das Fenstersims ist für das Käferweibchen eigentlich nicht die richtige Umgebung. Aber sie stattdessen in die Mülltüte zu werfen, bringt die Frau nicht über sich. Als sie das Fenster öffnet, fragt sie sich, ob sie das Tier nicht lieber sacht vom Rand schubsen soll, damit es die

Flügel ausbreitet und fliegt und so einen angenehmeren Ort erreicht, vielleicht einen Garten, wo es sich nicht mehr so fremd fühlt. Aber sie hat Angst, dass der Schubser es unvorbereitet trifft, sodass es nicht rechtzeitig die Flügel entfaltet und zehn Stockwerke in die Tiefe stürzt und auf dem Pflaster zerschellt. Also setzt sie das Käferweibchen einfach auf die schmale Betonfläche, auf deren anderer Seite der Abgrund gähnt – um festzustellen, dass das Tier sich vorläufig völlig unbeeindruckt zeigt. Woraufhin sie sich eingestehen muss, dass seine Verschlossenheit und sein Desinteresse – ein Eindruck, der durch den Panzer noch verstärkt wird – ein Grauen bei ihr auslösen, was sie bereits geahnt hat, ohne es jedoch benennen zu können. Wie ist es möglich, dass das Käferweibchen nicht um Hilfe fleht? Warum bleibt sie so ungerührt und vermeintlich gelassen? Warum nutzt sie nicht die Gelegenheit und macht sich davon? Es kränkt sie, dass dem Käferweibchen keine Angst vor dem Gefressenwerden anzumerken ist, dass es ihr offenbar nichts ausmacht, dass alle um sie herum sie auf die eine oder andere Weise in ihren Besitz bringen wollen. Dass sich auftuende Risse, Trennungen, Abschiede egal welcher Art für sie keine Rolle zu spielen scheinen. Oder verspürt sie doch so etwas wie Trauer, und sie, die Frau, ist nicht imstande, es zu erkennen? Als Kind tat sie sich mit den Geheimnissen dieser Tiere leichter, sie bettelte nicht um Antworten. Sie wusste nicht, von welchen Wünschen sie erfüllt waren, doch obwohl sie sie fing, um sie zu zwingen, ganz nahe bei ihr zu sein, genügte es ihr, zu begreifen, dass sie sehr wohl über einen geheimen Willen verfügten, der aber völlig losgelöst von dem der Menschen war. Sie wird von einem plötzlichen Schrecken befallen. Sie würde dem Tier gerne in die Augen sehen (weiß aber nicht mehr, wo sich dessen Augen befinden). Es davon überzeugen, dass noch Zeit genug ist, um der Welt zu zeigen, in welchem Zustand der Erschütterung es sich offenkundig befindet.

Von ihrer ganz eigenen Zeit getragen (die wir nie werden messen können) und durch ihren Panzer wie hermetisch abgeschirmt von der Frau, deren Ferien sich dem Ende nähern, setzt das Käferweibchen sich schließlich in Bewegung. Selbstzufrieden krabbelt sie dahin, wahrscheinlich ohne Bewusstsein von der Schlucht, die sich neben ihr auftut – von der tiefsten Schlucht ihres so kurzen Lebens.

Als die Frau das Fenster wieder schließt, weiß sie nicht, ob sie sich unerbittlich und allmächtig vorkommen soll, im Besitz einer unhinterfragbaren Nächstenliebe, oder sich mit einem Schuldgefühl herumplagen, von dem sie nicht sagen kann, worin es eigentlich begründet ist. Hätte sie dem Käferweibchen anderswo ein Zuhause suchen sollen? Vielleicht in dem Topf mit ihrer toten Orchidee? Sie kommt zu dem Ergebnis, dass es vielleicht doch besser ist, sich über derlei nicht allzu viele Gedanken zu machen, erst recht, wenn gar nicht klar ist, was der Vertriebene selbst will. Dass man hinnehmen sollte, dass sich immer irgendwo in der Nähe irgendwelche Wesen herumtreiben werden, manche von ihnen im Todeskampf, ihrer Zeit beraubt. Sie macht das Licht in der Küche aus, lässt die Rollos herunter und bittet das Tier dort draußen insgeheim, sich von keinem Lichtschein mehr verleiten zu lassen. Stattdessen möge es lieber irgendwo dort unten einen Garten finden, der es freundlich willkommen heißt.

Wer weiß, ob dieses Wesen, das dazu gemacht ist, mit seinen Fühlern und seinem Chitinpanzer die Erde abzutasten, in Stängel zu beißen und mit Wurzeln zu spielen, über eine Art siebten Sinn verfügt, der ihm dabei hilft, mit der Nachbarschaft gigantischer Abgründe und der Einsamkeit von nacktem Beton zurechtzukommen. Um sich fortzubewegen, zerkratzt das Käferweibchen wie üblich mit den Krallen den Boden. Auf der Suche nach einem Gegenstand, an dem sie sich festklammern kann, lässt sie die Fühler über die Leere vor ihr hängen –

und die verschlingt sie. Nachdem sie sich ein paar Mal um sich selbst gedreht hat, gelingt es ihr, die Flügel aufzuspannen und so die Fallgeschwindigkeit zu verringern. Unbeholfen landet sie auf einem Autodach. Ein Stück ihres durchsichtigen Flügels sieht unter dem Rückenpanzer hervor, wie um darauf hinzuweisen, was für eine hektische Abfolge von Abenteuern sie hinter sich hat. Behutsam trippelt sie über das glatte Blech. Kurz bevor sie die Windschutzscheibe hinabgleitet, breitet sie erneut die Flügel aus und steuert eine Lampe in einem kleinen Garten an, die eine rostige Rutsche beleuchtet. Sie umkreist sie, als handelte es sich um eine leckere Speise, zieht zuletzt aber ein ziemlich vernachlässigtes Beet vor, wo sie sich neben ein paar vertrockneten Schmucklilien niederlässt. Vielleicht hofft sie, der Traum von einer Begattung könne hier endlich Wirklichkeit werden. Ob sie sich fragt, wo die anderen alle sind? Ob sie erstaunt feststellt, wie schlecht die Luft hier riecht? Ihre fächerartig ausgebreiteten Fühler müssten es jedenfalls wahrnehmen. Nach einer Weile steuert sie erneut die Lampe an, als müsste sie das Licht ihrer Treue und Anhänglichkeit versichern. So geht es eine Zeit lang zwischen dem Erdboden und der Glühbirne hin und her, bis sie schließlich einmal mehr rücklings im Gras liegt. Mit einer großen Anstrengung gelingt es ihr, wieder auf die Beine zu kommen und sich auf den Weg in den Nachbargarten zu machen, der durch einen Gitterzaun von ihrem gegenwärtigen Aufenthaltsort getrennt ist. Wovon wohl abhängt, welche Gestalt ihr Wille jeweils annimmt? Ob sie die Unterquerung des Gitters als aufwendiges Unternehmen erlebt? Irgendwann befindet sie sich jedenfalls in dem hohen Gras neben dem Nachbarhaus, das einen ziemlich baufälligen Eindruck macht. Als sie einen Löwenzahn mit fauligen Blättern entdeckt, beißt sie zu und fängt an zu kauen. Dass sich unterwegs ein menschliches Haar in einem ihrer Fühler verfangen hat, scheint sie nicht zu kümmern.

Als die Frau sich am nächsten Morgen vergewissert hat, dass der Käfer nicht mehr auf dem Sims sitzt und um Aufnahme bittet, liest sie noch einmal die Nachricht, die ihre Cousine gerade geschickt hat:

> Willkommen zu Hause, liebe Cousine! Ob du es glaubst oder nicht, gestern bin ich erst abends um elf aus dem Büro rausgekommen. Das neue Projekt nimmt mich total in Beschlag, eine riesige Feriensiedlung auf dem Land, lauter Wochenendhäuser. Ich bin fix und fertig.
>
> Dafür bleibe ich heute den ganzen Tag im Bett ☺ aber später melde ich mich noch mal, und wir machen was aus. Ich bin gespannt zu hören, wie es bei unserer Tante war.
>
> Und wegen den Käfern keine Ahnung
>
> Küsschen

Auf dem Weg zum Markt würde die Frau die Venezolaner, die sich auf einer Bank vom Betteln erholen, am liebsten fragen, ob sie zufällig irgendwo hier einen Käfer haben herumfliegen sehen. Aber sie sagt sich, dass sie sie wahrscheinlich – zu Recht – für verrückt halten würden.

Zu diesem Zeitpunkt hat sich das Käferweibchen längst vor dem blendend weißen Licht, das Bogotá an bewölkten Tagen durchflutet, in eine Erdkuhle geflüchtet. Worüber sie vielleicht so etwas wie Erleichterung empfindet. Als sich einige Zeit später eine hungrige, von einem Veilchenbaum losgeflogene Amsel daranmacht, sie als knusprigen Happen zu verspeisen, denkt die Frau bereits nicht mehr an sie oder sonstige Käfer. Sie hat inzwischen ihre Einkäufe erledigt, zu Hause ihre

E-Mails überflogen und gerade noch rechtzeitig die Rechnung der Elektrizitätsgesellschaft überwiesen, bevor man ihr den Strom abdreht. Jetzt macht sie sich auf die Suche nach einem guten Mangoldsuppenrezept.

So einen großen und fetten Käfer hat die junge Amsel, die vor ein paar Monaten ganz in der Nähe, auf einem Gummibaum am Straßenrand, zur Welt gekommen ist, noch nie gegessen. Was sich vielleicht auch nie wiederholen wird. So oder so freut sie sich bestimmt auf die eine oder andere Weise über diesen Fang. Ihre Vorfahren fraßen jedes Mal große Mengen von Käfern, wenn diese enthusiastisch aus der Erde hervorgekrochen kamen, um zu verkünden, dass die Welt auch ihnen gehöre. Daran erinnert sich die Amsel aber wahrscheinlich nicht.

Wer weiß schon, wie es ist, wenn man vom Schnabel eines gierigen Vogels aufgepickt wird? Rutscht die Rüstung des Käferweibchens aus den Fugen und brechen ihre Beine, oder gelangt sie, auf ihre so eigenwillige Weise strampelnd, unversehrt in den Bauch der Amsel? Vielleicht wirkt der Speichel des Vogels ja betäubend, wenn sie durch die Speiseröhre gleitet. Bis die Magensäure ihren tapferen Chitinpanzer zersetzt, die Kräfte, die sie zu immer neuen Abenteuern angetrieben haben, zum Verschwinden bringt und sie in ein schleimiges Sekret verwandelt. Bestimmt gibt das Käferweibchen – Zeugin des Lebens im Schlamm und erfüllt von der geflügelten Musik des Knisterns und Knackens des Waldes – einen Teil ihrer Lebensfreude an die laute Stimme des Vogels aus dieser ihr so fremden Stadt weiter.

Grund für die Abgabe

zuen vibzasqua jemanden bei sich aufnehmen
aguem vi izasqua bei jemandem Zuflucht suchen
fahanga, hac uic aganan chihisty irgendwann sehen
wir uns vielleicht
  Diccionario y Gramática Chibcha,
  Anfang des 17. Jahrhunderts

faque izasqua Tiergeburt
  Gramática breve de la lengua Mosca,
  um 1612

Ich verlor Kordilleren,
wo ich geschlafen,
verlor güldene Gärten,
wo zu leben so süß.
  GABRIELA MISTRAL,
  País de la ausencia

Denn wenn das Heim der Bleibe ein »Heim wie in einer Zufluchtsstätte« ist, so bedeutet das, dass der Bewohner in ihm gleichzeitig Exilierter und Flüchtling bleibt, Gast und nicht Besitzer.
  JACQUES DERRIDA,
  Adieu. Nachruf auf Emmanuel Lévinas

Aber der Schrei des Stachelschweins dringt natürlich nicht bis zu uns durch.
 IDA VITALE,
  Von Pflanzen und Tieren

Das Stachelschweinweibchen hebt den Kopf, als der Deckel der Kiste angehoben wird und Licht hineinfällt. Stundenlang musste sie die Dunkelheit und das Geschaukel des Busses ertragen, von dem sie immer wieder gegen die Pappwände geschleudert wurde. Vielleicht empfindet sie die Luft in dem geschlossenen Raum nach dem langen Eingesperrtsein nun als Erleichterung, so steril das Klima hier drinnen auch ist und sowenig es mit den Flechten, dem Pollen und den verwitterten Mineralien ihres bisherigen Zuhauses zu tun hat.

Mit den Schnurrhaaren streichelt sie die Hand der Frau, die sie großgezogen hat, seit sie kein Fötus mehr ist. Vielleicht fühlt sie sich dadurch weniger verloren. Womöglich erkennt sie auch den Hautgeruch nach Seife und Brennholz wieder, als sie die Finger der Frau streift, mit ihrer Schnauze, die sich unaufhörlich hin und her wendet, als wollte sie unbedingt die Wände und den Boden des Raums erkunden, in dem sie gelandet ist. Sie bewegt den Schwanz, weiß nicht, wie sie ihn in der Kiste aufrollen soll. Ob sie ahnte, dass etwas dabei war, zur Neige zu gehen, als sie an diesem wolkenlosen Morgen von dem Gummibaum herunterkam – erst vor Kurzem hatte sie gelernt, ihn zu erklettern –, um wie üblich ihre Milch zu trinken, und anschließend in die dunkle Kiste gesteckt wurde? Vielleicht hat ihr ja die melodiöse Stimme der Frau, die sie auf dem Weg nach Bogotá immer wieder beschwor, ruhig zu bleiben, geholfen, das Gerumpel auszuhalten, bis das Ziel erreicht beziehungsweise die dazu nötige Zeit verstrichen war (wie wir es ausdrücken würden; für sie ist Zeit aber wahrscheinlich etwas ganz anderes).

Dem hellen Licht dieses Raums ausgesetzt, in dem alles

weiß ist und nach unbekannten Substanzen riecht, und ohne die gewohnten Tiergeräusche, das Rauschen der Bäume im Wind und den umherziehenden Dunst wahrzunehmen, vermisst sie möglicherweise die feuchte Rinde und die schwammige Erde der von ihr bisher erlebten Welt. Wie setzt ihr Erstaunen ein, auf welchen Bahnen breitet es sich aus?

»Ja, meine Dame, ich weiß, das war eine lange Reise, aber du siehst selbst, jetzt sind wir da, und du musst schön brav sein, denn hier passen sie auf dich auf und geben dir zu fressen, und dann lassen sie dich wieder frei, verstehst du? Die bringen dich auf einen wunderschönen Berg, wo dich niemand stört, kein Hund, nicht mal ich.« Die Frau lacht kurz, während sie dem Stachelschweinweibchen wie immer mit dem Finger über die Schnauze streicht, bis sie bei den kleinen hervorstehenden Zähnen ankommt. »Aber du musst ganz, ganz geduldig sein, verstehst du?«

Die Assistentin von der Aufnahmeabteilung betrachtet sie mit ernstem Gesicht, während sie sich Handschuhe überstreift.

Wie sonst auch leckt das Stachelschweinweibchen an den Fingern der Frau, die sie einst aus dem zerfetzten Bauch ihrer Mutter geholt und anschließend aufgezogen hat. Wahrscheinlich würde sie jetzt gerne von der Milch trinken, die die Frau ihr um diese Uhrzeit im Garten ihres Hauses gibt. Als wollte sie auf ihren Arm klettern, versucht sie, eine der Seitenwände der Kiste zu überwinden, zerkratzt dabei aber nur die Pappe mit ihren scharfen Krallen, die schneller gewachsen sind als ihr übriger Körper. Womöglich ist sie ähnlich erschrocken und aufgeregt wie in dem Moment, als das Herz ihrer Mutter, das bei deren Versuch zu fliehen, donnernd laut hämmerte und klopfte, plötzlich stehen blieb. Woraufhin sich zunächst völlige Stille ausbreitete, dann die warme Hülle zerriss, die sie bis dahin umgeben hatte, und sie, durch die unerwartete Helligkeit geblendet, für immer von dem schützenden Körper getrennt wurde.

Sie richtet sich erneut auf, als die Assistentin die Kiste ergreift und in das angrenzende Zimmer trägt, in dem es noch heller ist als im Empfangszimmer. Sie dreht die weiche Nase zur Seite, als wollte sie den Gerüchen ausweichen, auf die sie im Wald niemals stoßen würde – nach Chlor, Reinigungsmittel, Alkohol, Raumspray –, und lässt noch mehr von ihren erst wenig ans Nagen gewöhnten Zähnen sehen. Wahrscheinlich wundert sie sich auch über den Geruch der unbekannten Hände, die sich weigern, sie zu streicheln, ganz anders als die der Frau und ihrer Tochter, die ihr regelmäßig zu essen geben und sich auch sonst um sie kümmern.

»Tschüs, meine Kleine! Und immer schön brav und geduldig sein, hörst du?«

Die Stimme, die ihr das aus der Ferne hinterherruft, erkennt sie vielleicht, sehen kann sie deren Besitzerin aber nicht mehr. Sie rutscht an einer der Pappwände ab und überkugelt sich, als die Assistentin die Kiste vor der Öffnung eines Käfigs auf die Seite dreht. Sie richtet sich wieder auf, betritt zögernd ihre neue Unterkunft, die viel kleiner ist als der Garten, in dem sie bislang unterwegs war. Der Garten ging in ein freies Feld über, auf dem auch einige Bäume standen. Ein Gitter gab es dort nicht. Träge schleppt sie sich dahin, als würden ihre Knochen in dem Neonlicht, das für ein Nachtwesen wie sie viel zu hell ist, ganz steif vor Kälte. Die wenigen Gewissheiten, die sie im Lauf der Wochen am Rand des vor sich hin gärenden Waldes gewonnen hatte, lösen sich dabei auf.

Die Frau wäre gerne noch ein bisschen geblieben, um dem kleinen Stachelschweinweibchen zu erklären, dass das, was sie hier macht, kein Verrat ist. Dass sie sie nicht einfach im Stich lässt, nachdem sie sich so liebevoll um sie gekümmert und sie mit der Milch ihrer Tochter ernährt hat, die ihr erst neulich einen Enkel geschenkt hat. Sie weiß, dass sie ihre Erklärungen nicht verstehen würde, ebenso sicher ist sie sich aber, dass sie beide sich vermissen werden. Sie sagt sich, dass sie nicht auf die Ratschläge des Tierarztes aus ihrem Dorf hätte hören sollen. Es kommt ihr irgendwie ungerecht, grausam, verkehrt vor, dass das Stachelschweinweibchen womöglich tage-, wenn nicht monatelang hier in dieser Einrichtung eingesperrt sein wird, bevor man ihr einen neuen Platz zum Leben zuweist.

»Die Ärmste hat bestimmt Durst. Sie haben ihr doch ein Schälchen Wasser hingestellt, stimmt's? Zu Hause hat sie immer sehr viel getrunken. Ich hab auch das Babyfläschchen mitgebracht, mit dem wir sie gefüttert haben, mit Milch und so, mit der Milch von meiner Tochter. Wenn Sie wollen, lass ich es Ihnen da. Sie ist bestimmt wahnsinnig hungrig, nach der langen Busfahrt. Behalten Sie es ruhig, nicht, dass sie am Ende ihre Milch nicht bekommt.«

Die Assistentin, die gerade zurückkehrt, sieht sie verärgert an. »Keine Sorge, hier wird sie bestens versorgt und bekommt alles, was sie braucht.« Sie fügt hinzu, dass der Tierarzt das Stachelschweinweibchen untersuchen und anschließend festlegen werde, was sie zu essen und zu trinken bekomme – aber ganz bestimmt keine menschliche Milch. Und sie sagt, dass sie sie an einem geeigneten Ort unterbringen werde, bis geklärt sei, wo und unter welchen Bedingungen sie freigelassen und ausgewildert werden könne.

»Aber das geht schnell, oder? Sie sperren die Kleine hier nicht für immer ein, stimmt's? Sonst überlege ich's mir nämlich noch mal und nehme sie gleich wieder mit, egal, wie teuer die Fahrt hierher war.«

Die Assistentin versichert, dass das Tier, wenn es sich gut anpasse und keine Krankheiten oder Verhaltensauffälligkeiten aufweise, wieder in die freie Wildbahn entlassen werden könne, vorausgesetzt, es habe gezeigt, dass es imstande sei, sich seine

Nahrung selbst zu beschaffen. »In die freie Wildbahn« – für die Frau hört sich das an wie aus einer völlig anderen Welt.

»Ich weiß noch, vor ein paar Jahren war schon mal jemand von hier, also von der Umweltbehörde, bei uns. Das hier ist doch die Umweltbehörde, oder? Sie sind zu uns ins Dorf gekommen, wo ich wohne, mehrere Professoren und ein paar Soldaten, und sie wollten einen Adler freilassen, einen Blaubussard, wissen Sie, was für ein Tier ich meine? Wirklich wunderschön, diese Vögel! Und so was von stolz und würdevoll! Sie haben erzählt, sie hätten ihn aus Bogotá mitgebracht, da hatten sie ihn angeblich in einem Tiergeschäft entdeckt und sofort beschlagnahmt. Das ist doch wirklich eine Schande, oder? Sie wussten nicht, wo genau er gestohlen worden war, aber auf jeden Fall leben die ganz hoch oben in den Bergen, so wie in der Gegend, wo ich herkomme. Wie kann man bloß so grausam sein? Sie haben ihn jedenfalls auf der Wiese von einem Nachbarn von mir freigelassen, und er ist gleich auf und davon geflogen, hoch in die Berge. Der war so was von glücklich, das hat man gemerkt.«

»Schön, dass Sie Tiere so gernhaben.«

»Sie hätten mal sehen sollen, wie der auf die Felsspitzen zugeflogen ist. So schnell er konnte, so hat der sich gefreut, dass er nicht mehr gefangen war. Und wie er schließlich ganz hoch oben am Himmel geflogen ist, das war so schön, das vergesse ich nie.«

Die Assistentin ist mit der Aufmerksamkeit inzwischen ganz bei ihrem Computer und sagt, die Frau solle bitte noch ein paar Minuten dableiben, damit sie zusammen die Formulare ausfüllen können, um die Übergabe abzuschließen.

»Wissen Sie, das war, als würde der Berg nach dem Adler rufen. Dieser Berg heißt bei uns Fucha, und als die Indios von den Spaniern verfolgt wurden, sollen sie da runtergesprungen sein, weil sie lieber sterben wollten als unterdrückt werden.

Ein mächtiger Berg, oder vielmehr ein magischer Berg, wie man so sagt. Die Leute erzählen, dass man da oben Sachen sehen kann. Vor allem früher, meine Großmutter hat das immer gesagt. Ich weiß, dass es stimmt, aber ich selbst habe da nie was zu sehen bekommen. Ich glaube jedenfalls, dass der Adler noch lebt. Hoffentlich! Hoffentlich ist er froh und zufrieden und wird von niemandem gestört! Einmal habe ich ihn ganz hoch oben fliegen sehen, das ist schon länger her, in der Nähe von dem Berg bei meinem Haus. Bestimmt war er auf Jagd, da oben gibt's nämlich jede Menge kleinerer Tierchen, alles Mögliche gibt's da. Aber danach habe ich ihn nicht wiedergesehen. Das war, als meine Tochter gerade schwanger wurde, also vor fast einem Jahr. Wahrscheinlich ist er irgendwo anders hin, keine Ahnung.«

Die Assistentin blättert in einem Ordner.

»Also, ich glaube Ihnen jedenfalls, dass Sie gut auf mein Stachelschweinbaby aufpassen, damit es später wieder frei leben kann, stimmt's? Da kann ich mich auf Sie verlassen, oder?«

»Aber natürlich. Da können Sie ganz sicher sein. Einen kleinen Moment noch, dann tragen wir Ihre Angaben ein, und die Sache ist erledigt, dann können Sie gehen.«

»Deshalb wollte ich sie auch nicht bei dem Umweltpolizisten bei uns im Dorf abgeben, lieber habe ich sie hierhergebracht. Als der Tierarzt gesagt hat, ich muss vielleicht Strafe zahlen, weil man keine Wildtiere bei sich zu Hause haben darf, dass das gesetzlich verboten ist, da habe ich Angst bekommen, verstehen Sie? Niemand soll denken, ich habe sie einfach so zu mir genommen, von wegen, ich habe sie gerettet, als ihre Mutter gestorben war, Gott hab sie selig. Aber der Tierarzt hat gesagt, dass ich Probleme mit der Polizei bekommen kann, wenn ich sie großziehe.«

»Der Arzt muss mir bloß noch ein paar Dinge erklären, dann fangen wir an und füllen zusammen das Formular aus.«

Die Frau richtet sich auf und blickt neugierig in Richtung der offen stehenden Tür zum Nebenzimmer, kann das Tier aber nicht entdecken.

Das Stachelschweinweibchen trinkt Wasser und lässt die Schnauze anschließend über den mit Stroh ausgelegten Käfigboden gleiten, wie auf der Suche nach dem gewohnten Untergrund aus Blättern und Gras. Schwer zu sagen, ob die Ruhe nach all dem Hin und Her eine Erleichterung für sie darstellt, oder ob das leise Brummen der elektrischen Apparate und das flimmernde Licht sie nicht noch mehr durcheinanderbringen. Sie fängt an, im Kreis zu gehen, vielleicht sucht sie nach Nahrung. Durch die Gitterstäbe verunsichert, rollt sie den Schwanz ein. Manchmal blickt sie nach oben, als hoffte sie, über sich einen ausgewachsenen Baum zu entdecken, der diesen Namen auch verdient. Mithilfe der Schnauze scheint sie den Raum zu inspizieren, wo alles glatt und eben und gleichmäßig ist. Ob sie das Totenkopfäffchen in der gegenüberliegenden Zimmerecke entdeckt, das sich unaufhörlich an den Gitterstäben seines Käfigs entlanghangelt? Oder den Savannenfuchs, der an einer Kralle seines Vorderfußes knabbert und ab und zu aus seiner Käfigecke zu ihr hinübersieht? (Ob er sie gerne fressen würde?) Ob die beiden sich fragen, was aus ihrem Bergwald geworden ist? Ob sie alle den Geruch verirrter Tiere verbreiten?

Die Frau lässt sich auf einem Stuhl im Empfangszimmer nieder, während der Arzt das Tier untersucht. Alles hier kommt ihr neu und aufgeräumt vor, unglaublich sauber, viel sauberer als alle Büros, in denen sie in ihrem Dorf oder in Bogotá jemals gewesen ist. Über einer Glastür steht »Labor 1« – dorthin hat die Assistentin das Stachelschweinweibchen gebracht. Über der anderen steht »Labor 2« – dahinter sieht man mehrere Käfige, die an der Decke hängen. In einem sind vier Wellensittiche, in dem anderen ein Ara-Weibchen. Neben der

Assistentin hängt ein Plakat, auf dem mehrere Papageien auf einer Palme zu sehen sind. Darunter steht:

> FREU DICH, WENN DU EINEM TIER
> IN FREIER WILDBAHN BEGEGNEST!
> TIERE BRAUCHEN UNSERE HILFE
> UND WERTSCHÄTZUNG.
> #InFreiheitUndZuHause.

Auf einem anderen Plakat sieht man einen Affen auf einem Ast und dazu die Aufschrift:

> ILLEGALER TIERHANDEL? NICHT MIT MIR!
> FREI LEBENDE TIERE DÜRFEN IN KOLUMBIEN
> WEDER GEFANGEN NOCH VERKAUFT,
> NOCH EXPORTIERT WERDEN.
> #InFreiheitUndZuHause.

An der gegenüberliegenden Wand hängt eine mit Filzstift geschriebene Liste von Tieren. Ihr Stachelschweinweibchen wird wahrscheinlich auch bald hinzugefügt, sagt sich die Frau.

EINLIEFERUNGEN (NOVEMBER)
Köhlerschildkröte 3
Kinnfleck-Schmuckschildkröte 28
Gelbbrustara 2
Braunwangensittich 4
Totenkopfäffchen 9
Haubenkapuzineraffe 3
Blauflügelsittich 2
Tovisittich 7
Tarantel Versch. Arten 194
Diamantpfäffchen 1

Skorpion 17
Stummelfussfrosch (giftig) 216
Grüner Leguan 2
Savannenfuchs 1

Auf einem stumm gestellten Fernsehbildschirm sind mehrere Männer in Anzug und Krawatte zu sehen, die sich auf einer Theaterbühne begrüßen. Das Publikum klatscht Beifall. Dann ein Militärhubschrauber beim Einsatz im Urwald, danach Männer in Tarnkleidung, die Schlange stehen, um ihre Waffen abzugeben. Der Lauftext darunter verkündet: Zweiter Jahrestag des Friedensabkommens zwischen Regierung und FARC-Guerilla. Anschließend werden mehrere Männer, wiederum in Anzug und Krawatte, interviewt. Einen erkennt die Frau, es ist der Präsident. Danach sieht man Bauern beim Pflügen. Im Anschluss die Moderatorin, neben dem Bild eines dicken Mannes in Handschellen, der abgeführt wird. Dazu der Text: Anführer der Águilas Negras an die USA ausgeliefert. Die Frau muss an einen ihrer Neffen denken, der seit fünf Jahren als Berufssoldat bei einer Antiguerilla-Einheit in Catatumbo arbeitet. Sie fragt sich, wie lange er das wohl noch machen will.

 Als ein weiß gekleideter Mann sich dem Käfig nähert, versucht das Stachelschweinweibchen, sich auf die Hinterbeine zu stellen, als wollte sie gestreichelt werden. Vielleicht freut sie sich, weil sie annimmt, jetzt bekomme sie endlich zu essen – ihr fehlt die übliche Mittagsmilch. Womöglich will sie auch bloß aus dem Käfig hinaus. Die Käfigstäbe sind aber zu dünn und zu glatt für ihre an raue Stämme gewohnten Zehen. Sie rutscht ab. Daraufhin schiebt sie die Nase durch einen Spalt, um an dem Mann zu schnuppern, der erschienen ist, um sie zu untersuchen. Ihre Schnurrhaare berühren seine Lederhandschuhe. Als der Mann die Käfigtür öffnet, klettert sie seinen Arm hinauf, als wäre sie froh, sich an etwas Lebendiges drücken zu können. Als wäre sie seit der gewaltsamen Trennung von ihrer Mutter darauf eingestellt, von menschlichen Händen Hilfe zu erhalten. Da sie bis jetzt unter Frauen gelebt hat, kommt ihr die tiefe Stimme des Mannes möglicherweise seltsam vor. Sie reibt die Schnauze an dem weißen Kittel, der nach Desinfektionsmittel riecht – für sie bestimmt ein unbekannter Geruch. Als der Mann ihre braunen Gesichtshaare zurückstreicht, aus denen die ersten gelblichen Stacheln hervorsehen, öffnet sie das Maul, als wollte sie bedrohlich die Zähne blecken. Ob ihr die Berührung der Schnurrhaare wehtut? Sie wickelt den Schwanz fest um den Arm des Mannes, während sie zulässt, dass er mithilfe einer Taschenlampe ihre Augen und Schnauze ausleuchtet. Den kalten und glatten Tisch, auf dem er sie anschließend absetzt, empfindet sie womöglich als abweisend, genauso wie das kratzende Geräusch ihrer Krallen auf dem Metall. Vergeblich versucht sie, sich dagegen zu wehren, dass der Mann sie umdreht, um ihren Bauch in Augenschein zu nehmen. Dass er so viel Kraft aufwendet, um sie festzuhalten, überrascht sie wahrscheinlich, schließlich ist sie noch nie auf diese Weise untersucht worden. Während er ihre Brustwarzen betastet, die Gelenke beugt, die Zehen spreizt und den After inspiziert, strampelt sie mit den Beinen und bemüht sich, ihm den Schwanz um die Hand zu wickeln. Auch gegen den Versuch, ihr das Maul zu öffnen, wehrt sie sich offenkundig, letztlich kann sie jedoch nicht verhindern, dass die Finger des Mannes entschlossen ihren Mundraum erkunden.

Als die Assistentin irgendwann in Labor 1 zurückkehrt, um mit dem Tierarzt zu sprechen, beklagt die Frau innerlich, dass sie sich nicht angemessen von dem Stachelschweinweibchen verabschieden konnte – als wäre nicht klar bemerkbar gewesen, dass zwischen dem Tier und ihr eine enge Beziehung besteht. Der Gedanke quält sie, die Kleine könne die Gerüche ihrer Küche, den Hof voll Brombeeren, die moosbewachsenen

Baumstämme, die warme Milch, den Regendunst, ihre Stimme und die ihrer Tochter vermissen. Erneut fragt sie sich, ob es wirklich eine gute Idee war, sie hierherzubringen. Und spürt wieder das bittere Gefühl, das sie befiel, nachdem ihre Hündin die Mutter des Stachelschweinweibchens getötet hatte – wäre sie noch am Leben, wäre alles ganz anders. Die beiden Stachelschweine würden jetzt im Wald umherstreichen, auf Bäume klettern, Myrtenbeeren und wilde Feigen fressen und sich nachts vor den Eulen verstecken. Und die Kleine bräuchte nicht, lauter Unbekannten ausgeliefert, fern der Heimat zu leben. Ob sie ihr auch jeden Tag ihre Milch geben werden? Ob das Abstillen sehr schlimm für sie sein wird? Ob jemand so liebevoll mit ihr sprechen wird wie sie?

Da kehrt die Assistentin zurück und übergibt ihr einen Zettel, auf dem sie eigenhändig vermerkt hat:

Coendou vestitus: Brauner Baumstachler

Sie erklärt ihr, dass das der wissenschaftliche sowie volkstümliche Name dieser Art sei, und dass der Tierarzt gesagt habe, der Lebensraum dieser Stachelschweinart sei tatsächlich der hochandine Wald, also die Gegend, wo auch die Frau lebe. Und dass diese Art vom Aussterben bedroht sei. »Darum vielen Dank, dass Sie das Tier zu uns gebracht haben, es gibt nämlich bloß noch wenige von der Sorte, und die müssen wir beschützen, damit sie nicht ganz aussterben.« Außerdem habe der Arzt gesagt, dass sie hier in der Einrichtung schon zwei dieser Tiere aufgepäppelt und anschließend problemlos ausgewildert hätten.

»Also, da, wo ich wohne, gibt es jede Menge Stachelschweine. Sagen Sie ihm das.«

»Ich habe es Ihnen bloß mitgeteilt, damit Sie sehen, dass wir hier viel Erfahrung mit solchen Fällen haben. Sie brauchen sich also keine Sorgen zu machen, das Tier ist bei uns in besten Händen.«

Die Frau denkt über den seltsamen wissenschaftlichen Namen nach. Coendou vestitus. Wahrscheinlich ist das Englisch, sagt sie sich. Und sieht auf einmal jemanden vor sich, der in einem Kleid voller Stacheln auf eine Party geht, wo lauter Gringos feiern.

»Sagen Sie dem Arzt und allen, die sich um sie kümmern, dass sie vorsichtig sein sollen, wegen den Stacheln. Ich weiß nicht, ob Sie sie gesehen haben, sie sind gelblich-schwarz, und wenn sie größer wird, werden sie richtig lang. Die ersten kommen gerade raus, Sie haben sie doch gesehen, oder?«

»Nein. Aber der Herr Doktor bestimmt, keine Sorge.«

»Die Stacheln sind nämlich ganz schön eigenwillig, und wenn man sich an einem von ihnen pikst, dringt der ganz schnell in die Haut ein, Sie glauben gar nicht, wie schnell, und dann bekommt man ihn nicht mehr raus. Früher haben die Leute gesagt, wenn so ein Stachel zu lange in einem drinsteckt, fängt das Stachelschwein, dem er gehört hat, an, Macht über einen auszuüben. Wenn es einen Unfall hat oder krank wird, geht es einem selbst auch so. Und wenn es stirbt, wird man selbst krank und stirbt auch. Sagen Sie das dem Arzt, bitte!«

»Na klar, keine Sorge, ich sag es ihm.«

»Wissen Sie, wir haben das Tierchen nämlich sehr lieb, und ich war mir nicht sicher, ob ich es wirklich herbringen soll. Aber als ich gesehen habe, dass bei ihr schon die Stacheln rauskommen, und mein Enkel fängt ja schon ganz bald mit dem Rumkrabbeln an, und da würde ich nicht wollen, dass die zwei zusammen spielen und sie ihm am Ende wehtut.«

Die Assistentin sagt, dass sie jetzt mit dem Ausfüllen des Formulars beginnen könnten.

STADTVERWALTUNG BOGOTÁ
UMWELT- UND NATURSCHUTZAMT
ABTEILUNG WALDWIRTSCHAFT / WILDTIERE
UND WILDPFLANZEN
UNTERABTEILUNG WILDTIERE
BEARBEITUNGSNUMMER: 947

ALLGEMEINE ANGABEN
Abgabedatum: 24. November 2018
Abgabeort: Wildtier- und Wildpflanzenversorgungs- und -begutachtungszentrum Bogotá
Abgegeben von (Vor- und Nachname): Teresa Tibaquirá Ruiz
Personalausweisnummer: CC 45.376.908
Adresse: Gemeinde Miscua, Ortsteil El Silencio, Departamento de Boyacá (genaue Adresse nicht ermittelbar)
Telefon: 311 297 1135
Entgegengenommen von (Vor- und Nachname): Aura Janeth Ramos Aguilar, Verwaltungsassistentin, Aufnahmeabteilung, WWVBZ Bogotá
Grund für die Abgabe: Die Frau erklärt bei der Abgabe, dass ihre Hündin vor ungefähr eineinhalb Monaten ein Stachelschwein gejagt und getötet hat und dass sie dann gesehen hat, dass sich im Bauch der Leiche etwas bewegt hat, und dass sie gedacht hat, dass das Tier wahrscheinlich trechtig ist. Sie hat dann mit einem Messer einen Kaiserschnitt gemacht und das Tier rausgeholt, das sie heute abgeliefert hat und das als Coendou vestitus – Brauner Baumstachler – bestimmt worden ist. Sie erklärt außerdem, dass das Tier scheinbar kurz vor dem Geborenwerden war und dass es gut reagiert hat, als sie es rausgeholt hat, und dass es die Milch ihrer Tochter problemlos angenommen hat, die vor vier Monaten ein Baby bekommen hat. Sie haben ihm die ganze Zeit Muttermilch gegeben. Die Mutter des Babys

pumpt die Milch ab und sie geben sie ihm mit einem Löffel und seit Neuem auch mit einem Babyfläschchen, das sie für das Tier besorgt haben, und es trinkt sie einfach so. Es hat seit der Geburt immer großen Apetit gehabt und ist jetzt schon fast zweimal so groß wie bei der Geburt und es klettert inzwischen schon auf Bäume und sucht nach Früchten, aber es trinkt auch immer noch diese Milch, und es ist sehr brav und geschickt und kommt zu ihnen ins Haus, wann es will, aber lieber klettert es auf Bäume, und ihre Hündin respektiert es, obwohl sie seine Mutter getötet hat. Sie hat das Tier abgeliefert, weil ein Tierarzt ihr die Adresse vom WWVBZ gegeben hat, und er hat ihr gesagt, dass es verboten ist, Wildtiere zu Hause zu halten. Außerdem weiß sie nicht, ob sie sich auch später noch um das Tier kümmern kann, weil sie gerade Arbeit sucht, und sie möchte es nicht im Wald aussetzen, wenn es nicht allein überleben kann. Sie bittet, dass es in das Gebiet zurückgebracht wird, wo es jetzt lebt, weil es dort viele ähnliche Tiere gibt, wie sie erklärt.

BESCHREIBUNG DES ABGEGEBENEN TIERES
Wissenschaftlicher Name: Coendou vestitus
Zustand: Tierärztliche Untersuchung noch nicht abgeschlossen
Anzahl: 1
Geschlecht: Weiblich

ALLGEMEINE ANGABEN
Herkunftsort: Gemeinde Miscua, Ortsteil El Silencio, Departamento de Boyacá
Erwerbungsart: Kein Ankauf, siehe: Grund für die Abgabe
Erwerbungsort: Gemeinde Miscua, Ortsteil El Silencio, Departamento de Boyacá (genaue Adresse nicht ermittelbar)

Besitzdauer: 37 Tage

Weitere Tiere am Herkunftsort: Einheimische Tiere des hochandinen Bergwalds der Cordillera Oriental. Auf dem Hof, wo das Tier geboren wurde, gab es Hühner, ein Schaf, eine Katze und einen Hund. Alle haben ein gültiges Impfzertifikat, wie die abliefernde Person erklärt.

Bisherige Ernährung: Das abgegebene Tier wurde mit der Milch einer stillenden Frau ernährt. Es hat in den letzten zweieinhalb Wochen gelernt, Baumfrüchte zu essen, trinkt aber immer noch menschliche Milch, wie die abliefernde Person erklärt.

Aufzucht: Von irgendwelchen Misshandlungen ist nichts bekannt. Der erste tierärztliche Befund bestätigt den guten Zustand des Tieres.

Krankheiten / Tierärztliche Behandlung: Laut erstem tierärztlichem Befund weist das Tier zum Zeitpunkt der Übergabe keinerlei Erkrankungen auf. Eine umfassende Untersuchung steht noch aus.

ZUSÄTZLICHE ANGABEN:

Zeitpunkt der Abgabe: 14.48 Uhr

Überführung in die Krankenabteilung: Nein

Tierärztliche Untersuchung: Dr. Ángel David Guáqueta Rodríguez

Die abliefernde Person bittet darum, informiert zu werden, sobald das Tier wieder in seinem natürlichen Lebensraum ausgesetzt wird. Die grundlegenden gesetzlichen Vorgaben in Bezug auf Haltung und Handel von Wildtieren wurden ihr erläutert.

HIERMIT VERSICHERE ICH, KÜNFTIG KEINE WEITEREN WILDTIERE ZU ERWERBEN, ZU VERSCHENKEN ODER ALS HAUSTIERE ZU HALTEN.

NAMEN UND UNTERSCHRIFTEN:

_____

Aura Janeth Ramos Aguilar, Verwaltungsassistentin, Aufnahmeabteilung, WWVBZ Bogotá

_____

Teresa Tibaquirá Ruiz, abliefernde Person

Umwelt- und Naturschutzamt, Bezirksdirektion,
Av. Caracas 38–54, Bogotá D. C., Kolumbien, Postf. 3778899
www.ambientebogota.gov

Bevor sie unterschreibt, liest die Frau das ausgefüllte Formular noch einmal durch. »Hier könnten Sie dazuschreiben, dass ich sie nicht bei der Umweltpolizei bei uns im Dorf abgeben wollte, weil die Mistkerle sie einfach in eine Kiste gesteckt hätten, und sie hätten sie sterben lassen, da bin ich mir ganz sicher. Mir war klar, dass es teuer ist, sie hierherzubringen, aber bei denen wollte ich sie auf keinen Fall lassen.«

»Keine Sorge, alles, was wichtig ist, steht bereits drin.«

»Würden Sie mir erlauben, mich von ihr zu verabschieden, wäre das möglich?«

»Nein, tut mir leid, wenn ein Tier eingeliefert worden ist, dürfen wir es nicht noch mal rauslassen. Es wird jetzt erst mal gründlich untersucht, und wenn nichts weiter getan werden muss, kommt es in Quarantäne. Bis es schließlich so weit ist, dass es normal versorgt und aufs Auswildern vorbereitet werden kann. Dafür kommt es in eine spezielle Umgebung, und da lernt es alles Nötige für das Leben in freier Wildbahn. Keine Sorge, dort geht es ihm richtig gut.«

Die Frau muss daran denken, wie es war, als ihre Mutter im Krankenhaus von Tunja mit Magenkrebs im Sterben lag und sie am Empfang um Erlaubnis bitten musste, sie zu besuchen. »Und könnten Sie mir netterweise sagen, was Sie glauben, wie lange Sie sie hierbehalten, bevor Sie sie rauslassen?«

»So lange wie nötig, bis sie sich angepasst hat und sie sie freilassen können, falls die Sache so entschieden wird. Aber wenn Sie meine Meinung wissen wollen, also, ich bin natürlich kein Tierarzt, aber ich arbeite jetzt bereits drei Jahre hier, und ich habe schon viele Tiere erlebt, die erfolgreich angepasst worden sind, und darum glaube ich, dass sie sie bestimmt freilassen, sie ist ja noch ganz jung, und ich denke, was man fürs Überleben in der Natur braucht, das kann sie hier alles lernen. Wenn sie so jung abgeliefert werden, geht eigentlich nie was schief.«

»Hoffentlich dauert es nicht so lange.«

Die Assistentin erklärt ungeduldig, dass sie alles Nötige aufgeschrieben habe, und dass die Fachleute bei der Entscheidung zur Freilassung möglicherweise auf ihre Informationen zurückgreifen würden.

»Könnten Sie mich vielleicht anrufen, wenn es so weit ist? Nur damit ich Bescheid weiß, dann bin ich beruhigt. Auch wenn Sie sie anderswohin bringen, ich wüsste es trotzdem gern, wenn sie wieder im Wald lebt.«

»Also, versprechen kann ich Ihnen nichts, aber, wie gesagt, ich habe Ihre Bitte ja mit dazugeschrieben, für alle Fälle.«

»Wissen Sie, ich habe mich einfach richtig in das Tierchen verliebt. Bitte, seien Sie so nett!«

Die Assistentin weicht ihrem Blick aus und schreibt etwas auf dem Computer.

»Wenn ich was höre, versuche ich, Sie anzurufen und Ihnen Bescheid zu geben. Darauf können Sie sich verlassen. Und jetzt unterschreiben Sie bitte hier, und dann können Sie gehen.«

Die Frau unterschreibt und hinterlässt außerdem ihren Fingerabdruck auf den zwei ausgedruckten Exemplaren des Formulars. Sie findet es ungerecht, dass sie versprechen soll, dass sie nie wieder Wildtiere fangen oder mit Wildtieren handeln wird – als würde sie im Wald Tieren nachstellen, um Geld damit zu verdienen. Sie würde der Assistentin gern sagen, dass keiner die Wälder rings um ihr Dorf so beschützt wie sie, dass sie sich deshalb zur Vorsitzenden der Nachbarschaftsvertretung hat wählen lassen und dass sie sich sogar mit mehreren Nachbarn angelegt hat, weil die einfach den Wald abholzen wollten, obwohl das verboten ist – ohne Leute wie sie gäbe es heute dort keine Tigerkatzen mehr, keine Eichhörnchen oder Stachelschweine oder Adler oder alle möglichen anderen Vögel. Aber ihr Gefühl sagt ihr, dass sie die Assistentin besser nicht verärgert, sonst hält die sich am Ende nicht an ihr Versprechen. Also sagt sie nichts und steckt die unterschriebene Kopie in ihren Rucksack. Den gewaltigen Unterschied zwischen dem warmen Körper des Stachelschweins mit seinem so besonderen Fell, um das sie sich liebevoll gekümmert hat, und dem dürren Blatt Papier, das man ihr an seiner Stelle aushändigt, empfindet sie dafür umso stärker. Wenn sie wieder zu Hause ist, wird sie die Kopie in die Kiste mit all den anderen feuchten und fleckigen Unterlagen legen, auf denen sich der Schimmel ausbreitet, der sich in dem nebligen Dunst so wohlfühlt. Dort bewahrt sie auch ein Bündel Geldscheine auf, den Rosenkranz ihrer Großmutter, einen vergoldeten Ring, den ihre Mutter ihr hinterlassen hat, und die Tüte mit den Familienfotos. Außerdem den indigenen Tontopf und den keilförmigen Stein – beides hat sie als Kind im Wald gefunden. Zudem wird sie ein paar von den gelb-schwarzen Stacheln der Stachelschweinmutter in das Papier einwickeln, das sie so ungern unterschrieben hat, und dazulegen. Die Stacheln hatte sie ihrer Hündin aus der Schnauze gezogen und zum Trocknen auf die Mauer an der Waschstelle gelegt. Schade, dass sie keinen der kleinen Stacheln hat, die jetzt bei der Stachelschweintochter hervorkommen, den könnte sie zur Erinnerung mit aufbewahren.

»Seien Sie so nett und sagen Sie ihr bitte, dass ich sie sehr, sehr lieb habe und dass sie tapfer sein soll. Und dass wir uns vielleicht später wiedersehen, aber wenn nicht, dann werden wir sie auf jeden Fall nie vergessen. Sagen Sie ihr das.«

Es ist, als wollte das Stachelschweinweibchen den Arm des Mannes umklammern, als er sie nach der Untersuchung wieder in den Käfig setzen möchte. Sie versucht, den Arm hinaufzuklettern, als befände sich auf seinem Kopf eine besonders leckere Frucht, oder als gingen von dort genau die Äste aus, auf denen sie unbedingt sitzen möchte. Der Mann spricht ihr lobende Worte zu, breitet vorsichtig ihre Vorderfüße auseinander, entrollt ihren Schwanz, der sich hartnäckig um seinen Arm schlingt, und setzt sie zuletzt in den Käfig. Sie läuft wieder im Kreis durch das Stroh, scheuert sich die Schnauze an den trockenen Stängeln auf. Vielleicht erinnert sie der Duft ja an die Wiesen zu Hause. Nur dass hier natürlich der feuchte Schlamm fehlt, und das Moos, und die Blätter, die folgsam hervorsprießen, um sich eines Tages ergeben zu Boden fallen zu lassen. Sie durchwühlt das Heu mit ihren scharfen Krallen, bis sie das darunterliegende Zeitungspapier zerreißt. Der Geruch der Druckerschwärze kann ihr von den gärenden Dämpfen in ihrem ursprünglichen Zuhause schwerlich bekannt vorkommen. Ihre Schnurrhaare betasten den trocken-aseptischen Boden, der ihr wahrscheinlich kaum etwas mitzuteilen hat. Vielleicht ist sie hungrig und müde. Ob sie hier tagsüber wird schlafen können, wie es ihre Art ist? Wird sie die menschliche Milch und die Rinden vermissen? Und die Frau?

Wenn die Hündin jault und der Vogel weint

Hast du an Träume geglaubt? Hast du gesagt, dass es etwas Schlimmes ankündigt, wenn die Turteltaube weint oder der Hund jault?

FRAY BERNARDO DE LUGO,
Gramática en la lengua general del Nuevo Reyno, llamado Mosca (1619)

Anzuerkennen, dass die Welt ein Raum des Eintauchens ist, heißt dagegen, dass es keine stabilen, keine wirklichen Grenzen gibt: Die *Welt* ist der Raum, der sich nie auf ein Haus reduzieren lässt, auf ein Eigentum, ein Zuhause, das Unmittelbare. In-der-Welt-Sein heißt also, Einfluss vor allem außerhalb seines Zuhauses auszuüben, außerhalb des eigenen Habitats, außerhalb der eigenen Nische. Wir bewohnen immer die gesamte Welt, die ihrerseits immer von den anderen heimgesucht wird und werden wird.

EMANUELE COCCIA,
Die Wurzeln der Welt. Eine Philosophie der Pflanzen

Then practice losing farther, losing faster:
places, and names, and where it was you meant
to travel. None of these will bring disaster.

ELIZABETH BISHOP, *One Art*

Kati und Mona

Als der Mann, der sich seit mehreren Monaten um sie kümmert, vor dem Käfig erscheint, wachen Kati und Mona früher auf als sonst. Sie strecken sich nicht einmal, sondern stehen sofort auf, bereit, ihm, springend und ihn abschleckend, zu zeigen, dass sie ihn lieb haben. Bevor er die Tür aufmacht, damit sie durch den Gang auf den Hof laufen und sich dort auf dem Boden herumwälzen können, sagt ihm eine Ahnung, dass die zwei heute zum letzten Mal zusammen sein werden. Er bindet beiden ein blaues Tuch um den Hals. Mona scheint es nichts auszumachen, dass sich ihr von dem Stoff mit der Aufschrift »Bogotá liebt seine Tiere« das Nackenhaar aufstellt. Gewohnt zutraulich leckt sie den Arm des Mannes ab, der sich zum ersten Mal wie ein Verräter vorkommt. Kati dagegen zieht irritiert den Kopf ein, als wäre das Tuch ein schwerer Eisenring. Vielleicht weckt es Erinnerungen an die Tage nach der Sterilisierung – kurz nach ihrer Einlieferung –, an denen sie, erschreckt und verwirrt, eine Halskrause aus Kunststoff tragen musste.

»Jetzt hab dich nicht so, das sieht sehr hübsch aus.« Der Mann bemüht sich, sie zu besänftigen, er weiß aber, dass sie störrisch und aufsässig ist.

Im Gang reibt sich Kati an den anderen Käfigstäben, in dem Versuch, ihre Begeisterung zu regulieren, die sie jedes Mal befällt, wenn sie rausdürfen, vor allem aber, um das Zeichen ihrer Unterwerfung loszuwerden. Womöglich erinnert sie sich daran, wie sie frühmorgens im Park um den abgestellten

Karren herum Bocksprünge vollführte, halb im Spiel und halb im Ärger, wenn Luis ihr wieder einmal zum Schutz gegen die Kälte einen Pullover übergestreift hatte. Nicht auszuschließen, dass jetzt erneut ihr unbeugsamer Straßenhund-Charakter zum Vorschein kommt, den sie erst ablegte, als die Polizei erschien und die Bulldozer ihre Unterkunft plattmachten.

Kati und Mona betreten schließlich als Letzte den sonnenbeschienenen Hof, wo die übrigen Hunde bereits in der frischen Luft dieses Samstagmorgens umherlaufen. Vielleicht erschreckt sie die laute Reggaeton-Musik, die aus mehreren erst kürzlich aufgestellten Lautsprechern dringt und das Gebell der spielenden Hunde übertönt. Beide Hündinnen scheinen sich über das ausgelassene Treiben um sie herum zu freuen – die anderen beschnuppern genüsslich ihre Hinterteile, scheuern sich am Beton und schnüffeln neugierig an den unterschiedlichsten Falten ihrer Gefährten. Wie gewohnt, folgt Mona Kati zu dem Guajakbaum in der am weitesten entfernten Hofecke. Dort pinkelt sie auf die Pfütze, die die andere soeben hinterlassen hat. Dann kehrt sie zu der Betonfläche zurück, die sich allmählich in der Sonne erwärmt, legt sich seitlich auf die Hüfte, die Hinterbeine erhoben, und leckt wild entschlossen an ihrer Vulva, bis sich eins der neulich geborenen Hündchen auf sie stürzt, um sie zum Spielen zu bringen. Kati zieht sich wie immer in den schattigen Hintergrund zurück, wo alle möglichen Gräser in die Höhe schießen, und riecht an der Mauer. Sie steckt die Schnauze in eine kleine Öffnung, um zu erschnuppern, was jenseits los ist, auf der Straße – nachdem sie so viel Zeit dort verbracht hat, wird ihr sicher einiges bekannt vorkommen. Da hier allerdings an Samstagen wenig menschliche Betriebsamkeit herrscht, werden womöglich nicht alle gewohnten Gerüche durch die bröckelige Wand dringen. Gewiss aber der Duft der Empanadas, die bei dem Wägelchen an der Ecke angeboten werden. Oder

der Gestank des Mülls, den ein Straßenhund vor ein paar Tagen auseinandergezerrt hat und der noch nicht zusammengefegt worden ist. Insgesamt ist die Luft heute nicht ganz so stickig wie sonst. Vielleicht erinnert die Mischung aus Bratöl, Staub und Kanalisationsausdünstungen Kati ja an die Tage mit Luis, der in den Lokalen im Stadtzentrum Essensreste für sie einsammelte. Vielleicht aber auch nicht, was nicht heißen soll, dass sie sich in anderen Momenten nicht doch daran erinnert.

Im Unterschied zu den übrigen Hunden scheinen Kati und Mona sich nicht für die Leute zu interessieren, die jetzt auf den Hof kommen. Dutzende Unbekannte, die sich nichts sehnlicher wünschen, als ein obdachloses Tier in ihre Obhut zu nehmen. Wie ihre aufgeregte Neugier wohl riechen mag – falls sie tatsächlich einen eigenen Duft besitzt? Vermischt mit Waschmittel und Seife? Und wie wird dieser Geruch wohl von den Riechkolben der Hunde aufgenommen?

Als Kati zu der Betonfläche zurückkehrt, wo die übrigen Hunde umhertollen, nimmt eine Frau sie aufmerksam in den Blick. Prüfend verfolgt sie ihre Art, zu gehen. Dass diese Hündin sich offenkundig am Rand hält, gefällt ihr. Hunden, die sich einschmeicheln wollen, hat sie schon immer misstraut – ein unterwürfiges Tier, das ständig gestreichelt werden will, möchte sie auf keinen Fall haben. In ziemlicher Entfernung legt Kati sich auf den Rücken und bewegt die Beine in der Luft, als würde sie ganz für sich ein geheimnisvolles Spiel spielen. Die Frau ist begeistert von ihrer Selbstgewissheit und würde sich dem Getänzel am liebsten anschließen.

Anfangs wollte sie einen pensionierten Polizeihund adoptieren. Einen dieser hochmütigen Labrador Retriever oder Schäferhunde, die sie so oft mit breiter Brust neben einer frisch beschlagnahmten Ladung Drogen im Fernsehen hatte sitzen sehen. Oder beim Aufspüren von Sprengstoff oder Leichenresten auf irgendwelchen Feldern oder Wiesen. In denselben Nachrichten war auch die Rede davon gewesen, dass diese Hunde ab einem bestimmten Alter oder nach Ableistung einer gewissen Anzahl von Einsätzen von der Polizei zur Adoption freigegeben würden. Als sie nach ihrer Arbeit bei einer Bank in Pension gegangen war und ihrem Vetter ein kleines Landhaus in Boyacá abgekauft hatte, hatte sie sich gesagt, dass sie in ihrem neuen Leben ein ebenso mutiges Tier an ihrer Seite haben sollte. Warum sie so erpicht darauf war, zu erleben, dass die Dinge eben doch gut sein können, dass in einer Welt, in der alle miteinander im Streit liegen, dennoch Erlösung möglich ist, war ihr selbst nicht ganz klar. Jedenfalls war sie bereit, jedem, der es wissen wollte, zu erklären, dass in der Gegend, in der sich ihr neues Zuhause befand, vom Krieg nichts mehr zu bemerken sei. Die Lobpreisungen der Paramilitärs, die eines Tages im Nachbardorf an den Hauswänden aufgetaucht waren, würde sie nicht erwähnen, schließlich lag das schon jahrelang zurück. Und sie würde auch nicht erzählen, dass in den Tälern, die in der Ferne zu sehen waren, sich noch vor einiger Zeit eine Guerillagruppe Schießereien mit der Smaragdgräbermafia geliefert hatte.

Eine Woche bevor sie im Tierheim Kati kennenlernte, war sie beim Hundeadoptionstag der Polizei gewesen. Aber als sie dort eintraf, wie üblich zu spät, waren gerade die letzten beiden verfügbaren Hunde vergeben worden. Einer der anwesenden Beamten sagte, es kämen immer sehr viele Leute zu diesem Anlass, denn die verdienstvolle Arbeit dieser Tiere sei äußerst hoch angesehen. »Verdienstvolle Arbeit« – so drückte er sich aus, und sie hatte genickt, obwohl sie sich der grausigen Wirklichkeit bewusst war, die sich hinter der Formulierung verbarg: die qualvolle Pflicht, verbotene chemische Substanzen oder stinkende Kadaver von Kriegsopfern aufzuspüren, auf das

Geheiß von Polizisten, die es genossen, endlich einmal das Sagen zu haben. Der Mann hatte ihr geraten, beim nächsten Mal gleich zu Beginn zu kommen, denn an manchen Tagen erschienen bis zu fünfunddreißig Personen, die darum wetteiferten, einen der zwei oder drei zu vergebenden Hundehelden mit nach Hause nehmen zu dürfen. »Hundehelden« – sie fand die Wortkombination ziemlich ausgefallen und trotzdem angemessen. Anschließend hatte der Mann erzählt – der von den Hunden redete, als wären sie seine Kinder –, die Staatsanwaltschaft verfüge über etwa neunzig bis hundert solchermaßen ausgebildeter Tiere, die Polizei über weitere fünfzig, und von diesen würden jährlich etwa zehn in Rente geschickt. Dafür gebe es eine eigene Verabschiedungszeremonie, bei der alle mit einer Medaille ausgezeichnet würden. Eine an diesem Tag vergebene Hündin konnte es sich etwa zugutehalten, dass sie im Lauf von acht Jahren bei der Suche nach Massengräbern in der Region Antioquia an die zweihundertfünfzig Leichen aufgespürt hatte, und weitere einhundertdreiundzwanzig in der Region Meta. Zwei andere Hündinnen waren durch die zahlreichen Kokainladungen berühmt geworden, die sie auf den Flughäfen von Bogotá und Medellín entdeckt hatten. Angeblich hatten einige Drogenhändler auf eine von ihnen – die wegen ihrer Effizienz legendäre Diva – eine hohe Geldsumme ausgesetzt, weshalb das Tier, solange es im Polizeidienst tätig war, geschützt wurde wie ein hoher Politiker. Eine weitere Hündin war auf das Aufspüren von Geldscheinen spezialisiert und hatte jahrelang dafür gesorgt, dass in doppelten Kofferböden und -wänden verborgene Schätze ans Tageslicht gelangten. Und der letzte Hund jenes Tages hatte sich vorzeitig aus dem Berufsleben zurückziehen müssen, weil er in einem Folterkeller in Buenaventura auf durch Säure zersetzte Leichenreste gestoßen war – dabei durchtränkte sich seine Pfote mit der ätzenden Substanz, und er verlor mehrere Zehenglieder.

Als sie nach dem gescheiterten Versuch im Tierheim anrief, sagte man ihr, ja, beim bevorstehenden Adoptionstag – sie hatte davon im Radio gehört – könne sie einen entwurmten, kastrierten und gechipten Hund bekommen. Genauer gesagt, selbst aussuchen. Alles, was dafür nötig sei, sei eine Fotokopie ihres Personalausweises, ein Nachweis darüber, dass sie ihre Gas-, Strom- und Müllabfuhrrechnung stets pünktlich bezahle, sowie ein Spendenbeitrag in Höhe von mindestens 50 000 kolumbianischen Pesos, falls sie der Einkommensgruppe 3 oder einer darüber angehöre, was auf sie zutraf. Nach einem Gespräch mit einem der Mitarbeiter könne sie schließlich unter Hunden aller Größen und Herkünfte auswählen: unter Straßenhunden, entlaufenen oder ausgesetzten Hunden, zurückgegebenen Hunden, im Heim geborenen Hunden. Die Frau machte sich Hoffnungen auf ein großes, kräftiges, möglichst wenig sabberndes Tier mit glattem, gleichmäßigem Fell. Keinesfalls sollte es einen Chihuahua-Kopf oder ein Zwergspitz-Hinterteil besitzen. Es sollte vielmehr einem der Hunde gleichen, die sie gelegentlich in der Nähe ihrer Wohnung die Carrera Séptima überqueren sah. Jedes Mal bewunderte sie sie insgeheim dafür, wie geschickt sie sich anstellten. Sie hatten eine so herrschaftlich-integre, selbstständig-kraftvolle Ausstrahlung!

Ein paar Tage vor dem Besuch im Tierheim sah sie im Fernsehen einen Bericht über einen Mann, der sich im Stadtteil Ciudad Bolívar mit elf Hunden das unbebaute Grundstück teilte, auf dem er sich eine Blechhütte errichtet hatte. Er kümmerte sich liebevoll um die Tiere und bastelte ihnen sogar Unterkünfte aus Holz und Pappe. Trotzdem erschien eines Tages die Polizei, um die armseligen Behausungen abzureißen. Ein von einem Nachbarn aufgenommenes Handyvideo zeigte, wie ein Polizist den Mann brüllend aufforderte, sofort zu verschwinden und sich ja nicht noch einmal blicken zu lassen. Mehrere Nachbarinnen hatten sich daraufhin zusammengetan und Geld und Material gesammelt, damit die Hütten wiederaufgebaut werden konnten. »Die sind von hier, die gehören zu uns, wir haben kein Problem damit, dass sie auf dem Grundstück wohnen«, erklärte eine Frau den Fernsehreportern. Ein Tierarzt versicherte, dass die Tiere sich bester Gesundheit erfreuten und von Herrn Rodríguez offensichtlich sehr gut versorgt würden. »Nicht nur reiche Leute haben das Recht, einen Hund zu besitzen«, sagte er abschließend. Als das Sozialamt Herrn Rodríguez Hilfe bei der Suche nach einem anderen Ort für ihn und seine Tiere in Aussicht stellte, verkündete dieser: »Ich gehe nirgendwo anders hin. Ich will mich um meine Hunde kümmern, das ist alles, mehr brauche ich nicht.« Er verdiene sich sein Geld auf anständige Weise als Müllsammler, fügte er hinzu, und die Hunde seien seine Familie. Anschließend war zu sehen, wie mehrere Hunde sich um ihn drängten und ihm liebevoll die Wangen ableckten. Die Frau hätte fast zu weinen angefangen. Gerne hätte sie etwas zu der Spendensammlung beigetragen, wusste jedoch nicht, wohin sie das Geld überweisen sollte. Im Internet fand sie nirgendwo einen Hinweis darauf. Sie schrieb eine Mail an den Fernsehsender und bat um die Kontaktadresse des Journalisten, der den Beitrag verfasst hatte. Alle Zweifel, ob sie wirklich einen Hund aus dem Tierheim zu sich nehmen solle, waren jedenfalls verflogen. Sie betrachtete das Ganze als ein Zeichen, einen Wink des Schicksals. Und freute sich über das begeisterte Lob ihrer Nichte, als sie sie anrief, um ihr zu sagen, dass sie sich dazu entschlossen habe, einen Hund zu adoptieren.

Am Adoptionstag kaufte sie vor dem Aufbruch ins Tierheim in aller Frühe noch schnell eine Packung Hundekekse (»Schinkengeschmack«). Fast hätte sie in ihrer Aufregung an einer roten Ampel kehrtgemacht und wäre ohne Hund nach Hause zurückgefahren. In ihrer Kindheit war einmal während einer Geburtstagsfeier Linda, die Hündin ihrer Familie, davongelaufen, weil jemand die Haustür hatte offen stehen lassen. Nächtelang hatte sie bei dem Gedanken an die schrecklichen Geschichten, die man sich von den Hundefängern erzählte, still ihr Kissen vollgeweint. Von ihrer Nichte wie auch durch einen Fernsehbericht wusste sie jedoch, dass streunende Hunde heutzutage nicht mehr einfach eingesammelt und durch einen Stromschlag getötet werden durften. Stattdessen gab man sie zur Adoption frei. Ihre Nichte, die selbst zwei Katzen adoptiert hatte, hatte versichert, die Tiere würden in den Heimen gut behandelt, und sie werde bestimmt einen Hund finden, der keine Traumata habe.

Mona merkt nicht, dass jemand ihre Freundin entführt hat. Sie ist viel zu beschäftigt durch das Spiel mit dem kleinen Hund, der vor ein paar Wochen hier eingetroffen ist und sich jetzt an ihrem Hinterbein reibt, als wollte er sich gegen die kürzlich erlittene Kastration auflehnen. Offenbar macht es Mona Spaß, mit dem Kleinen herumzutollen, ihre großen Pfoten auf ihn zu setzen, als wollte sie ihn zerquetschen – natürlich nur im Spaß.

Als der Mann die Hündinnen an diesem Morgen aus dem Käfig holte, nahm er sich fest vor, dafür zu sorgen, dass sie sich voneinander verabschieden könnten, falls eine der beiden tatsächlich adoptiert werden sollte. Aber er muss sich um zu viele Leute kümmern, weshalb er nicht mitbekommt, dass jemand Kati in den Aufnahmebereich bringt, damit eine Frau sie sich genauer ansehen kann.

Kati widersetzt sich dem Zerren der Tierarzthelferin und beißt auf die Leine – womöglich erinnert sie sich daran, wie es war, als sie damals die Leute vom Tierheim verschleppten. Der Frau wiederum gefällt ihre stolze Attitüde, sie hält das für ein Zeichen von Intelligenz. Zum Glück spielt es für sie keine Rolle, dass diese Hündin offensichtlich nicht gewohnt ist, an der Leine zu gehen – in dem neuen Haus auf dem Land wird sie ihren Aktionsradius nicht einschränken müssen. Kati versucht, ihr auszuweichen, aber die Frau tritt auf sie zu und streichelt das feine Fell hinter ihren Ohren. Das macht sie gern, bei allen Hunden – vor allem, um sich selbst zu beruhigen. Dass Katis Kopf so glatt ist und dass sie so hochmütig in die Ferne blickt, gibt für die Frau den Ausschlag: Das ist ihr Tier! Trotzdem ist sie überrascht, als Kati sich ihrer Hand entzieht, um ihr gleich darauf die Schnauze in die Leiste zu drücken und anschließend an ihrem Hintern zu schnuppern.

»Was können Sie mir über das hübsche Fräulein erzählen?«

»Wir nennen sie Lady. Wahrscheinlich hat dieses Fräulein mal ein Herrchen gehabt, Genaueres wissen wir aber nicht, sie ist auf der Straße aufgefunden worden. Bei ihrer Ankunft vor sechs Monaten wies sie keinerlei Anzeichen von irgendwelchen physischen Traumata auf und war sehr gut ernährt. Sie hatte ein bisschen Krätze am Rücken, aber das wurde sofort behandelt. Jetzt ist wieder alles gut. Der zuständige Tierarzt schätzt sie auf zweieinhalb, sie könnte aber auch ein bisschen älter sein.«

»Und wenn sie trotzdem traumatisiert ist?«

»Am Anfang war sie ziemlich traurig, das will ich nicht abstreiten. Andererseits ist das nur normal, selbst bei Hunden, die aus wohlhabenden Haushalten kommen. Wir würden es schließlich auch nicht so leicht wegstecken, wenn man uns einfach alleinlässt. Ist doch so, oder? Aber Sie sehen ja, sie hat sich gut eingewöhnt und ist jetzt immer munter. Die anderen respektieren sie und haben sie sehr gern, vor allem ihre Freundin. Die beiden schlafen zusammen. Wenn Sie möchten, zeige ich sie Ihnen, sie muss hier irgendwo unterwegs sein. Die zwei sind unzertrennlich.«

»Und mit wem war sie davor zusammen? Können Sie ganz sicher sagen, dass sie auf der Straße gelebt hat?«

Die Helferin sagt, dass sie bloß garantieren könne, dass sie während ihrer Zeit im Tierheim immer völlig gesund gewesen sei. Die Frau findet den Namen Lady schrecklich und nimmt sich vor, sie umzubenennen.

TIERHEIM BOGOTÁ
ADOPTIONSFRAGEBOGEN

1. Grund für die Adoption:
Ich liebe alle Tiere dieser Welt.

2. Haben Sie schon einmal einen Hund adoptiert?
Vor ein paar Jahren überließ mir eine Freundin ihre Hündin, weil sie nach Argentinien zog und das Tier nicht mitnehmen konnte. Die Hündin war damals fünf, und ich habe mich bis zu ihrem Tod um sie gekümmert. Sie ist mit zehn gestorben. Wir haben uns sehr gut verstanden. Ich weiß nicht, ob diese Information Ihnen weiterhilft, aber möglicherweise.

3. Haben Sie noch einen oder mehrere weitere Hund(e), oder hatten Sie schon einmal einen Hund? Bitte schildern Sie jeden Fall einzeln.
4 Hunde in den letzten 25 Jahren (ungefähr). Ich weiß nicht, ob das wichtig ist, aber ich bin mit Hunden aufgewachsen und habe mein ganzes Leben lang Hunde gehabt, die Liste ist also eigentlich noch viel länger. Zurzeit habe ich einen zehn Monate alten Boxer. Ich habe ihn schon als Welpen bekommen, und er heißt Ladrón.

4. Haben Sie außer Hunden noch andere Haustiere?
Vor zwei Monaten ist mir eine Katze zugelaufen, und ich habe sie adoptiert. Aber ich weiß nicht, ob ich sie wirklich als mein Haustier bezeichnen kann, denn eigentlich kümmert sich

meine Nachbarin (die inzwischen auch meine Hausangestellte ist) um sie, und zwar bei sich zu Hause, deshalb bekomme ich sie nie mehr zu sehen. Ich weiß aber, dass es ihr gut geht und dass sie vollständig geimpft ist.

Falls Sie Punkt 3 oder 4 bejaht haben, beantworten Sie bitte auch die folgende Frage: Werden Ihre Haustiere regelmäßig geimpft, entwurmt und tierärztlich untersucht?
Natürlich, immer. Jetzt, wo ich auf dem Land wohne, bringe ich meinen Hund zum Tierarzt im Dorf und lasse ihn dort impfen wie auch alles andere machen.

5. Künftiger Wohnort des Hundes:
Finca Nubes, Gemeinde Miscua, Ortsteil El Silencio Departamento de Boyacá (da es sich um eine kleine ländliche Siedlung handelt, lässt sich die genaue Adresse nicht angeben).

6. Art der Unterkunft und dem Hund zur Verfügung stehende Freifläche:
Landhaus mit zehn Hektar Wiesen und Wald, die Hündin kann sich dort frei bewegen.

7. Wo wird das Tier sich hauptsächlich aufhalten? Bitte genaue Beschreibung (Innenraum, Hof, Garten, Gelände rings um einen Bauernhof, etc.).
Der Hund wird im Freien leben, sein Schlafplatz befindet sich jedoch in einem überdachten Hof, wo auch mein Hund Ladrón schläft. Wahrscheinlich lasse ich ihn auch ins Haus, je nachdem, wie er sich verhält.

8. Wie viele Stunden wird der Hund täglich im Freien zubringen?
Den Großteil des Tages. Bei Regen kann er im Hof unterschlüpfen, und die Schlafstellen sind überdacht.

9. Wie viele Stunden wird der Hund täglich allein sein?
Er wird sich immer in Gesellschaft meines anderen Hundes befinden. Die beiden werden sich gut vertragen, das können Sie mir glauben, denn Ladrón ist ein sehr ruhiges Tier. Außerdem lebe ich jetzt fest dort und werde folglich tagsüber immer anwesend sein. Sollte ich einmal wegfahren, wird meine Nachbarin sich um sie kümmern (meine Hausangestellte). Sie kann sehr gut mit Tieren umgehen. Die Antwort lautet also: nie.

10. Ergänzen Sie den folgenden Satz: Bei meinem Haustier ist mir am wichtigsten, dass …
es mir Gesellschaft leistet, ein Zuhause hat und zufrieden ist.

Danke!
Tausend Dank an Sie, und sehr gerne!

Die Frau schafft es fast nicht, Kati in den Laderaum ihres Wagens zu hieven, so sehr wehrt diese sich dagegen, zum zweiten Mal in ihrem Leben von einem Auto verschleppt zu werden. Nur mit Mühe setzt die Frau die Vorderpfoten der Hündin auf den Rand des Fahrzeugs, um anschließend ungeschickt von hinten zu schieben. Frustriert stellt sie fest, wie viel Kraft sie im Lauf der Jahre verloren hat, obwohl sie seit einer Ewigkeit regelmäßig Pilates macht. Kati windet sich wie ein riesiger Wurm, bis sie sich schließlich seitlich auf die auf dem Boden ausgebreiteten Zeitungen fallen lässt. Verwirrt rappelt sie sich wieder auf, wie um ihre Würde zurückzuerlangen.
»Brav, meine Schöne. Ja. Du wirst schon sehen, dein neues Zuhause gefällt dir bestimmt, und wie!« Es kommt der Frau komisch vor, die Hündin zu duzen, das hat sie noch mit keinem ihrer bisherigen Hunde gemacht, sie glaubt aber, es könne ihr die durch den Umzug hervorgerufenen Veränderungen versüßen. Sie streichelt sie, erleichtert, dass sie nicht nach ihr

schnappt. (Wäre sie selbst eine Hündin, würde sie zumindest die Zähne fletschen, sagt sie sich.) Zu ihrer Überraschung versucht das Tier nicht, zu entkommen. Dass sie das Keks mit Schinkengeschmack verschmäht, das sie ihr hinhält, und das Angebot mit leisem Knurren beantwortet, kann sie nachvollziehen.

Kati hechelt. Sie starrt auf einen Punkt irgendwo weit hinter der vor ihr stehenden Frau. Unmöglich zu sagen, ob sie sich fragt, wohin man sie bringen wird. Sie krümmt den Rücken, verdreht sich, sosehr es irgend geht, als könnte sie sich auf diese Weise von ihrer Verwirrung ablenken. Ihr Hecheln hilft keiner Atemlosigkeit oder Hitze ab, es scheint vielmehr Ausdruck der beklemmenden Erfahrung, dass schon wieder jemand versucht, sie kleinzumachen, ihrer Kraft zu berauben. Heftig stößt sie den Atem aus, so wie in dem Transporter, der sie vor sechs Monaten aus dem Zentrum von Bogotá ins Tierheim beförderte – wo sie Mona begegnete. Womöglich erinnert sie sich in diesem Augenblick an den Geruch jener ersten Entführung.

Mona

Als der Mann merkt, dass Kati sich nicht mehr irgendwo am Rand des Hofes umhertreibt, macht er sich auf die Suche nach Mona, der er den Namen Reina gegeben hat. Sie liegt rücklings im Gras und dreht und windet sich ausgelassen in der Morgensonne. Bei ihrem Anblick könnte man glauben, sie tanze zum Rhythmus des Reggaetons, der aus den Lautsprechern dringt, ein bekanntes Stück, der Mann hat es oft gehört kennt es in- und auswendig. Immer dieselbe Textzeile: »Ob du bleibst oder gehst, ist mir so was von egal, denn ich weiß, du kommst sowieso zurück.« Jetzt fühlt er sich jedoch außerstande, auch nur mitzusummen.

In den ersten Tagen nach der Ankunft im Tierheim waren Kati und Mona auf dem Hof ständig zusammen unterwegs. Als wären sie untrennbar miteinander verbunden, seit sie im Käfig zum ersten Mal ihre feuchten Schnauzen berührt und ihre Schwänze gegeneinandergeschlagen hatten. Nach einer Weile gingen sie draußen jedoch zusehends auf Abstand, wie der Mann bemerkte, als wollten sie die Gelegenheit nutzen, auch noch andere Dinge und Lebewesen mit der Nase zu erkunden. Wo Mona ist, die so gerne mit dem Welpen spielt, weiß der Mann, ihre Gefährtin kann er jedoch nirgendwo entdecken. Die Helferin berichtet ihm, dass sie eben von jemandem mitgenommen worden ist. »Die hat sich vielleicht aufgeführt! Aber so war sie schon immer, rotzfrech. Zum Glück lebt die Frau, die sie mitgenommen hat, auf einem Bauernhof. Die hat echt Dusel, unsere Lady!«

Obwohl sie noch ganz in ihr Spiel versunken ist, lässt Mona sich widerstandslos von dem Mann an die Leine nehmen und folgt ihm anschließend quer durch das Büro, wo mehrere Familien damit beschäftigt sind, Adoptionsfragebögen auszufüllen. Vom Straßenrand jenseits des Gitterzauns des Tierheimparkplatzes aus sieht man vorbeifahrende Autos, den geöffneten Obst- und Gemüseladen nebenan und einige Fußgänger. In der Tür der Eisenwarenhandlung gegenüber erscheint ein Hund. Bei seinem Anblick wedelt Mona mit dem Schwanz, und er bellt sie an. Die Frau von dem Empanada-Wägelchen sagt, sie habe nicht mitbekommen, ob jemand aus dem Tierheim gekommen ist, sie habe zu viel mit ihrer Kundschaft zu tun gehabt. Der Mann geht in die Hocke, um Mona zu umarmen, aber auch, weil er sich für sein nicht eingehaltenes Versprechen schämt. Wie er der Hündin mitteilen soll, dass ihr Eingesperrtsein von jetzt an wahrscheinlich noch schmerzhafter sein wird, weiß er nicht.

»Keine Sorge, Mami, dich nimmt bestimmt auch ganz bald wer mit, in ein schönes Haus, wo es dir richtig gut geht. Vielleicht sogar heute noch. Das verspreche ich dir. Verlass dich auf mich, ich tue, was ich kann.«

Mona scheint es zu gefallen, dass er ihr fleckiges Bauchfell streichelt, da, wo die Zitzen hervorsehen. Sie wirft sich rücklings auf den Boden.

»Außerdem wird Lady dich nie vergessen, da kannst du ganz sicher sein.« Seine Stimme wird heiser, als er ihr sagt, dass sie beide ja ein so gutes Gedächtnis hätten und dass sie deshalb unmöglich vergessen würden, was sie alles zusammen erlebt haben. Er verstummt. Er muss an seine Mutter denken, die ihn als Kind immer eine Heulsuse geschimpft hat. Und an den schwarzen Straßenköter im Heim, um den er sich vor ein paar Jahren ebenfalls kümmerte, bis eine Familie ihn schließlich mitnahm. Ein halbes Jahr später brachten sie ihn zurück, da konnte er kaum noch atmen. Er fragt sich, ob es seiner Lady womöglich genauso ergehen wird.

Mona blickt ihn an, offenbar ist sie ein wenig verwirrt darüber, dass sie auf einmal am Rand dieser Straße sind, die sie noch nie gesehen hat, deren Gerüche ihr aber vertraut sein müssen, weil sie bis zum Hof des Tierheims dringen. Ob sie sich an die Angst erinnert, die sie am Rand des Parks befiel, wo die Frau, die sie aufgezogen hatte, sie aussetzte? So wie sie es damals mit allen machte, die bei der Frau wohnten, leckt sie jetzt die frisch rasierte Wange des Mannes ab, der sich vor ihr niederkniet, um sie zu streicheln. Vielleicht spürt sie seine Traurigkeit und seine Schuldgefühle und will ihm etwas Gutes tun. Zerknirscht führt er sie schließlich ins Tierheim zurück, im Wissen, dass er sie eigentlich selbst adoptieren müsste, aber wie soll das gehen? Er kann einen so großen Hund doch nicht den ganzen Tag über in dem kleinen Appartement einsperren, das er sich mit seiner Tante teilt. Er spürt schon jetzt, wie weh es tun wird, der Hündin immer wieder erklären zu müssen, warum sie erneut allein ist. Und wenn er sich die Adresse der Frau besorgt, die ihre Gefährtin mitgenommen hat? Er könnte sie anrufen und behaupten, dass es noch ein weiteres Formular auszufüllen gibt, oder aber die Wahrheit sagen – dass die beiden Hündinnen sich unbedingt voneinander verabschieden müssen, um nicht vor Kummer zugrunde zu gehen. Er weiß nicht, wie man sich mit Zunge und Nase Auf Wiedersehen sagt, er ahnt aber, dass es durchaus helfen könnte, sie noch ein letztes Mal zusammenzubringen, damit sie ihre eigene Abschiedszeremonie durchführen. Vielleicht ist in diesem Fall aber auch jedes Ritual unzureichend. Ebenso aussichtslos erscheint ihm die Hoffnung, er könnte die Frau dazu bringen, beide Hündinnen zusammen zu adoptieren. Als er Mona im Hof wieder von der Leine lässt, ist ihm klar, dass er, um tatsächlich dazu beizutragen, den Bruch halbwegs zu kitten, mehrere Nächte neben ihr auf den kalten Käfigfliesen schlafen müsste. Sie streicheln, während sie einsam Wache hält, um die plötzliche Leere abzufedern. Um den Schmerz über das erneute Verlassenwordensein irgendwie zu lindern.

Kati

Obwohl sie schwach und steif wirkt, versucht Kati, sich um jeden Preis aufrecht zu halten. Mit aller Macht bemüht sie sich, die Wirkung der Kurven und Bremsungen auszugleichen, die es offensichtlich darauf abgesehen haben, sie in die Knie zu zwingen. Sie hechelt immer heftiger, sabbert auf das am Boden ausgebreitete Papier. Als sie auf der Autobahn voller Lastwagen und Busse die Stadt hinter sich lassen (ihr Dröhnen erinnert sie womöglich an die Straßen, auf denen sie früher unterwegs war), knicken ihre Beine schließlich ein, und sie legt sich hin. Den Kopf hält sie allerdings weiterhin hocherhoben, wie um zu verstehen zu geben, dass sie sich keineswegs ihrem Schicksal gefügt, geschweige denn vergessen hat. Dafür stimmt sie nun hohe Jaultöne an, die sich nach einiger Zeit in ein tiefes Knurren verwandeln und sich später erneut zu lautem Wehklagen emporschwingen. Ein widerständiger Gesang, den man irrtümlich für einen Ausdruck von Trauer halten könnte. Allerdings klingt ihre Stimme jetzt weniger wütend und dafür umso fragender als zu der Zeit, da sie auf der Straße lebte. Ihre Klagerufe ziehen sich noch mehr in die Länge als während der ersten Tage im Tierheim. Aber Mona, die genau wie sie die Erfahrung, verlassen zu werden, durchgemacht hat, ist nicht mehr an ihrer Seite, um sie zu beschwichtigen. Sie kann sich nicht mehr neben sie legen und ihr die Schnauze in den Nacken bohren, als wollte sie ihr bestätigen, dass sie beide sehr wohl auf dieser Welt willkommen sind.

Die Frau blickt immer wieder in den Rückspiegel. Dabei fragt sie sich, ob es wirklich eine gute Idee war, statt eines Welpen eine bereits erwachsene Hündin mit unklarer Vorgeschichte zu adoptieren. »Ruhig, meine Liebe, keine Sorge, ich bring dich in ein richtiges Paradies, da wird es dir gefallen, das ist was anderes als dieser eisige Hundezwinger. Du wirst schon sehen, Kleine. Wart's ab, es ist gar nicht mehr weit.«

Kati jault nur umso lauter. Wie in der Nacht, als sie Luis abtransportierten, ist ihre Nase so trocken, dass sie kaum noch Luft durchlässt.

»Immer mit der Ruhe, auf dem Land gefällt's dir bestimmt, da kannst du rumlaufen, soviel du willst, und du bekommst ein wunderschönes Bett nur für dich allein. Ja, meine Schöne. Dort kannst du alles machen, was du möchtest, und ganz bestimmt freundest du dich mit Ladrón an, das verspreche ich dir, der wird dich ganz fest lieb haben, weil er selbst ein ganz, ganz Lieber ist, da wirst du richtig glücklich sein. Und jetzt beruhig dich und hör auf zu weinen.«

Katis Gejaule widersetzt sich dem Flehen der Frau. Die stellt das Autoradio aus und gleich darauf wieder an. Sie fühlt sich hilflos, weil sie nicht weiß, wie sie dieser Hündin den Umzug schmackhaft machen soll. Einmal mehr fragt sie sich, wo sie wohl vor der Zeit im Tierheim gelebt hat. Vielleicht in einer kleinen Wohnung im Süden Bogotás, für die sie irgendwann einfach zu groß war, wie es bei der Hündin einer Arbeitskollegin der Fall war – das Tier hatte der Hausangestellten gehört, bis ihre Kollegin es adoptierte. Oder sie hat sich in einem Park verlaufen, das geht bekanntlich vielen Hunden in Bogotá so. Hat sie jemand geraubt, und sie ist ihren Entführern entwischt? Sie hofft, dass ihre neue Hündin nicht auf der Straße aufwachsen musste. Ein paar Tage herumlaufen und im Müll nach Nahrung suchen ist nicht so bedenklich, aber von Geburt an nichts als rissigen Beton unter den Pfoten zu haben, durch schmutzige Parks voller trüber Pfützen zu laufen oder in dem Staub und Dreck zu liegen, der so manche Brücken säumt, das fände sie doch besorgniserregend. Fährt sie mit dem Auto über solche Brücken, vermeidet sie es, hinzublicken, denn am Rand halten sich auch Menschen auf, wie sie weiß, obgleich die kaum auszumachen sind. Was mag beim Übergang von einem Leben zum anderen in die Brüche gegangen sein? Die Frau ist sich sicher, dass sie der Hündin helfen könnte, fröhlicher zu werden, wenn sie das nur wüsste.

Als Kati aufhört zu jaulen, dringen plötzlich triumphierende Trompetenfanfaren aus dem Radio. In der Hoffnung, die neue Gefährtin aufmuntern zu können, stellt die Frau lauter. Hechelnd scheint Kati die Klänge zu ignorieren, die im Wageninneren widerhallen. Vielleicht hat sie Durst. Die Frau kann sie im Rückspiegel nicht sehen, ist aber erleichtert, dass sie nicht mehr jault.

Jedes Mal, wenn sich Kati während der zweieinhalbstündigen Fahrt aufrichtet, um ihr Unbehagen kundzutun, setzt der Lobgesang der Frau ein, wie schön und tapfer sie doch sei. Die Hündin stellt bei ihren Worten zwar die Ohren auf, weigert sich aber, zu ihr zu schauen. Sie dreht und windet sich, als wüsste sie nicht, wohin mit den steifen Gliedern. Womöglich wittert sie eine Gefahr, die sich in ihrem Inneren ausbreitet. Als wäre ihr der eigene Körper fremd geworden. Bestimmt ist die Welt noch nie so schnell vor ihren Augen vorbeigezogen. Die baumbestandenen Weiden, die welligen Mais- und Kartoffelfelder, die Kipplaster und Sattelzüge, die das Auto bei der Fahrt hinauf in die Hochebene überholt. Die blassen Flecken jenseits der beschlagenen Scheibe. Vielleicht löst auch nichts von alldem Verwunderung in ihr aus. Ihr Blick scheint zu verraten, dass sie sich auf ein Beben tief in ihrem Inneren konzentriert. Eingeschlossen in eine dahinrasende Blechkiste, bekommt sie womöglich auch von den Gerüchen der Hunde und Kühe in der Ferne, der ausgerissenen Pflanzen, des Kots und des Insektenvernichtungsmittels, des Rauchs der Ziegeleien, der gepflügten Äcker und der Hühnerfedern kaum etwas mit. Verbirgt sich auf dem Grund ihres Gehechels trotz allem ein letzter Rest Hoffnung, so verwirrt, verletzt, benebelt sie von dem vielen Hin und Her auch ist?

Als das Auto schließlich hält, springt Kati unwillkürlich auf, wie von einer Spiralfeder in die Höhe katapultiert. Während der Wind über ihr Fell streicht, betrachtet sie wie betäubt vom Rand des Laderaums aus die Wiesen und Wälder, die weder den Geruch von Asphalt noch von Abgasen oder Desinfektionsmitteln ausdünsten. Ihre Schnauze verrät Neugier, als sie den freundlichen Duft der unbekannten Frau einsaugt, die auf sie zukommt. Vielleicht nimmt sie auch das Hühner- und Wollfett wahr, das sich in ihrer Schürze festgesetzt hat, und die Aromen der Zwiebeln, des Korianders und des Spülmittels, von denen ihre Hände durchtränkt sind. Und, jenseits des menschlichen Körpers, das Harz und das frische Laub, deren Düfte der Wind heranträgt, und die vielen Tiere, die sich dort herumtreiben. Ob dadurch auch Dinge aus ihrer Vergangenheit anklingen? Vielleicht fragt sie sich, wo Luis und Mona sein mögen, oder der Mann aus dem Tierheim. Ob einer von ihnen sie hier irgendwo erwartet. Vielleicht aber auch nichts von alldem.

Wer sie so steif und eingezogen an der Heckklappe des schmutzigen Autos stehen sähe, käme niemals auf den Gedanken, dass sie eigentlich äußerst wagemutig ist. Schon oft von Mauern und Karren herabgesprungen und schnell und leichtfüßig laufen kann. Jetzt scheint sie sich an ihrem eigenen Körper wie an einer quälenden Last abzuschleppen.

Die Frau bittet ihre Hausangestellte, die Hündin anzuleinen. »Nicht dass sie uns einfach davonläuft. Sie heißt Lady. Aber wir werden ihr einen neuen Namen geben.«

Die andere Frau streicht der Hündin über den Kopf und versucht herauszufinden, warum sie so niedergeschlagen wirkt.
»Herzlich willkommen bei uns, meine Liebe. Und Glückwunsch, Señora Gloria, das ist wirklich eine wunderschöne Hündin! Was für ein glänzendes Fell sie hat! Und sie ist kein bisschen abgemagert, im Gegenteil, die ist richtig gut versorgt worden, das sieht man.«

Kati macht sich klein und lässt sich fügsam von ihr streicheln, ohne zu knurren. Den aufmunternden Blicken der beiden Frauen weicht sie jedoch aus.

»Der Glückwunsch gilt auch Ihnen, Teresa, schließlich werden Sie sich ebenfalls um sie kümmern.«

»Stimmt, und deshalb rate ich Ihnen, ihr keinen neuen Namen zu geben, das bringt sie nur noch mehr durcheinander. Und jetzt kommt es doch vor allem darauf an, dass sie sich hier gut einlebt.«

Sie umfasst Kati, hebt sie hoch und setzt sie auf dem Boden ab, völlig selbstverständlich – so, wie sie es seit jeher mit Kälbern, Hühnern und Schafen getan hat.

Kati streckt sich und macht einen Buckel, als müssten die von der Fahrt eingerosteten Gelenke wieder geschmeidig werden. Wohin mit dem Schwanz, scheint sie dagegen nicht recht zu wissen – soll sie ihn zwischen den Beinen verstecken oder lieber frei schwingen lassen? Als ihre Pfoten das Gras berühren, fühlt sie sich womöglich aufgerufen, davonzulaufen und in den Bergwäldern nach Luis zu suchen. Oder würde sie lieber zu Mona zurückkehren? Vielleicht ist sie aber auch so durcheinander, dass sie keinerlei Begehren mehr verspürt. Oder sie lässt sich auf die herandrängenden Gerüche und Eindrücke ein – die Bäume, das modernde Laub zu ihren Füßen, das an allen möglichen Stellen hervorquellende Wasser – und beginnt, ihren Verlust neu einzuschätzen.

Sie zieht die neue Aufpasserin an der Leine hinter sich her

bis zu einem der Beete, die das Haus umgeben. Dort pinkelt sie ausgiebig neben einen Regenwurm. Der Geruch der klumpigen dunklen Erde rings um die Hortensien muss ihr völlig unbekannt vorkommen. Auch die Geräusche sind wahrscheinlich alles andere als vertraut. Nirgendwo ein Auto. Dafür umso mehr Bäume, deren Rauschen alles überdeckt. Von ihrem erhöhten Standpunkt aus überblickt sie die hügelige Umgebung. Überall nur Bäume, kein einziges Haus. Erkennt ihr Körper trotzdem etwas wieder?

In Bogotá hat sie nur ein einziges Mal einen Wald durchquert und einen Berg erklommen. Damals lebte sie noch mit Luis zusammen. An seiner Seite lief sie durch die schmalen Straßen des Stadtteils Egipto und anschließend zwischen Eukalyptusbäumen und Kiefern hindurch bis hinauf zu einer hoch oben gelegenen Lichtung. Wer weiß, ob sie sich noch an den für sie so neuen Waldgeruch ganz ohne Qualm und Rauch erinnert, an die zusammengeballten Abendwolken und die orangefarbene Staubglocke, die über der Stadt hing, die unbedingt eine Stadt des Westens sein möchte.

Sie saugt alles auf, schnüffelt im dunkelsten Schlamm, auf den sie je gestoßen ist, schnuppert unter dicken Blätterdecken an den von Moos und Pilzgeflechten überzogenen Eichenstämmen. Sie erahnt den lebhaft sprudelnden Bach weiter unten. Lässt den Nebel in sich eindringen. Nimmt die zahllosen Tierleichen wahr, die der Boden birgt, das Summen der unendlich vielen Insekten. Wie mag es sein, all das zum ersten Mal zu erleben?

Ladrón springt kläffend auf sie zu, ganz der verwöhnte Hund, der noch nie jaulend seine Verlassenheit hat bekunden müssen. Als wollte sie von sich aus zu erkennen geben, dass sie nicht von hier ist, erstarrt Kati erneut zu völliger Reglosigkeit. Als er ihr gierig an Hintern und Vulva schnuppert, sträubt sich ihr Fell, und sie fängt leise an zu knurren. Ein Wutausbruch wie zu der Zeit, als sie auf der Straße lebte und bei Wind und Wetter Luis' Karren verteidigte, scheint sich anzubahnen. Ladrón wedelt mit dem Schwanz und tanzt um sie herum, als wollte er um Entschuldigung bitten und sie auffordern, seine Herrin zu sein. Sie scheint seinem Lobgehudel zu misstrauen. Jetzt beschnuppert sie ihn ihrerseits, aber zögerlich, als wollte sie zu verstehen geben, dass die in Aussicht gestellte Freundschaft sie nicht endgültig überzeugt. Ladrón ist jünger als sie, merkt aber wohl, dass Kati, auch wenn sie innerlich gebrochen hier angekommen ist, von einer ganz eigenen Wut angetrieben wird. Die ist zwar besänftigt, kann aber jederzeit hervorbrechen.

Anschließend zieht sie die Frau weiter an der Leine hinter sich her, in Richtung des abgelegensten Teils des Gartens. Auf einer Straße in Bogotá oder an Monas Seite im Tierheim würde sie sich womöglich nicht so kleinmütig, als müsste sie bei jedem Schritt um Erlaubnis bitten, an den vorgegebenen Weg quer durch den Hof halten. Ladrón folgt ihnen, scharwenzelt fröhlich um sie herum, wodurch Katis beklagenswerte Steifheit nur umso offensichtlicher wird. Die beiden Frauen sind erleichtert, dass es zu keiner offenen Auseinandersetzung gekommen ist.

Als die Dämmerung einsetzt, eröffnen die Frösche ihr Konzert. Kati ist von dem gläsernen Gesang möglicherweise überrascht – im Stadtzentrum war er jedenfalls nie zu hören. (Ihre Vorfahren könnten ihn vernommen haben, vorausgesetzt, sie lebten vor mehr als hundert Jahren in der Nähe des Río Vicachá, als die Bäume, die seine Ufer säumten, noch nicht gefällt und er selbst noch nicht unter dem Beton Bogotás versteckt und die kleinen Nagetiere, die ihm seinen Namen gaben, noch nicht vertrieben worden waren.) Obwohl sie sich bei ihrem Umzug vorgenommen hatte, keine Tiere mehr bei sich zu Hause schlafen zu lassen, und Ladrón daran gewöhnt hat, über Nacht draußen zu bleiben, hat Katis neue Besitzerin beschlossen, dass die Hündin die Nacht drinnen verbringen soll. Sie hat Angst, sie könnte davonlaufen. Kati überquert die Schwelle nur zögernd, setzt dem Ziehen der Leine leisen Widerstand entgegen. Sobald sie in der Küche merkt, dass sie nicht mehr angebunden ist, stürzt sie sich in die nächstgelegene Ecke und rollt sich zusammen, sodass die Besen, die dort stehen, auf sie fallen. Es sich auf der Matte bequem zu machen, die die Frau für sie unter dem Tisch bereitgelegt hat, verschmäht sie. Den Teller mit Essen, den sie ihr hinstellt, ignoriert sie ebenfalls.

»Was hast du bloß? Wir sind da, das ist dein neues Zuhause. Ja, schau mich nicht so an, was ich sage, stimmt.« Zum ersten Mal hat sie ein ungutes Gefühl, während sie mit einem Hund spricht. »Ich weiß, umziehen ist nicht so einfach, Lady. Aber du wirst schon sehen, hier wird es dir richtig gut gehen. Viel besser als in Bogotá. Ja, weil du eine mutige und hübsche Señorita bist.«

Kati hechelt und blickt wachsam zur Tür.

Dass sie nicht weiß, was ihre Hündin denkt, macht der Frau zu schaffen. Ob sie ihr nicht traut? Ob sie ihr Vorwürfe macht, weil sie sie hierhergebracht hat? Ob sie ihr jemals Dank erweisen wird? Verdient hätte sie es! Wieder sagt sie sich, dass der Name Lady furchtbar klingt, aber sie weiß, dass es keineswegs eine gute Idee wäre, ihn jetzt zu ändern.

Kati dreht den Kopf zur Seite, als die Frau ihr ein Stück Käse hinhält. Als diese anfangen will, sie zu streicheln, rollt sie sich noch fester zusammen. Irgendwann, vielleicht, weil sie die Auswegslosigkeit ihrer Lage erkennt, lässt sie zu, dass die Frau ihr über den Schädel streicht. Die wiederum fragt sich erneut, ob sie einen Fehler gemacht hat, ob es nicht besser gewesen wäre, einen Hund mit eindeutiger Abstammung zu nehmen. Hätte sie doch noch ein paar Monate gewartet und dann einen der Labradorwelpen ihrer Freundin gekauft, obwohl die so viel dafür verlangt. Da muss sie an ihre Nichte denken, die sie dazu überredet hat, einen Hund aus dem Tierheim zu adoptieren – es sei doch verdienstvoll, so einem einsamen Wesen beizustehen. Sie fotografiert die Hündin. Auf dem Bild blickt sie melancholisch in Richtung eines imaginären Horizonts jenseits der Wände, zwischen denen sie eingeschlossen ist. Sie schickt es ihrer Nichte und schreibt dazu:

> Endlich habe ich mir einen Hund aus dem Tierheim geholt. Es ist eine Hündin, und sie heißt Lady. Allmählich gewöhnt sie sich hier ein!

Kati schnuppert an dem erst vor Kurzem gewischten Boden. Den von den Fliesen aufsteigenden Duft kann sie nicht kennen, das Holz von Luis' Karren, die staubigen Straßen oder der Chlorreiniger, mit dem ihre Zelle geputzt wurde, das alles roch ganz anders. Ab und zu richtet sie sich auf und sieht zum Fenster, als sehnte sie sich danach, draußen zu sein. Als sie den Kopf wieder auf den Boden sinken lässt, entfahren ihr mehrere Seufzer. Wenn im Kamin ein Holzscheit birst, schrickt sie zusammen. Sie drückt das Maul an den Bauch, behält die Frau aber trotzdem im Auge, die umhergeht und ihre neue Rolle übt – sie ist jetzt diejenige, die das Sagen hat. Kati sieht zu, wie sie mehrere Koffer und Kisten auspackt. Dass die Frau dabei voller Leidenschaft Boleros anstimmt, scheint sie zu beunruhigen. Sie beobachtet ihr Hin und Her wie ein Häftling aus seiner Zelle.

Als die Frau im Bad ist, um ihren entzündeten Zeh zu behandeln – seit Jahren leidet sie unter einem Nagelpilz –, beginnt Kati zu bellen. Sie reagiert auf das Gebell der vier riesigen Mastiffs aus dem Zwinger in einem nahe gelegenen Hof. Jede Nacht stimmen sie ein untröstliches Geheul an. Kati stellt die Ohren auf. Ihr Nackenfell sträubt sich. Vielleicht versucht sie, den Sinn des traurigen Gesangs zu entziffern. Ladrón stimmt draußen in die Wehklage ein. Die Frau fürchtet, ihre neue Hündin könne sich von dem Kummer der anderen anstecken lassen.

»Ich weiß, du fühlst dich noch fremd hier. Ja, meine Liebe, ist doch klar. Aber kümmere dich nicht um das Gejammer von diesen wilden Kerlen, du bist schließlich frei! Wenn du willst, kannst du heute Nacht bei mir im Zimmer schlafen. Komm! Du wirst schon sehen, da beruhigst du dich sofort. Na los, komm, Lady!«

Kati sieht die Frau an, die aus dem Bad gekommen ist, und rührt sich nicht vom Fleck. Die Frau wiederum muss an die Vorwürfe denken, die ihre Mutter ihr in diesem Augenblick gemacht hätte. Diese hatte sämtliche Pudel mit eiserner Disziplin großgezogen, ohne jede Schmeichelei. Für sie zählte bloß, dass die Tiere ihr widerspruchslos Folge leisteten – so wie sie ihrem Mann. Wäre sie noch am Leben, würde sie einmal mehr die Nachgiebigkeit ihrer Tochter kritisieren, die sich immer wieder dazu hinreißen lässt, Hunde zu umarmen und sich von ihnen das Gesicht ablecken zu lassen. So wie sie sich auch über den Namen und die zweifelhafte Abstammung der Hündin auslassen würde.

Kati senkt die Schnauze, und aus ihrem geschlossenen Maul dringt ein letztes Bellen. Die Frau weiß, dass es nicht gut ist, sie zu zwingen, ihren Schlafplatz zu wechseln. Aber bevor der Tag zu Ende geht, möchte sie sie trotzdem wenigstens zu einer Sache überreden, was das für eine Sache sein könnte, weiß sie allerdings selbst nicht. Sie hat Angst, das Herumgebettel, das schon am Morgen begonnen hat, könne immer so weitergehen, bis sie beide irgendwann genug voneinander hätten. Sie fragt sich, ob sie die Hündin im Tierheim wohl zurücknehmen würden.

»Na gut, dann schlaf hier, wie du willst, aber mach keinen Lärm, nach dem langen Tag müssen wir uns beide ausruhen. Und morgen bist du dann eine brave Hündin, ja? Das wird schon, keine Sorge. Und ein bisschen dankbar darfst du dich auch zeigen, hast du gehört?«

Kati starrt aufmerksam die Gardinen an, als würde die Frau sie bloß bei ihrem Versuch stören, die Botschaft der anderen Hunde zu entschlüsseln.

Nachdem die Frau wie jeden Abend ein Sudoku gelöst hat – eine selbst auferlegte Übung gegen das Dementwerden –, steckt sie sich Ohrstöpsel in die Ohren. Besser wäre es, darauf zu verzichten, um mitzubekommen, falls die Hündin erneut Probleme macht, das weiß sie. Aber sie hat Angst vor einer weiteren durchwachten Nacht, die ihr erneut Migräne bescheren und eine lange Folge schlafloser Nächte einleiten könnte. Wie es schon einmal passiert ist, als ihre Mutter gestorben war und sie und ihre sieben Geschwister anfingen, über den sentimentalen wie auch finanziellen Wert jedes Silberlöffels aus ihrem Erbe zu streiten.

Als sie sich unter die dicke Bettdecke zurückziehen will, die sie vor der Kälte schützt, die nachts durch die Ritzen in den Hauswänden dringt, fragt sie sich besorgt, ob die Hündin nicht doch auf den Boden pinkeln oder eins der ererbten Möbelstücke zerkratzen oder anknabbern wird, die sie mit so viel Mühe und für teures Geld aus Bogotá hierher in die Berge transportieren ließ. Riesige Schränke, Tische und Sessel, die zu verkaufen sie nicht über sich brachte. Dass sie in diesem kleinen rustikalen Häuschen viel zu groß und massig wirken, ist ihr bewusst. Sie rufen ihr das geräumige Haus in Erinnerung, in dem sie ihre Kindheit verbrachte und später die Mutter mit unendlicher Geduld pflegte. Sie ist müde und weiß, dass die Hündin an diesem Abend nicht mehr auf sie hören wird. Den Gedanken, es könne jemand erschienen sein, der sie um den sorgfältig gehüteten Schatz ihrer seit der Beerdigung der Mutter wiedergewonnenen Nachtruhe bringt, verbietet sie sich. Sie tritt noch einmal an die Schwelle, sagt zu Kati »bis morgen« – worauf diese jedoch nicht reagiert – und schaltet das Licht aus, lässt die Tür aber angelehnt.

Nachdem die Frau eingeschlafen ist, steht Kati auf, um Wasser zu trinken. Hastig schleckt sie die bereitstehende Schale leer. Am Essen schnuppert sie bloß, rührt es aber nicht an. Vielleicht ist ihr von den zu vielen Veränderungen der Appetit vergangen. Sie streunt durchs Wohnzimmer, das zugleich als Esszimmer dient. Weder das Sofa noch die Sessel, noch die Vorhänge, noch der Perserteppich scheinen ihr etwas zu sagen. Sie beschnüffelt die Fasern und den glänzenden Lack dieser Gegenstände, die sie noch nie gesehen hat und von denen sie auch nicht weiß, woher sie stammen oder welche Vergangenheit sie enthalten. Als Nächstes riecht sie an den Rändern der Kühlschranktür, als wollte sie herausfinden, was für ein Leben sich dahinter abspielt. Draußen weht der Wind. Die im Hof hängenden Glöckchen bimmeln hohl und feierlich in der Einsamkeit der Nacht. Wie um das Geräusch zu verstehen, stellt Kati die Ohren auf. Ob das Geklingel sie an die Glöckchen des Eiswagens an der Avenida Séptima erinnert, dessen Besitzer Luis immer begrüßte? Sie bellt in Richtung Haustür, vielleicht will sie sich einstimmen, um wieder zu jaulen anzufangen, doch dann kehrt sie in ihre Ecke zurück und legt sich wieder hin. Vielleicht juckt es sie, vielleicht ist es auch bloße Gewohnheit, jedenfalls knabbert sie nun verbissen an der flachen Stelle, wo ihr Schwanz ansetzt. Das hat sie schon als ganz kleine Hündin immer gemacht. Womöglich erinnert sie sich an Luis, der, wenn er sie dabei beobachtete, ihr Fell durchsuchte, aus Sorge, sie könne Krätze haben. Sie niest. Dann leckt sie sich zärtlich die Knie, als hätte sie Mitleid mit sich selbst. Ob noch irgendwelche Düfte Monas an ihr haften? Oder sonstige Reste, vielleicht ein in ihrem Fell verfangenes Haar, das verkündet, dass die andere dort in der Stadt immer noch existiert, und das von der Zeit erzählt, in der die beiden sich jede Nacht aneinanderschmiegten? Kati rollt sich zusammen, als wäre etwas in ihrem Inneren zerbrochen. Drei Schluchzer hallen ungehört in ihrem Maul wider.

Im Schlaf bewegt sie zeitweilig die Beine, als würde sie galoppieren. Oder sie atmet heftig aus, wacht aber nicht auf. Hin und wieder zuckt ein einzelner Muskel. Wahrscheinlich flieht sie vor Leuten, die sie fangen wollen, oder sie verfolgt den Transporter, der Luis davonbrachte, oder sie durchquert den Parque Tercer Milenio, um einen Hund zu begrüßen, oder tollt mit Mona in dem Kosmos herum, den sie für kurze Zeit im Hof des Tierheims teilten. Oder träumt sie gar nicht, sondern sieht Dinge voraus? Hetzt über die Felder, schlüpft auf der Suche nach Nahrung unter dem Stacheldraht durch, entdeckt einen sicheren Unterschlupf, läuft, wohin ihr der Sinn steht, zu Luis oder Mona oder dem Wärter aus dem Tierheim. Oder sie wittert im Schlaf alle möglichen Düfte, sieht bunte Wirbel vor sich, glänzende Fraktale, Windhosen, köstliches Knochenmark oder Dinge, die unsereins nicht das Geringste sagen.

Als die Frau am Morgen auf Kati zukommt, um sie zu streicheln, springt sie hastig auf. Ihre Gelenke scheinen immer noch eingerostet. Die Schale mit Essen würdigt sie keines Blicks.

»Und, gut geschlafen, meine Schöne? Ja, wunderschön und tapfer bist du, hier in deinem neuen Zuhause. Herzlich willkommen.« Mit zärtlich eingezogenen Lippen bettelt die Frau geradezu darum, dass Kati etwas isst. Der schmeichlerische Tonfall muss Kati seltsam vorkommen, so hat sich bei ihr noch nie jemand beliebt machen wollen. Weder Luis noch dessen Freunde von der Straße, noch der Mann vom Tierheim haben sie jemals auf derart anbiedernde Weise gelobt. Sie betrachtet die Frau von ihrer Ecke aus, macht einen Buckel, und diese fragt sich, ob die braunen Augen der Hündin sie um etwas anflehen, das sie nicht entschlüsseln kann, oder verfluchen, weil sie ihr das gewohnte Zuhause genommen hat. Sie schneidet ein Stück Fleisch ab und legt es ganz nahe vor Kati auf den Boden.

»Probier mal, das schmeckt dir bestimmt. Ich weiß, du bist ein ganz schöner Dickschädel, aber das kann ich verstehen, zu mir haben die Leute auch immer gesagt, ich hätte Charakter, und das ist auch gut so, vor allem, wo es überall so viele ängstliche Menschen gibt, und Frauen, die wie kleine Mädchen sprechen und dauernd lächeln, um alle Welt glücklich zu machen. Ja, meine Schöne, ich mag Leute, die ihre Gefühle ausdrücken können.«

Kati schnuppert länger an dem Stück Fleisch, als sie es in Bogotá mit egal welchen Essensresten getan hätte. Bevor sie es schließlich verschlingt. Womöglich schmeckt es ihr ausgezeichnet. Vielleicht hat sie noch nie etwas so Frisches zu fressen bekommen.

Die Frau freut sich, dass die Hündin endlich etwas von ihr angenommen hat. Zugleich ärgert sie sich über ihre Undankbarkeit. Am liebsten würde sie sie fragen, ob es ihr etwa in dem eiskalten Käfig besser gefällt als hier, wo sie sich so liebevoll um sie kümmert, aber zuletzt lässt sie es sein. Als sie die Vorhänge aufzieht, richtet die Hündin den Blick auf die wolkenverhangenen Felsen in der Ferne.

»Geh ruhig raus und sag deinem Freund Ladrón Guten Morgen, er wartet schon auf dich.« Während sie zusieht, wie die Hündin still und gebeugt die Türschwelle überquert, fragt die Frau sich, was wohl passieren würde, wenn sie davonliefe. Im Tierheim hieß es, man habe dem Tier einen Mikrochip implantiert, aber wie der funktioniert und wo genau er sich befindet, hat sie nicht gefragt. Sie stellt sich ein kleines Teil vor, das von ihrer Brust aus Signale an eine Antenne sendet, ahnt aber gleichzeitig, dass keine Funkwelle stark genug wäre, um auf den sich ringsherum ausdehnenden Hügeln jemanden aufzuspüren, umso mehr, als es dort kaum Internetverbindung gibt. Davon abgesehen, würde sie wohl schwerlich ein Mensch bemerken, weil in dieser Gegend bloß noch eine Handvoll alte Bauern leben, die sich weigern, in die Stadt ins Exil zu gehen. Außerdem gibt es ein paar Wochenendhäuschen von Städtern, die jedoch nur selten vorbeikommen.

Als traute sie der Sache nicht, trottet Kati sehr langsam den überdachten Gang entlang, der ums Haus herumführt. Dort sind gerade die Geranien aufgeblüht, die die Frau vor Kurzem aus der Stadt mitgebracht hat. Wie eine Riesenheuschrecke kommt Ladrón da auf sie zugesprungen. Sie hält inne. Ohne zu knurren, hebt sie den Schwanz und macht einen Buckel. Wie bei einem unter ihresgleichen unverzichtbaren Begrüßungsritual schnüffelt sie wenige Sekunden zögernd am After des anderen, der sich auf den Rücken gelegt hat und mit dem Schwanz wedelt. Als er sich gleich darauf plötzlich umdreht und darum bettelt, mit ihr spielen zu dürfen, ignoriert sie ihn.

Auf dem Weg in den Garten hält sie inne und drückt die Schnauze auf einen Käfer, der die ganze Nacht über versucht hat, sich umzudrehen, jetzt halb tot daliegt und bloß noch die Beine in der Luft bewegt. Der Angstgeruch des unbekannten sterbenden Insekts ist für sie womöglich etwas Neues. Entschlossen macht sie sich irgendwann auf zu den Pflanzen, ihr Gang wirkt nun selbstsicherer, fast wie zu der Zeit, als sie noch vor Luis die Avenida Jiménez entlanglief und den Bürgersteig nach Knochen absuchte. Sie pinkelt auf die Hortensien und Callas, kackt neben eine Schmucklilie. Hält lange das Gesicht in den Wind, der den Geruch des schlammigen Bachs heranträgt und sanfter und süßer sein muss als alles, was ihr jemals in die Nase gedrungen ist. Vielleicht ruft der Tau ringsherum Erinnerungen an die kalten Morgen in dem Park hervor, wo sie ihre letzten Tage mit Luis zugebracht hat. Wie nimmt sie wohl das dichte Geflecht auf, das sich vor ihr ausbreitet: die riesigen Bäume, die sich gemächlich hin und her wiegen und zu erkennen geben, dass sie ihren Platz nicht so schnell verlassen werden, die Felsen, die sich seit Urzeiten übereinandertürmen, die überall hervorsprießenden Pilze, die sich auf unterirdischen Wegen verbreiten, den Falken, der hoch über alldem kreist, die unerschütterlich ihren Weg verfolgenden Schwalben? Ob ihr das ein wenig über den Kummer hinweghilft?

Vom Summen einer Biene gleich neben ihr aufgestört, stellt sie die Ohren auf und richtet den Blick auf das geheimnisvolle Wesen, das sich vor ihr im Blütenstaub wälzt. Vielleicht fragt sie sich, was das für eine seltsame Fliege sein soll. Dass auch die Biene nicht von hier ist, weiß sie nicht. Vor drei Monaten sind sie und ihre Gefährtinnen – im Auftrag der Frau – von einem Laster aus dem Königreich, in dem sie ihr bisheriges Leben zugebracht hatten, mitsamt ihren Waben in diese regnerischen Berge deportiert worden. Kaum war die alte Königin ausgeflogen und die neue hatte begonnen, ihre Eier zu legen, wurde der ganze Bienenstock aus der Savanne bei Bogotá fortgeschafft. Wegen des Gerüttels und des Zuckersirups ist unterwegs der Großteil eingegangen. Die Überlebenden mussten sich in einer verwirrenden neuen Welt voller Regengüsse und Nebelschwaden und nie gesehener Blüten zurechtfinden. Kati weiß nicht, dass also auch diese Biene einem Komplott zum Opfer gefallen und schon seit Monaten damit beschäftigt ist, sich neue Wege zu suchen und einzuprägen, während sie weiterhin großzügig den süßen Saft ihrer Eingeweide hergibt, obwohl ihr die Strapazen der Reise noch immer zu schaffen machen.

Da der Himmel allmählich aufklart und die Wolken sich an diesem Morgen nicht ganz so in den Vordergrund drängen wie sonst, bittet die Frau die Hausangestellte bei deren Ankunft, die Hündin zu baden. Von dem Vetter, der ihr das Haus verkauft hat, weiß sie, dass diese Frau ein besonderes Händchen beim Umgang mit Tieren hat. Angeblich braucht sie sie nur summen, jaulen oder singen zu hören, um zu wissen, ob und was sich bei ihnen anbahnt. Beim Vorstellungsgespräch erklärte die, die seit jeher hier gelebt hat, der neu Zugezogenen, dass sie mit vielen Wesen sprechen, ihren Kummer verstehen und ihre geheimen Rhythmen wahrnehmen könne. Dass sie Kühen helfen könne, Kälber heil zur Welt zu bringen, die sich in ihrem Bauch verkantet hätten, verwaiste Kälber und Fohlen aufziehen, und am Blöken erkennen, ob ein Tier erkrankt ist oder sich die Plazenta verwickelt hat. Und dass sie Kühen und Pferden beistehe, die zu viel feuchtes Gras gefressen und Blähungen bekommen haben, Hunde bei Krämpfen massieren oder nach Vergiftungen wiederbeleben könne, und überhaupt alle, auch Menschen, retten, die von einem Skorpion oder Stachelschwein gestochen worden sind. Durchs Fenster sieht sie heimlich zu, wie die Hausangestellte der Hündin zärtlich die Flanke tätschelt, dann mit der einen Hand die Leine ergreift, mit der anderen das nasse Fell trocken reibt und ihr zuletzt den Schwanz zwischen den Beinen hervorzieht, ohne dass das Tier sich widersetzt. Dass sie dermaßen falsch Rancheras singt, stört die Frau, trotzdem ist sie froh, dass sie die Nachbarin angestellt hat, auch wenn sie an manchen Tagen ein schlechtes Gewissen hat, weil ein ziemlicher Teil ihrer Pension für das Gehalt draufgeht.

Kati versucht, sich mit kleinen Schritten von dem Schlauch zu entfernen, aber die Frau klemmt sie sich routiniert zwischen die Knie. Monas letzte Spuren verflüchtigen sich mit dem duftenden Shampoo-Schaum, der ihr Fell durchdringt und von dort auf die Bodenfliesen tropft. Wie soll Kati künftig die Erinnerung an ihre einstige Gefährtin wachrufen?

»Das Wasser ist eiskalt, ich weiß, aber wir haben es gleich, und du wirst schon sehen, wie elegant du dann aussiehst. Im Tierheim haben sie dich nie gebadet, stimmt's? Dabei musst du völlig verdreckt gewesen sein, als sie dich damals frisch von der Straße eingeliefert haben. Ja, ich weiß, du magst das nicht, aber es wird dir guttun, wart's ab. Nachher kommst du dir vor wie neugeboren.«

Vielleicht erinnert sich Kati noch daran, wie sie bei der Ankunft im Tierheim gebadet wurde. Damals hat sie zum ersten Mal in ihrem Leben jemand von Kopf bis Fuß mit einem Schlauch abgespritzt. Vergeblich versuchte sie, den süßlichen Seifengeruch und das juckende Pulver, mit dem sie danach eingerieben wurde, loszuwerden, indem sie sich an den schmutzigen Käfigwänden scheuerte. Und wie sie zitterte, bis der Mann sie auf den Hof brachte, wo sie sich auf dem von der Sonne erhitzten Beton aufwärmen konnte.

»Immer mit der Ruhe, glaub bloß nicht, dass wir dich hier jeden Tag so quälen. Nein, meine Liebe. Es sei denn, du kommst auf dumme Ideen, wie Ladrón, der steigt dauernd in den schlammigen Bach, unten in der Schlucht, und dann kommt er völlig verdreckt hier an und macht alles schmutzig. Da hilft dann wirklich bloß noch der Gartenschlauch.«

Kati weicht ihrem Blick aus, als wäre sie beleidigt, und wartet stoisch, bis die Frau sie mit einem Handtuch trocken gerieben hat. Erst dann schüttelt sie sich.

»Und vergiss nicht, jetzt bist du hier zu Hause, Lady!«

Kati zittert, als spürte sie durch die Kälte und die Feuchtigkeit umso mehr, wie verlassen sie ist. Ladrón kommt angetänzelt. Sie weicht ihm aus und läuft schnell in den Garten, verschwindet im Gebüsch, wirft sich auf den Rücken und dreht und windet sich im Gras.

Die Frau stößt übertrieben heftig das Fenster auf. »Verdammt, Teresa, die wird uns doch nicht durchgehen?«

»Keine Sorge, Señora Gloria. Sie ist gerade ein bisschen bockig, aber das geht vorbei. Immer mit der Ruhe, ich habe ihr schon gesagt, dass sie jetzt hier zu Hause ist, und das hat sie verstanden, die bleibt bei uns.«

Die ersten Tage scheint Kati wie am Boden festgenagelt, als versuchte eine vom Erdmittelpunkt ausgehende Kraft, sie in die Tiefe zu ziehen. Als sie vor ein paar Monaten gewaltsam von Luis getrennt worden war, suchte sie voller Ingrimm auf den ihr seit jeher vertrauten rissigen Straßen Bogotás nach ihm. Und als man sie ins Tierheim verschleppt hatte, rief sie tagelang nach ihm, vor Wut geifernd und knurrend, bis Mona sie dazu brachte, sich ihr anzuschließen. Unfreiwillig zwischen diese so tief verankerten Berge und lauter unbekannte Tiere versetzt, hat sie vielleicht jeglichen Orientierungssinn verloren. Oder ist ihre Wut nach all den Ortsveränderungen schlichtweg verraucht? Womöglich weiß sie angesichts von so viel pulsierendem Grün einfach nicht, worauf sie ihr Begehren richten soll. Kann sein, dass sie das verwirrt oder ermüdet. Oder aber sie stellt fest, dass sich der Lärm all der Lebewesen um sie herum besser entschlüsseln lässt, wenn sie ruhig ist. Sie schläft wenig, obwohl sie lange Zeit reglos daliegt. Ganz in sich selbst zurückgezogen, als wollte sie verschwinden, hebt sie jedoch ab und zu den Kopf, um den Tanz der sich an den lehmigen Boden klammernden Bäume in Augenschein zu nehmen. Unmöglich zu sagen, welche Gerüche aus den Tiefen zu ihr aufsteigen. Manchmal verfolgt sie auch, den Kopf auf den Boden gelegt, aus dem Augenwinkel das Treiben der beiden Frauen, sobald diese vor dem Haus erscheinen. Unterhalten sie sich, oder stimmt die Hausangestellte bei der Arbeit ein Lied an, stellt sie lauschend die Ohren auf.

Dass die Wolken auf sie herabsinken und sämtliche Fasern ihres Fells durchfeuchten, scheint sie nicht zu stören. Sie lässt es widerstandslos geschehen. Rührt sich nicht vom Fleck, wenn sie sich unermüdlich wieder und wieder über diesem Gipfel zusammenballen, der jetzt ihre Heimat ist, wie die Frauen ihr einreden wollen. Kati, die so oft frühmorgens auf den Straßen Bogotás unterwegs war, gefällt es womöglich, dass der feuchte Nebelschleier ihrer Nase, die in der letzten Zeit viel zu trocken war, einen sanften Glanz verleiht.

Allmählich wirkt es, als würde sie auch Ladrón gegenüber gnädiger, der weiterhin darum bettelt, dass sie mit ihm herumtollt, worauf sie aber vorläufig noch nicht eingeht. Immerhin sträubt sich ihr das Fell nicht mehr, wenn er auf sie zustürmt. Manchmal stimmt sie solidarisch in sein Bellen ein, wenn das Gejaule eines anderen Hundes oder das Dröhnen eines Motorrads auf der Hochebene widerhallen. Eines Tages begleitet sie ihn zum ersten Mal zur Hoftür, um die Hausangestellte zu begrüßen, die kommt, um sauber zu machen. Während Ladrón bellend um sie herumspringt, schaukelt Kati sachte den Oberkörper und umkreist die Frau ein paar Mal, als sie vor ihr steht. Auf dem Weg, der zwischen Erlen hindurch zum Haus führt, passt sie sich der Geschwindigkeit ihrer Schritte an.

Manchmal verlässt sie den Winkel des Hofs, in dem sie die Zeit ihrer Verwirrung verstreichen lässt, und macht sich auf in den Garten, hinter dem die zum Grundstück gehörenden Wiesen beginnen. Sie betrachtet die Hummeln und Heuschrecken, die es auf ihren Straßen nicht gab. Lange schnüffelt sie an der von Wasser durchtränkten schwarzen Erde. Vielleicht möchte sie herausfinden, welcher Art das Leben ist, das dort pulsiert. Die Geschichten der Wesen kennenlernen, die darin verfaulen, den Urin und die Exkremente, die anderen das Dasein ermöglichen, die Knochen und Rinden, die von Anfang bis Ende erzählen, in jedem Erdkrümel, wie es ihnen im Leben ergangen ist. Und wenn die Wolken es erlauben, lässt sie den Blick über die Berge schweifen. Manchmal stellt sie die Ohren auf. Die Kraft, die nötig ist, um zwischen den Büschen hindurch in den Wald vorzudringen, wo alte und junge Bienen ihre Wege zurücklegen und alle möglichen anderen, ihr gänzlich fremden Lebewesen herumkrabbeln und summen, scheint noch in ihr heranzureifen.

Immer wieder blickt die Frau heimlich durchs Fenster des Wohnzimmers, wo sie gerade damit beschäftigt ist, die Kisten mit den Erbsachen auszupacken. Diese Arbeit schiebt sie schon seit Monaten vor sich her, erst jetzt, wo die Hündin bei ihr ist, hat sie sich dazu aufraffen können. Die Bestätigung, dass das Tier noch da ist, lindert ein wenig den Schmerz, den sie verspürt, während sie die Dinge ihrer Mutter aus den Kisten holt, ohne zu wissen, ob sie sie aufbewahren oder verschenken soll. Besonders ratlos ist sie in Bezug auf ein Glaskästchen, in dem die Mutter fünfzehn Zähne aufbewahrte, teils Milchzähne, teils später ausgefallene. Es verschafft ihr Erleichterung, sich gelegentlich umzuwenden und den Blick auf die Hündin zu richten, die frei von allem Gepäck und draußen auf den Fliesen liegend über die ihr widerfahrenen Veränderungen brütet. Es hilft ihr, sich klarzumachen, dass sie nicht gezwungen ist, sämtliche Schätze ihrer Mutter zu horten. Dinge anderer Personen zu erben, ist keineswegs dasselbe, wie diese Dinge ein Leben lang zu benutzen und zu lieben. Am nächsten Tag begräbt sie die Zahnsammlung im Garten und ist der Hündin insgeheim dankbar für die Hilfe bei diesem Entschluss.

Kati merkt womöglich nicht, dass die Frau sie auch vom Gemüsegarten aus überwacht, wo die kümmerlichen Setzlinge, die sie aus Bogotá mitgebracht hat, sich offenbar nicht entscheiden können, ob dies tatsächlich ein würdiger Ort zum Wachsen ist. Wenn die Frau schmeichlerisch von hinten auf sie zukommt, fängt Kati an zu knurren. Vielleicht nimmt sie zusammen mit der Stimme, die sie bekümmert anfleht, ihren Zufluchtsort doch bitte anzunehmen, einen beunruhigenden Geruch wahr. Wer weiß, ob dabei in einem geheimen Winkel ihres Inneren nicht die Erinnerung an andere Fallen aufsteigt, die man ihr gestellt hat. Wie zu der Zeit, als sie noch mit Luis zusammenlebte – da näherte sich ihnen einmal ein verfeindeter Müllsammler und verpasste ihr einen Stockhieb, von dem sie mehrere Tage hinkte. Oder als sie auf dem Schutthaufen gefangen genommen wurde, der von dem Gebäude, in dem sie einst gelebt hatte, übrig geblieben war.

Jedes Mal, wenn die Hündin sie anknurrt, empfindet die Frau das als Niederlage. Dann malt sie sich aus, sie würde den berühmten Tierbändiger zu Hilfe rufen, den sie aus einer Fernsehserie kennt, angeblich kann er sich zum Herrchen eines jeden Haustiers machen und allen, die nicht wissen, wo ihr Platz ist, die Grenzen aufzeigen. Sie wüsste so gern, was genau bei der Hündin im Argen liegt. Bald beglückwünscht sie sich dafür, dass sie sie aus ihrem einsamen Dasein in Bogotá befreit hat, bald macht sie sich Vorwürfe, weil sie ihr die gewohnte Umgebung genommen hat. Sie weiß nicht, was sie sonst noch unternehmen soll, damit sich diese Hündin willkommen fühlt. Dass ihre Lobsprüche von ihr nicht angenommen werden, ist längst deutlich. Die Hausangestellte hat gesagt, sie solle Geduld haben, und so versucht sie, sich einzureden, dass die Hündin sich mit der Zeit eben doch an die Welt der Berge gewöhnen wird. Sie hofft, dass die Fleischstücke, die sie inzwischen ohne Zögern annimmt, dazu beitragen können, die Kluft zwischen ihnen zu überbrücken. Und sie klammert sich an jeden noch so kleinen Erfolg und führt darüber genauestens Buch. Der Hündin ist beim Leeren des Fressnapfs eine gewisse Begeisterung anzumerken. Die Hündin lässt sich hinter den Ohren kraulen, wenn sie aufgegessen hat. Die Hündin nimmt eine Schmeichelei entgegen, ohne sogleich auf Abstand zu gehen. Die Hündin knurrt nicht, wenn sie ihren Hals tätschelt. Die Hündin dreht sich um, wenn sie nach ihr ruft, allerdings nur kurz, und daraufhin zu ihr zu kommen, weigert sie sich weiterhin. Sie läuft mit höher erhobenem Kopf und weniger steifer Mähne umher. Die Frau verspricht sich immer wieder, dass sie beide sich irgendwann so mögen werden, wie es sich gehört, und dass das Gefühl des Verwaistseins sich nach und nach legen wird, das der Hündin immer noch in den Knochen zu stecken scheint. Dass sie schon bald nicht mehr so abweisend und mürrisch sein wird, ja, dass sie eines Tages wieder so stolz und selbstsicher vor ihr stehen wird, wie sie es im Tierheim erlebt hat. Und dass sie dann all ihre Zärtlichkeiten annehmen wird. Dass sie sie zusammen mit Ladrón zu Spaziergängen auf den Waldwegen mitnehmen kann, die sie nach und nach in der Umgebung entdeckt hat, und dass die Hündin dabei hochzufrieden neben ihnen herlaufen wird. Manchmal fragt sie sich aber auch, was sie machen soll, wenn es nicht so kommt.

In den ersten Nächten schläft Kati im Haus. Da sie sich weigert, bei Einbruch der Dunkelheit von allein reinzukommen, und die Frau sie lieber nicht reizen möchte, erscheint jedes Mal die Hausangestellte und hilft, die Hündin in die Küche zu bringen. Von ihr lässt Kati sich folgsam mit gesenktem Kopf in die Ecke führen, die sie sich am ersten Abend zum Schlafplatz auserkoren hat. Dort liegen jetzt mehrere Tücher aus einer der Kisten mit Erbsachen als Matratze für sie bereit. Was sich in ihrem Blick verdichtet, wenn sie sich niederlässt, ist womöglich eine Mischung aus Wut und Sorge. Aus dem Augenwinkel verfolgt sie, wie die Frau zu Abend isst, die Küche aufräumt, sich einen Whisky einschenkt und die Nachrichten anschaut. Wenn ein seltsames Geräusch aus dem Fernseher dringt oder die Stimme der Frau am Telefon laut wird, stellt sie die Ohren auf.

Und wenn die Frau einen Bolero oder Tango singt – so wie einst Luis, allerdings mochte der lieber Vallenatos –, hebt sie den Kopf. Wenn es längere Zeit ruhig ist, kann es auch vorkommen, dass sie sich unversehens aufsetzt, als wäre sie irritiert; bald darauf legt sie sich aber wieder hin. Und wenn sie merkt, dass die Frau sie ansieht, lässt sie den Blick eine Zeit lang kreisen, als wäre sie verwirrt, um ihr schließlich irgendwann für einen flüchtigen Moment in die Augen zu sehen. Manchmal leckt sie sich auch liebevoll die Knie.

Sobald die eingesperrten Hunde vom Nachbarhof ihren nächtlichen Klagegesang anstimmen, steht Kati auf und bellt, womöglich aus Mitleid. Dass sie sich inzwischen bei solchen Gelegenheiten zur Beruhigung von der Frau am Hals kraulen lässt – dabei allerdings zur Seite blickt –, könnte ein Zeichen von Schicksalsergebenheit sein. Vielleicht fügt sie sich ja wie so viele Hunde allmählich in die Bestimmung, den sehnsüchtigen Wunsch der Frau zu erfüllen, ihr (oder doch eher sich selbst?) zur Seite zu stehen.

Als sich die dritte Nacht zu Ende neigt, beginnt Kati frühmorgens, am Fenster des Esszimmers stehend, empört zu bellen. Wie zu der Zeit in Bogotá, wenn sie glaubte, den Karren gegen irgendwelche Unbekannten verteidigen zu müssen. Ob sie ein Opossum gewittert hat, das im Garten umherstreift? Oder liegt es daran, dass ständig irgendwelche Käfer im Flug an die Scheibe prallen? Oder entlädt sich hier eine schon viel länger aufgestaute Wut, die bloß Mona bezähmen konnte? Dass die Frau ihr ein Stück Fleisch hinhält, um sie dazu zu bringen, sich wieder hinzulegen, ignoriert Kati und bellt noch eine ganze Weile weiter. Von draußen antwortet Ladrón. Obwohl sie Schlaftabletten zur Hand hat, fragt die Frau sich besorgt, was sie tun soll, wenn die Hündin weiterhin nachts solchen Lärm macht.

Am vierten Abend folgt Kati widerspruchslos der Aufforderung, ins Haus zu kommen, ohne jeden Zwang. Da ist sich die Frau endlich sicher, dass es kein Fehler war, sie zu adoptieren, und schickt in den Gruppenchat ihrer Freundinnen ein Foto der Hündin, das sie im Garten aufgenommen hat. Darauf sieht man Kati zwischen den Schmucklilien im Profil – mit aufgestellten Ohren blickt sie in Richtung Nebelwald.

> Darf ich vorstellen? Meine neue Gefährtin Lady.

Sie hat es immer schon gehasst, wenn Leute ihren Hund als Tochter oder Sohn bezeichnen. Ihre Freundinnen antworten mit Konfetti, Herzchen und anderen fröhlichen Emojis, und sie bedankt sich dafür. Danach schickt sie das Foto an ihre drei geliebten Nichten, eine Kollegin aus der Bank, die noch nicht in Pension gegangen ist, und an die Hausangestellte, die ihr fünfzehn Jahre lang die Wohnung in Bogotá putzte und beim Aufziehen Ladróns half. Sie bekommt gern Lob. Freut sich, wenn alle ihre Hündin so hübsch finden wie sie und wissen, dass *sie* sie aus dem Heim geholt hat. Sie genießt das Gefühl, Gutes getan zu haben, in vollen Zügen.

In dieser vierten Nacht schnappt sich Kati ein Huhn, das die Frau zum Auftauen auf die Arbeitsplatte der Küche gelegt hatte. Die frühen Morgenstunden bringt sie damit zu, hingebungsvoll die austretenden Flüssigkeiten aufzulecken und die Fasern der immer noch harten Brust zu zerreißen. Zum ersten Mal, seit man ihr die Liebe Monas und der anderen geraubt hat, scheint sie etwas gefunden zu haben, das dazu beiträgt, dass die immer noch in ihrem Inneren schwärende Wunde anfängt, sich zu schließen.

In der nächsten Nacht kratzt sie hartnäckig an der neuen Tür, die die Frau hat einbauen lassen. Dabei hinterlässt sie tiefe Risse in dem frischen Holz. Als würden ihre Krallen in der Dunkelheit die frühere Kraft wiedererlangen. Als wäre sie endlich wieder imstande, sich nach der frischen Morgenluft zu sehnen, dem Lärmen der Vögel, dem Geruch der umtriebigen Mäuse – nach allem, was knackt und sich regt, wenn der Tag anbricht.

Am sechsten Abend wird sie von niemandem mehr aufgefordert, drinnen zu schlafen. Die Frau legt ihre Matratze in das überdachte Häuschen, in dem Ladrón die Nächte zubringt, und platziert ein Stück frisches Fleisch davor, das die Hündin sofort verschlingt.

»Und, gefällt es dir, draußen zu schlafen?«

Kati schnuppert an den Tüchern, sie riechen nach Waschmittel. Dann wendet sie den Blick, womöglich leicht angewidert, ab und hält Ausschau, ob sich im Wald etwas bewegt. Vom Leben in der Stadt ist sie es gewohnt, dass tagsüber Spatzen und Amseln zwitschern, nachts dagegen keine Vögel zu hören sind. Deshalb überrascht sie womöglich der Ruf der Eule, der jetzt von einem Baum in der Nähe herüberdringt. Er verwandelt die Dunkelheit in das Geschrei eines Raubvogels.

»Aber lass dir bloß nicht einfallen, den eingesperrten Hunden beim Nachbarn drüben einen Besuch abzustatten oder dich nachts im Wald rumzutreiben. Nein, meine Liebe. Ich nehme dich schon ganz bald mit auf meine Spaziergänge, dann erkunden wir die Gegend zusammen, es dauert nicht mehr lange. Ja. Aber jetzt ruh dich erst mal aus, hier bei Ladrón in seinem herrlichen Bett. Und passt mir schön aufs Haus auf, ihr beiden, verstanden?« Die Frau geht in die Hocke, um die Hündin zu streicheln. Am liebsten würde sie ihre Schnauze zwischen die Hände nehmen, so wie sie es immer mit Ladrón macht. Und sie auf das glänzende dunkle Kopfhaar küssen, aber sie hält sich zurück. Zum ersten Mal sieht sie die braunen Ringe um die schwarzen Löcher von Katis Pupillen aus der Nähe, sie erinnern an die Ränder eines mit Wasser vollgelaufenen Vulkankraters. Ladrón drängt sich zwischen sie. Er ist jederzeit bereit, sich verwöhnen zu lassen, und sie küsst ihn auf die Stirn, nachdem sie sich das von seiner Begrüßung klebrige Gesicht abgewischt hat. »Pass gut auf sie auf.« Sie richtet sich auf und fragt sich, wann die scheuen Augen dieser Hündin ihren Blick wohl tatsächlich einmal erwidern werden. Ob sich auch ihr Ausdruck irgendwann in eine flehentliche Bitte nach Zärtlichkeiten verwandeln wird, so wie bei Ladrón. Oder ob sie wenigstens das Misstrauen ablegt, hinter dem sie sich seit ihrer Ankunft verschanzt hält.

Statt sich neben Ladrón niederzulassen, macht sich Kati auf in den Hof, gefolgt von der Frau, die ihr unterwegs ein weiteres Stück Fleisch hinhält, das sie annimmt. Sie lässt auch zu, dass sie ihr die Kruppe tätschelt und das Fell hinter den Ohren kratzt, wo sich vielleicht noch die eine oder andere Erinnerung an Luis befindet, der sie dort immer kraulte, bis sie einschlief. Ob ihr womöglich klar wird, dass ihr nichts anderes übrig bleibt, als sich den erpresserischen Schmeicheleien zu unterwerfen? Es könnte aber auch sein, dass die saftigen Hühnerschenkel allmählich ihren Widerstand brechen – nach dem jahrelangen Gebettel um bloße Knochen. Als sie sich schließlich doch auf ihre Matte legt, lässt sie zu, dass die Frau eine neue Decke über sie breitet, deren fremder Geruch die Abwesenheit ihrer einstigen Gefährten umso spürbarer machen muss.

Während Kati im Hof schläft – ein paar Stunden später wird sie auf eigene Faust einen Ausflug unternehmen –, sieht die Frau in den Nachrichten einen Bericht über die Entdeckung neuer Massengräber in der Region Antioquia. Vermutlich handelt es sich um Opfer von Paramilitärs. Gezeigt wird eine mit Absperrbändern umgebene, von zwei Polizisten und einem Schäferhund bewachte Waldlichtung. Lautes Vogelgeschrei übertönt beinahe die Erklärungen des Forensikers, der von vierzehn aufgefundenen Leichen spricht. Die Frau fragt sich, ob bloß dieser eine Hund beim Aufspüren der unter einer dicken Erdschicht verborgenen Toten geholfen hat. Dass von ihm nicht die Rede ist, empört sie, und sie nimmt sich vor, am nächsten Morgen eine E-Mail an die Redaktion der Nachrichtensendung zu schicken. Anschließend sagt sie sich, dass sie vielleicht in ein paar Monaten, wenn alles nicht mehr so neu und ungewiss wirkt und sie sich nicht mehr ständig fragt, ob es wirklich eine gute Entscheidung war, ihre Wohnung in Bogotá zu vermieten und hierher in die Berge zu ziehen, dass sie sich dann überlegen könnte, ob sie nicht noch einen Hund zu sich nimmt. Wenn ihre Freundinnen endlich zu Besuch kommen und der Gemüsegarten gut angewachsen ist und sie all die ererbten Kisten abgearbeitet hat. Wenn die Hündin tatsächlich akzeptiert hat, dass sie hier lebt. Hoffentlich findet sie einen ebenso heldenhaften Hund wie den aus dem Fernsehbericht. Und wenn das nicht geht, dann eben noch einen aus dem Tierheim. Im Fernsehen macht inzwischen eine Blondine im roten Cocktailkleid Werbung für Handyverträge und kündigt anschließend »Fünf Tipps für Hundehalter« an: »So wird Ihr Hund Sie lieben!« Aufgeregt richtet die Frau die ganze Aufmerksamkeit auf das Programm. Eine muskulöse Hundetrainerin in Sportkleidung führt in einem Park im Norden von Bogotá einen Labrador spazieren und erklärt dabei lauter Dinge, die sich von selbst verstehen. Angewidert schaltet die Frau den Fernseher aus, schenkt sich noch einen Whisky ein und wirft einen Blick durchs Fenster, um sich zu vergewissern, dass Kati weiterhin draußen auf ihrem Schlafplatz liegt.

Einige Zeit, nachdem die Frau das Licht ausgemacht hat, schließt Kati sich wieder solidarisch dem fernen Geheul der eingesperrten Hunde an. Als die Frau daraufhin im Hof erscheint, beachtet sie sie nicht. Offenkundig will sie sich in dieser Sache von niemandem etwas vorschreiben lassen. Da helfen weder die Glückwünsche dafür, dass sie noch an ihrem Platz ist, noch die Versprechungen, wie gut sie hier draußen schlafen werde.

Als das Licht im Haus wieder ausgeht, steht die Hündin auf. Sie reckt und streckt sich, als wollte sie die ganze unfreiwillig vorgetäuschte Folgsamkeit abschütteln. Liebevoll lässt sie die Luft in ihre Nase strömen und nimmt Witterung auf, in Richtung des Bachs, zu dem sie an diesem Morgen zum ersten Mal mit Ladrón und der Frau hinabgestiegen ist. Dort hat sie am Wasser geschnuppert, das an den eisenhaltigen Felsen leckt und den modrigen Grund aufwühlt. Wie viele Tiere und Gerüche werden sich schon bald bei ihr einstellen, um sie ganz hinten im Kopf zu kitzeln? Vielleicht findet sie heraus, auf welchen Wegen die kleinen Nager zwischen den Bäumen durchs Moos krabbeln. Lernt das Summen der Käfer kennen, die sehnsüchtig dem Licht entgegenstreben; die leichtfüßige Disziplin der Spinnen und das hektische Geflatter der Motten; den Schleim und den Tod, der hier so viele Wesen ereilt.

Auf dem Weg zum Gartentor fängt sie an zu traben, die Schnauze dicht über dem Boden, gierig alle Gerüche in sich aufsaugend, so wie wenn sie in Bogotá frühmorgens, noch bevor Luis aufwachte, im Park nach Ratten jagte. Sie schlüpft unter dem Tor durch, das die Hausangestellte jeden Abend verriegelt, und gelangt auf die nicht asphaltierte Straße, auf der tagsüber ab und zu ein Motorrad sowie der Milchlaster vorbeikommen. Um diese Uhrzeit liegt sie jedoch still und verlassen da.

Von Entdeckungsfreude mitgerissen, gerät sie geradezu ins Taumeln. Immer wieder lockt sie etwas am Straßenrand, und sie stürzt begeistert darauf zu, schnüffelt, um herauszufinden, was sich dort im Schutz der Blätter verbirgt, womöglich eine

Substanz, die ihr hilft, die nun schon so lange andauernde Vernebelung zu überwinden. Bis sie irgendwann auf ihren eigentlichen Weg zurückkehrt, der sie Richtung Süden führt. Wobei ihr vielleicht wieder einfällt, dass sie ja ein Ziel hat, das sie aus einem bestimmten Grund ansteuert. Ihr entspanntes Dahinlaufen und der sanft hin und her schwingende Schwanz lassen ihre neu errungene Lockerheit erkennen.

So nähert sie sich nach Lust und Laune bald dem einen, bald dem anderen Baum, pinkelt an den Stamm, steckt die Schnauze in moschusgeschwängerte Öffnungen, schnuppert aufgeregt an den harzigen Resten, mit denen andere Lebewesen den Boden durchtränken, spürt den Ruf der unterschiedlichsten Fleischsorten, erkundet mit der Nase fremde Pilgerwege und Exkremente und all die schuppigen, fettigen, haarigen Hinterlassenschaften, die unsere Welt bedecken. Wenn es ihr zu viel wird, stößt sie heftig die Luft aus. Wie mag das Gefieder der in den Bäumen schlafenden Vögel für sie riechen? Und die gummiartige Haut der Frösche in den Wasserlöchern? Der Rattenurin? Der Schleim der Würmer, die über die Felsen kriechen? Die Staubkörnchen, die von den Mottenflügeln fallen? Sie kratzt das Moospolster auf, von dem ihre Ballen feucht werden. Kaut auf Kräutern herum, die von keinerlei Ruß überzogen sind. Reibt sich an der halb verwesten Leiche eines Nagetiers, damit ihr Fell seinen Geruch annimmt. Läuft hocherhobenen Kopfes dahin, so stolz und zufrieden wie früher am Rand der Carrera Séptima in Bogotá, obwohl hier alles ganz anders riecht und klingt und sie nicht mehr hungrig allen möglichen Essensresten nachjagt. Es gibt auch keinen Luis mehr, der sie wie ein Magnet zur Rückkehr zwingt. Endlich frei und sich selbst überlassen.

Und doch scheint sie das sichere Gefühl zu empfinden, dass es jemanden gibt, der auf sie wartet, denn ohne zu zögern, biegt sie plötzlich in den kleinen Pfad ein, der sich zum Haus der Hausangestellten hinschlängelt, das halb versteckt am Hang des Nachbarhügels liegt. Eine Zeit lang betrachtet sie die auf der angrenzenden Wiese schlafenden Kühe – noch nie hat sie diese Tiere von so nahe zu Gesicht bekommen. Sie knurrt. Ob sie sie an die zerlegten Körper erinnern, die in den Fleischereien im Stadtzentrum hingen? Oder riechen sie nicht doch anders, wenn sie noch am Leben sind? Auf dem Umgang des kleinen Hauses, auf das sie zuläuft, brennt eine Lampe. Eine Katze klettert hastig aufs Dach. Sorgfältig nimmt Kati die Umgebung in Augenschein, beschnüffelt die Risse im Boden der Waschstelle, die Büsche mit den Andenkirschen und den Maulbeerbaum im nächtlich dunklen Garten. Der Anblick der füllig runden Gestalt des nach Wollfett und Gras riechenden Schafs in seinem Gehege scheint sie zu überraschen. Erneut knurrt sie, richtig zu bellen ist in diesem Augenblick jedoch offenbar nicht nötig. Nachdem sie auch an den Hauswänden und am Hühnerstall geschnuppert hat, scheint sie mit ihren Erkundungen vorläufig zufrieden und drückt nun sachte die Schnauze an den Türspalt. Zweifellos erkennt sie den Geruch der jenseits davon schlafenden Frau, die sie jeden Morgen beim Betreten des anderen Hauses mit lakonischer Zuneigung begrüßt. Sie streckt sich auf der Fußmatte aus, als hätte dieser schützende Ort schon seit Langem auf sie gewartet. Hingebungsvoll leckt sie an ihren Knien und nagt dann an den Ballen der einen Pfote. Vielleicht hat sie sich dort einen Dorn eingezogen.

Sie schläft ein, wacht aber immer wieder auf. Möglicherweise wundert sie sich nach wie vor über die lauten Rufe der Käuzchen, die von dem in der Nähe ansteigenden Wald herüberdringen. Man könnte geradezu auf den Gedanken kommen, dass der in dieser Nacht errungene Sieg das Abschmelzen der obersten Schicht ihres Kummers in Gang setzt.

In den folgenden Wochen weigert sich Kati, neben Ladrón zu schlafen, sosehr die beiden Frauen sie auch darum bitten. Nach dem ersten nächtlichen Ausflug lässt sie sich zunächst noch darauf ein, sich bei Anbruch der Dämmerung auf der Matte im Hof der Frau niederzulassen. Wenn es endgültig dunkel ist, schüttelt sie sich jedoch und macht sich gut gelaunt auf zum Haus der Hausangestellten. Dabei sieht sie sich nicht mehr so wachsam um wie zu Beginn. Manchmal läuft sie auf dem zehn Jahre zuvor von Bulldozern angelegten Hauptweg, bei anderen Gelegenheiten zieht sie den gewundenen uralten Pfad vor, den die Leute inzwischen bloß noch als Abkürzung verwenden. Oder sie kämpft sich auf eigene Faust durch den Bergwald, an Farnen, Bambussträuchern und Lianen vorbei. Mit der Schnauze durchwühlt sie die Erde, um anschließend kleinere oder größere Mengen der eingeatmeten Substanzen auszustoßen. Vielleicht wundert sie sich immer noch, wenn sie auf ihr unbekannte Tierspuren stößt. Manchmal bleibt sie lange vor einem Loch oder Felsen stehen und lotet hingebungsvoll das sich dort offenbarende Universum aus. Es ist, als verfeinere sie ihre Eigenständigkeit. Vielleicht tut sich für sie in der Dunkelheit, die sie unternehmungslustig dazu nutzt, sich durch den Wald zu schlängeln, eine Welt mit einer ganz eigenen Zeit auf. Eine Welt, die anders ist als die der beiden vom täglichen Werkeln erschöpft schlafenden Frauen, oder die des sich mühsam wach haltenden Luis, oder die der Zimmermädchen, die in den Hotels neben dem Park im Stadtzentrum ihre anstrengenden Schichten absolvieren, oder die der vom Neonlicht erleuchteten Käfige im Tierheim, wo Mona weiterhin lebt und von dem liebevollen Wärter versorgt wird. Eine angenehme Zwischenwelt aus Fasern und Schlamm, Krächzen und Jaulen, Gerüchen und Flüssigkeiten, die sich nicht in Zahlen umwandeln und berechnen lässt. Ein von den unterschiedlichsten Ausdünstungen und Klängen erfüllter Raum, der sich den gängigen Vorstellungen von Dauer und Messbarkeit entzieht.

Erst wenn sie selbst es will – vielleicht, wenn der Bergwald ihr genug von seinen Geheimnissen verraten hat –, legt sie sich zum Ausruhen vor die Tür der Hausangestellten. Und wenn diese dann morgens besagte Tür öffnet, vollführt Kati die reinsten Freudentänze, als wollte sie sich für die Gastfreundschaft bedanken. Sie dreht und windet sich zwischen den runden Beinen der Frau, so wie sie und Mona, wenn der Mann im Tierheim den Käfig aufsperrte. Ob sie durch ihren Tanz auch die Erinnerung an die Freundin wachruft? Die nüchterne Zärtlichkeit, die die Nachbarin ihr zukommen lässt, scheint sie jedenfalls zu schätzen – offensichtlich ist es ihr lieber, dass diese nicht alles, was sie, Kati, macht, wortreich kommentiert und mühsam zu entschlüsseln versucht. Vielleicht erinnert die Art, wie die Haushälterin sie auffordert, ihr in die Küche zu folgen, sie an Luis mit seiner kargen und ruhigen Freundlichkeit. In sein Schweigen schloss er sie stets mit ein, und wenn sie die Lust befiel, allein auf den Straßen herumzustreunen, respektierte er das und versuchte nicht, ihren Wagemut zu zähmen. Es scheint ihr zu gefallen, neben der Frau am Holzofen zu stehen und zu frühstücken. Dabei läuft jedes Mal das Radio. Den Rippenknochen, den die Frau ihr zuwirft, nimmt sie gerne an. Anschließend begleitet sie sie hinaus, wo die Frau das Schaf auf der Wiese anpflockt, die Hühner rauslässt, der Kuh Wasser bringt und die jungen Bäume gießt, die die Frau aus Bogotá ihr geschenkt hat. Danach folgt sie ihr auf dem gewundenen Pfad, der sich dem bergigen Gelände anpasst, zu dem anderen Haus. Dort verzehrt sie bereitwillig das Essen, das schon auf sie wartet, und lässt sich von der Herrin des Hauses, in dem sie eigentlich leben sollte, streicheln, ohne Anstalten zu machen, sich ihr zu entziehen. An den Mann im Tierheim hatte sie sich seinerzeit ja auch irgendwann gewöhnt.

Die Enttäuschung der Frau über Katis nächtliches Ausreißen ähnelt anfangs der, die sie verspürt, wenn sie einen glänzenden Stein aus einem Bach holt und dann erleben muss, wie dessen Pracht vergeht, sobald er an der Luft trocknet. Sie fragt sich, wie ihre Haushälterin es bloß anstellt, dass die Hündin die Nächte lieber bei ihr verbringt, und versucht, die Eifersucht zu unterdrücken, die sie deshalb empfindet. Die Angestellte hat ihr bereits erklärt, dass immer wieder Hunde und Katzen bei ihr Zuflucht gesucht haben, schon als sie ein kleines Kind war. Angeblich merken sie ihr an, dass sie jederzeit bereit ist, ihnen die Tür zu öffnen. Und sie hat erzählt, dass sie seit dem Tod von Nube – der Hündin, die ein Nachbar ihr vor zehn Jahren geschenkt hatte – das Gefühl hatte, dass sich früher oder später ein neuer Hund bei ihr einstellen werde. Dass ausgerechnet Lady dieses Tier sein würde, hätte sie allerdings nicht gedacht.

»Bei der Heiligen Jungfrau María, Doña Gloria, ich habe nichts getan, um sie anzulocken, das schwöre ich Ihnen.«

Die Hausherrin stört der Stolz, der bei diesen Worten rauszuhören ist, sie versucht aber, die Sache leicht zu nehmen.

»Keine Sorge, Teresita, ich habe mich schon daran gewöhnt, dass Lady ihren eigenen Willen hat. Sie ist wirklich unglaublich stur und macht bloß, wozu sie Lust hat, ja, verdammt. Aber wir haben sie trotzdem lieb, stimmt's? So oder so glaube ich, dass ihr inzwischen klar ist, dass das hier ihr neues Zuhause ist. Auch wenn sie die Nächte nicht im Haupthaus verbringt, denke ich nicht, dass sie fortläuft, meinen Sie nicht auch? Dann hat sie eben zwei Wohnsitze, was soll's, sie weiß auf jeden Fall, dass wir sie lieb haben, und darauf kommt es letztlich an.«

Obwohl sie sich manchmal fragt, was sie sonst noch tun könnte, damit die Hündin begreift, dass sie ihre Herrin ist (sie überlegt sogar, ob sie sie nachts anbinden soll, nach Rücksprache mit ihrer Nichte lässt sie den Plan jedoch fallen), muss sie zugeben, dass das Tier vitaler und leichtfüßiger wirkt, seit es die Nächte draußen verbringt. Es macht auch keinen so gequälten Eindruck mehr. Sie hört schließlich auf, nachts rauszugehen und auf die Hündin einzureden, sie solle doch bitte hierbleiben. Selbst wenn Kati den ganzen Sonntag vor dem Haus ihrer Angestellten wartet – die an diesem Tag immer ins Dorf hinuntergeht –, regt sie sich nicht auf. Nicht mehr darüber nachzudenken, was mit ihr los ist, nicht mehr zu betteln, dass sie eine brave Hündin sein möge, entlastet sie sehr. Zu begreifen, dass die Hündin nicht von ihr verlangt, ihre Herrin zu sein, und dass sie sie ihrerseits nicht davon überzeugen kann, lindert ihre anfängliche Angst, sich nicht angemessen um sie kümmern zu können. Die Entschlossenheit, die sie an den Tag legt, nach allem, was ihr widerfahren ist, macht ihr großen Eindruck. Die Selbstsicherheit, mit der sie zu ihren Erkundungstouren aufbricht. Manchmal sagt sie sich, dass sie gerne auch so wäre. Auch sie würde sich gerne nicht so sehr an alles klammern. Ohne diese typischen Menschenschmerzen auf der Erde umhergehen. Auf andere Art mit dem Verlassenwerden zurechtkommen.

Anfang April tauchen die ersten Gruppen von Zugvögeln am Himmel auf. Seit drei Monaten wandert Kati jetzt schon Tag für Tag zwischen den beiden Häusern hin und her und findet sich in dem dichten Wald, der die Hügel überzieht, immer besser zurecht. Vielleicht nimmt sie die aufgeregten Bewegungen der Vögel wahr. Ob die Welt anders riecht, wenn Unmengen von Vögeln über einen hinwegziehen und lauter winzige Teilchen, die sich in ihrem Gefieder festgesetzt haben, zu Boden schweben? Ob Kati etwas davon merkt und sich darüber wundert?

Als sie an einem Sonntagmorgen wie gewöhnlich vor der

Tür der Nachbarin liegt und auf deren Rückkehr aus dem Dorf wartet, hört sie plötzlich Männerstimmen aus dem Wald. Inzwischen kennt sie sich dort ziemlich gut aus, schließlich geht sie in dem Dickicht regelmäßig auf die Jagd nach Mäusen, Wieseln und Eichhörnchen. Auf fremde Menschen ist sie hier jedoch noch nie gestoßen, weshalb die Rufe, die vom Bach heraufdringen, sie womöglich überraschen. Gerade hat sich eine Wolke lustvoll auf die Bäume herabgesenkt und zwischen ihren Ästen festgesetzt. Durch den Nebelschleier kann Kati wahrscheinlich nicht allzu viel erkennen, umso deutlicher riecht sie wahrscheinlich aber den Schweiß der Männer, die unten in der Schlucht etwas aushecken.

Was sie nicht weiß, ist, dass sich unter den Wurzeln der dort wachsenden Bäume ein alter Indigenenfriedhof verbirgt. Die Haushälterin weiß das jedoch sehr wohl, immerhin hat sie ihr ganzes bisheriges Leben hier verbracht. Ihre Mutter, Großmutter und Urgroßmutter haben immer wieder von der kleinen Statuette erzählt, die ihnen ab und zu in der Schlucht erschien und sie auf die Gräber hinwies. Eine Statuette aus Gold – eine männliche Figur –, die im Wasser des Bachs glänzte, die sie aber aus Angst nie anzufassen wagten. Die Frau erinnert sich auch noch daran, dass während ihrer Kindheit mehrere Nachbarn beim Pflügen auf alte Töpfe stießen. Außerdem weiß sie, dass schon seit Langem an verschiedenen Stellen in der Umgebung immer wieder Leute auftauchen, die versuchen, die von den Bäumen bewachten Gräber zu plündern. Manchmal nehmen sie Dynamit zu Hilfe, um an die Gefäße, die Figuren aus bearbeitetem Metall, die Smaragde und das Gold zu gelangen, mit denen die einstigen Bewohner dieser Gegend beerdigt wurden. Die Mahnungen ihrer Urgroßmutter, unbedingt den Bergwald vor Eindringlingen zu schützen, die die Ruhe der Toten stören, hat sie nicht vergessen, ebenso wenig die Sorge ihrer Großmutter, nach ihrem

Tod könnten Menschen kommen und den Wald abholzen. Als sie ein Mädchen war, vertrieb ihre Mutter einmal mit dem Gewehr in der Hand mehrere Männer, die sich dort herumtrieben. Sie selbst streunte mit ihren Geschwistern zwischen den moosbewachsenen Felsen umher und versuchte, sich vorzustellen, wie das Leben der einstigen Bewohner gewesen sein mochte, stets in der Hoffnung, einen Smaragd zu finden, der sie alle reich machen würde. Einmal stieß sie auf einen mit Dynamit aufgesprengten Felsen und entdeckte unter den Trümmern einen rot gestreiften Topf, was sie aber niemandem erzählte. (Den Topf bewahrt sie bis heute im Küchenschrank auf.) Weder ihre Mutter noch ihre Großmutter konnten ihr jedoch die Frage beantworten, ob die hier beerdigten Indigenen dieselben waren, die einst von dem berühmten, nahe gelegenen Felsen in den Tod sprangen, bevor ihre spanischen Verfolger sie gefangen nehmen konnten. Wie sie sich auch nie Gedanken darüber gemacht hat, ob diese Leute ihre Vorfahren waren. Dass ihre Familie von woandersher stammen könnte, ist für sie allerdings genauso wenig vorstellbar.

Kati hat bei ihren Streifzügen womöglich auch schon den einen oder anderen dieser löchrig zerbrechlichen Menschenknochen entdeckt, die heute von Pilzen und Skorpionen besiedelt werden. Vielleicht ist sie imstande, sie aufgrund ihres Knochengeruchs von anderen Bewohnern jener unterirdischen Welt zu unterscheiden.

Auf die im Wald widerhallenden Rufe der Männer reagiert Kati mit wütendem Gebell und aggressivem Knurren. Aus der Ferne antwortet Ladrón, was ihrem Protest noch mehr Nachdruck verschafft. Offensichtlich möchte sie, mit gesträubtem Fell dastehend, herausfinden, wie weit ihre Macht in dieser Gegend reicht. In Bogotá überraschte sie des Öfteren Leute bei dem Versuch, Luis' Karren auszurauben, und es gelang ihr jedes Mal, sie mit der Kraft ihres Zorns zu vertreiben. Jetzt rennt sie los, in Richtung der weiterhin durch den Wald schallenden Rufe. Bis ein lauter Knall sie mitten im Lauf anhalten lässt. Ob sie sich an die Explosionen bei den Demonstrationen im Stadtzentrum erinnert, die ihr immer einen riesigen Schreck einjagten? Wie verrückt raste sie bei solchen Gelegenheiten davon und suchte vor Angst zitternd unter Luis' Karren Zuflucht. Diesmal nimmt sie jedoch nicht Reißaus. Im Gegenteil, sobald der Lärm verklungen ist und erneut die Stimmen zu hören sind, fängt sie nur umso heftiger an zu bellen – wenn man so will, ebenso heftig wie an dem Tag, als Luis verschleppt wurde. Seitdem hat sie erleben müssen, dass keins der Versprechen, die man ihr gemacht hat, eingelöst worden ist.

Schwer zu sagen, ob sie, ganz mit den unerwünschten Eindringlingen beschäftigt, mitbekommt, dass sich ringsum, von der Explosion aufgescheucht, zahlreiche Vögel in die Luft erheben:

Spechte

ein Haubenguan

Lerchen

Grünhäher

Kolibris

Stieglitze

Trupiale

Rotschwanz-Waldsänger

Gelbbrust-Buschammern

Trauertyrannen

Rotaugenvireos

ein kleiner Tukan

und der Scharlachkardinal. Manche von ihnen – diejenigen, die sich gerade darauf vorbereiten, viele Nächte lang Richtung Norden zu fliegen, in den dortigen Sommer – kennen derartige Explosionen, schließlich lassen es die Menschen überall knallen. Sie erschrecken deshalb aber nicht minder.

Wahrscheinlich sieht Kati den Scharlachkardinal nicht, der aufgeregt über sie hinwegfliegt. Er ist vorzeitig aus der Krone der Eiche vertrieben worden, in der er sich erst kurz davor niedergelassen hatte. Schon seit Tagen stopfte er sich unruhig mit Insekten und Samen voll, legte über der Brust ein neues Fettpolster an und warf die älteren Federn ab, um Platz für das neue rote Gefieder zu schaffen, alles als Vorbereitung für die nächste lange Reise in die Wälder des Nordens. Ein paar Tage müsste er eigentlich noch an Gewicht zulegen, bevor er sich auf das ihm bekannte kosmische Signal hin erneut auf den Weg macht. Womöglich ohne einander wahrzunehmen, halten die Hündin und der Vogel sich also gleichzeitig in diesem alten Wald auf, und beider Herzen schlagen nach der Explosion wie verrückt. Auch der Schreck darüber, schon wieder in einen Hinterhalt geraten zu sein, verbindet die zwei. Genau wie ihre angespannten Nerven, die sie ermuntern, durchzuhalten und Widerstand zu leisten.

Als Kati sich von der Verwirrung einigermaßen erholt zu haben scheint, fängt sie wieder an zu bellen. Ihren Geifer schleudert sie dabei wütend dem Halbdunkel des Waldes entgegen. Dann läuft sie los, zu dem Bach am Fuß des Abhangs, wo die hundertjährigen krumm gewachsenen Myrtenbäume stehen und der feuchte Dunst sich mit dem Rauch der Explosion mischt. Ohne sich um sie zu kümmern, hasten vier mit großen Taschen beladene Männer ihr entgegen. Sie werden von zahllosen Bienen verfolgt. Ebendiesen Schwarm hat die Frau erst vor Kurzem aus der Nähe von Bogotá hierher umgesiedelt. Vielleicht haben sie endgültig genug davon, immer wieder von anderen überlistet zu werden, und nutzen die Gelegenheit, um sich zu rächen.

Kati bleibt stehen und scheint zu überlegen, ob sie sich auf die vor den Stechtieren fliehenden Männer stürzen soll. Bis eine der Bienen ihr unversehens den Stachel in die Schnauze bohrt, während andere über ihren Rücken herfallen. Woraufhin sie sich heftig schüttelt, als könnte sie sich auf diese Weise von dem brennenden Schmerz befreien. Zuletzt scheint jedoch ihre Wut auf die davonrennenden Eindringlinge die Oberhand zu behalten, denn sie nimmt entschlossen deren Verfolgung auf. Mehrfach hält sie im Lauf inne, um sich den stechenden Wunden zuzuwenden, jedes Mal läuft sie aber weiter hinter den Männern her, die schließlich bei zwei am Straßenrand abgestellten Motorrädern ankommen. Vielleicht glaubt Kati, wie schon einmal in Bogotá, sie könne mit egal welchem Fahrzeug mithalten, ja, diesen beiden durch ihre Geschwindigkeit und ihr Bellen ihren Willen aufzwängen. Und so stürzt sie sich auf ein Bein eines der bereits auf einem der Motorräder sitzenden Männer und zerrt so heftig daran, dass das Fahrzeug fast in den Schlamm kippt. Als Kati sich daraufhin ein anderes Bein vornehmen will, trifft sie ein so energischer Fußtritt, dass sie im Straßengraben landet. Mit den Rippen prallt sie gegen einen großen Stein. Einen so durchdringenden Schmerz hat sie möglicherweise noch nie empfunden. Kaum hat sie sich halbwegs davon erholt und will sich erneut an die Verfolgung der Männer machen, drehen diese auf und rasen in uneinholbarem Tempo davon. Als wäre sie am Ende ihrer Kräfte, bleibt Kati schließlich inmitten einer großen Staubwolke stehen und wendet sich wieder den Bienenstichen zu, die womöglich noch stärker schmerzen als die übrigen Blessuren.

Von den Stichen schwillt Katis Schnauze an, und mehrere Tage machen ihr die Wunden am Bauch und an den Füßen zu schaffen. Mit der Zunge fährt sie immer wieder über die blutigen Krusten. Obwohl sie noch eine ganze Weile hinkt, gibt sie ihre nächtlichen Streifzüge keineswegs auf. Die beiden Frauen, die von dem Besuch der Grabräuber nichts mitbekommen haben, versorgen sie mit Salben und Kräuterauflagen, jede nach ihrer Art. Die eine fragt sich, ob die Hündin nicht doch davonlaufen oder sie jemand gewaltsam mitnehmen wollte, oder ob sie bloß irgendwo Streit gesucht hat. Die andere sagt sich, dass sie den Bienen beim Jagen in die Quere gekommen sein und sich anschließend auf der Flucht vor ihnen verletzt haben muss.

Viele Vögel kehren nach dem Verschwinden der Männer zurück – so einfach lassen sie sich nicht von ihrem Futterplatz vertreiben.

Bevor er tatsächlich zum Rückflug in seine andere Heimat aufbricht, verbringt der Scharlachkardinal noch mehrere Tage auf einem nahe gelegenen, seit Jahrhunderten von dichtem Wald überzogenen Berg, dessen gastfreundliche Bäume jederzeit bereit sind, Besucher in Empfang zu nehmen. Hemmungslos schlägt er sich den Bauch voll, bis ihm in der vierten Nacht der Sternenhimmel den Befehl zum Aufbruch erteilt, worüber seine Eingeweide womöglich Erleichterung empfinden.

Am nächsten Sonntagmorgen läuft Kati wieder mit der Haushälterin zum Haus der Chefin, die beschlossen hat, dass die Hündin nicht mehr allein zurückbleiben soll, wenn ihre Angestellte am freien Tag ins Dorf hinuntergeht. Kati entwischt allerdings bei der ersten Gelegenheit von dem Hof der Frau und legt sich wieder vor die Schwelle des anderen Hauses, das in der Nähe des Waldes mit den Gräbern und Bienen liegt. Inzwischen betrachtet sie den Hügel als ihr Herrschaftsgebiet, wo sich die Zugvögel nur zeitweilig, andere jedoch das ganze Jahr über aufhalten.

Vielleicht sieht sie sich seit dem Raubzug der Männer aufgerufen, den Wald und seine jahrhundertealten Gebeine zu verteidigen, deren Witterung sie inzwischen mühelos aufnimmt. Womöglich hat sich nach dem Einfall der Fremden ein neues Verbundenheitsgefühl in ihr ausgebildet. Vielleicht aber auch nicht. Wer weiß, ob sie sich nicht innerlich an Mona wendet, wenn sie zufrieden die hiesigen Wege entlangtrabt. Ob in ihr nicht immer noch die Sehnsucht nach ihrer Freundin bebt, wenn auch von Tag zu Tag schwächer.

Überall

acsieque auf der einen Seite und auf der anderen,
das heißt, hier und dort, überall
yquy zegucasuca l. yszeguscasuca eine Sprache in
eine andere übertragen, sie übersetzen
Gramática breve de la lengua Mosca, um 1612

Felipe sagt, die Grillen machen immer Radau,
hören nicht mal, wenn sie atmen, mit dem Zirpen auf,
damit man nicht die armen Seelen schreien hört,
die im Fegefeuer büßen. An dem Tag, an dem die
Grillen verschwinden, wird die Welt voll sein vom
Geschrei der büßenden Seelen, und wir alle laufen
vor Schreck davon.
JUAN RULFO, *Macario*

Das Wort muss die Welt zerlegen. Der Gesang der
schwarzen Enten auf den eisigen Seen in der Höhe,
die gespeist werden von geschmolzenem Schnee,
dieser Gesang hallt wider in den Felsen, stürzt sich
in Abgründe; er kriecht auf den Punas, tanzt mit
den Blüten der harten Gläser, die sich unter dem
ichu verbergen, stimmt's? (…) Das Wort ist genauer,
deshalb kann es verwirren. Der Gesang der Bergente
erklärt uns die Seele der Welt.
JOSÉ MARÍA ARGUEDAS,
Der Fuchs von oben und der Fuchs von unten

Zum einen, weil es der Wahrheit entspricht, und zum anderen, weil es die Regeln dieser bereits mit allem möglichen Schlingschlang, Blätterklimbim, Pflanzengeschnörkel und Zierkitsch überfrachteten Erzählung so verlangen, möchte ich hiermit sagen, dass der Fluss nicht weit war.

SEVERO SARDUY, *Kolibri*

siiiiiiir   siiiiiiir   siiiiiir   siiiiiir   siiiiiir

tiiturutiiiit tiiiturutiiiit

tiit tiiit tiiit tiiit   tiit tiiit tiiit tiiit

tuutuutituutiiiiiiiiiiiiii tuutuutituutiiiiiiiiiiiiii   tuutuutituutiiiiiiiiiiiiii

chchchchchchchchchchchchchchchchchchchch

tutitutrriiiiiiiiiiiiii tutitu

ffffffff ffffffffffffffff ffff ff   ffffff f ffff ffffffffffffffff ff f ffffffff ffff ff

tutui- tutui- tutui   tutui- tutui- tutui

tuti tutiii tutitutiiii

kiukiu-kiukiu kiukiu-kiukiu kiukiu-kiukiu   kiukiu-kiukiu kiukiu-kiukiu kiukiu-kiukiu

rrurru- rrurru rrurru- rrurru   rrurru- rrurru   rrurru- rrurru

ach würdest du doch noch leben ach hätten deine Auuuugen sich doch nie
geschlossen und ich könnte noch hineinseeeeeehen

trrrrrrrrrrrrrrrrrrrrrrrrrrrrrrrrrrrrrrrrrrrrrrr   trrrrrr

tuutuutituutiiiiiiiiiiiiii tuutuutituutiiiiiiiiiiiiii tuutuutituutiiiiiiiiiiiiii

gzzzzzzzzzzzzzzzzzzzzz

bouuuuf boouuuuuuf bouuuuuf grrrrrrrr   buuuuf booouuuuufff

aaaach würdest du doch   Lady, frühstücken! Hierher! Lass dir ja nicht einfallen,
in den Wald zu laufen, das gibt bloß Probleme!

Zitatnachweis

Emanuele Coccia wird zitiert nach: *Die Wurzeln der Welt*, Hanser Verlag, München 2018, übersetzt von Elsbeth Ranke.
Gabriela Mistral wird zitiert nach: *Gedichte,* Luchterhand Verlag, Darmstadt 1958, übersetzt und herausgegeben von Albert Theile, unter Mitwirkung von Heinz Müller und Gisela Pape.
Jacques Derrida wird zitiert nach: *Adieu. Nachruf auf Emmanuel Lévinas*, Hanser Verlag, München 1999, übersetzt von Reinold Werner.
José María Arguedas wird zitiert nach: *Der Fuchs von oben und der Fuchs von unten*, Wagenbach Verlag, Berlin 2019, übersetzt von Matthias Strobel.
José María Arguedas wird zitiert nach: *Die tiefen Flüsse*, Wagenbach Verlag, Berlin 2019, übersetzt von Suzanne Heintz. (Das Wort »Schmetterling« wurde hierbei mit »Kolibri« ersetzt.)
Juan Rulfo wird zitiert nach: *Unter einem ferneren Himmel. Gesammelte Werke*, Hanser Verlag, München 2021, übersetzt von Dagmar Ploetz.
Miguel de Cervantes wird zitiert nach: *Die Novellen*, Insel Verlag, Leipzig 1964, übersetzt von Konrad Thorer.
Nezahualcóyotl wird zitiert nach: *Nezahualcóyotl. Blumen und Gesänge*, Edition Scaneg, München 2005, übersetzt von Heiderose Hack-Bouillet.
Olga Tokarczuk wird zitiert nach: *Der Gesang der Fledermäuse*, Kampa Verlag, Zürich 2019, übersetzt von Doreen Daume.
Severo Sarduy wird zitiert nach: *Kolibri*, Edition diá, Berlin 1991, übersetzt von Thomas Brovot.

Alle weiteren Mottos wurden von Peter Kultzen ins Deutsche übertragen.

In die Natur mit dem Unionsverlag

Reginald Arkell *Pinnegars Garten*
Herbert Pinnegar, ein Findelkind, entdeckt schon früh seine Liebe zu den Blumen und fängt als junger Bursche an, im Garten von Lady Charteris Unkraut zu jäten. Als der altersgrantige Obergärtner abtritt, schlägt seine große Stunde: Er übernimmt das Gartenregiment und teilt sein Leben fortan mit Heckenrosen und Buschwinden.

Laurie Lee *Cider mit Rosie*
Laurie Lee erzählt von seinem weltabgeschiedenen, englischen Dorf, wo die Natur die Fantasie befeuert: blendendes Tageslicht, das die Kinder dazu verführt, sich streunend zu verlieren, die geräuschdurchwirkte Dunkelheit der Nacht, in die man sich besser nicht hinauswagt. Eine der schönsten Kindheitserinnerungen in der Literatur des 20. Jahrhunderts.

Francisco Coloane *Feuerland*
Schauplatz von Coloanes Werken ist die Südspitze des amerikanischen Kontinents – Feuerland, Patagonien, Kap Hoorn. In unvergesslichen Porträts skizziert er jene Goldsucher, Walfänger, Robbenjäger, verlorene Gauchos, gestrandete Matrosen, Aufständische und Desperados, die auf der Suche nach Glück und Reichtum durch die endlose Weite streifen.

Julia Blackburn *Des Kaisers letzte Insel*
Die faszinierede Geschichte der Insel Sankt Helena und ihres wohl legendärsten Bewohners – Napoleon Bonaparte, verbannt ans Ende der Welt. Doch selbst auf der kargen, sturmumtosten Insel können sich die Bewacher und der klägliche Rest eines Hofstaats der Aura des einstigen Herrschers nicht entziehen.

Mehr über alle Bücher und Autoren auf *www.unionsverlag.com*

In die Natur mit dem Unionsverlag

Tschingis Aitmatow *Der Richtplatz*
Wo immer der Mensch in das seit Urzeiten herrschende Gleichgewicht der Natur eingreift, wächst die Verwüstung des Lebens. Awdji Kallistratow, der ausgestoßene Priesterzögling und Gottsucher, kann sich mit der gleichgültig und selbstsüchtig gewordenen Welt nicht abfinden. Auf der Suche nach den Wurzeln der Kriminalität reist er in die Steppe Mujun-Kum.

Juri Rytchëu *Wenn die Wale fortziehen*
Nau ist die Urmutter des Menschengeschlechts. Aus Liebe zu ihr wird Rëu, der Wal, zum Menschen und zeugt mit ihr Waljunge und Menschenkinder. Diese poetische Schöpfungslegende der Tschuktschen von der ursprünglichen Gemeinschaft von Mensch und Wal, von der Einheit von Mensch und Natur, ist zugleich eine Vorahnung unserer Zeit.

Jørn Riel *Nicht alle Eisbären halten Winterschlaf*
In Nordostgrönland stranden die Männer, die die Nase voll haben von der Zivilisation. Mit Witz und Poesie erzählt Jørn Riel, wie man in diesem Land der atemberaubenden Naturschönheiten seinen ersten Eisbären fängt, in der Ödnis eine Funkstation errichtet, sich auf einem Eisberg durch die Fjorde treiben lässt oder sich eine Frau erträumt.

Jørn Riel *Die Grönland-Saga*
Eine Reise ins Herz der Arktis: die große Roman-Saga über die Geschichte Grönlands von der ersten Besiedelung bis zur jüngsten Vergangenheit. Jørn Riel erzählt vergnüglich, spannend und voller Wärme die Geschichten der Menschen, die sich in einer ebenso unwirklich schönen wie kargen Natur behaupten müssen.

Mehr über alle Bücher und Autoren auf *www.unionsverlag.com*

Patrícia Melo im Unionsverlag

Gestapelte Frauen
Eine Anwältin verfolgt die Aufklärung von Frauenmorden, doch Gerechtigkeit scheint unerreichbar.

Trügerisches Licht
Ein vielschichtiges Verwirrspiel in der grellen Scheinwelt zwischen Realität und Reality-TV.

Der Nachbar
Ein Nachbar, der das Leben zur Hölle macht, kann das Monster wecken, das in uns allen schlummert.

Leichendieb
Ein Drogenfund setzt eine rasante Abwärtsspirale in Gang. Ein atemloser Roman über das Böse in uns.

Die Stadt der Anderen
Patrícia Melo reißt uns mit in ein brodelndes São Paulo und fragt, was uns als Mensch ausmacht.

»Patrícia Melo gehört zu den ganz wichtigen Stimmen nicht nur der brasilianischen Literatur.« *Culturmag*

»Souverän beherrscht die Autorin die Klaviatur der literarischen Töne vom (dominierenden) lockeren, unterhaltsamen Erzählen über reportagehaftes Beschreiben, brutalen Realismus bis zu Poesie, Ironie und beißender Satire.« *BücherRezensionen*

Mehr über Autorin und Werk auf *www.unionsverlag.com*

Andrea Barrett im Unionsverlag

Die Reise der Narwhal
Der eigenbrötlerische Erasmus Wells ist Teil einer ehrgeizigen Arktisexpedition. Doch die großen Ziele rücken in immer weitere Ferne, als sich der krachende Winter um das Schiff schließt. Barrett erzählt vom Verstehen und Missverstehen einer anderen Kultur und nicht zuletzt von der Bedeutung der Frauen im Schatten der gefeierten Entdecker.

Die Luft zum Atmen
Im Sanatorium am nebelverhangenen Tamarack Lake, weitab von den Wirren des Ersten Weltkriegs, herrscht ein eintöniger Alltag. Bis ein Neuankömmling vorschlägt, sich gegenseitig zu unterrichten – und die Bewohner bald nicht nur die Welt Einsteins und Madame Curies erobern, sondern auch die verloren geglaubte Schönheit des Lebens wiederentdecken.

Schiffsfieber
Das heisere Gezänk nistender Möwen, Vögel ohne Füße und nachtschwarze Jaguare befeuern den Drang, forschend die Welt zu durchdringen. Doch ob Mendel oder Linné, immer wieder locken falsche Fährten, vergehen Chancen. Einfühlsam erzählt Barrett von revolutionären Erkenntnissen, brennenden Zweifeln und der Frage was bleibt, wenn es still wird.

»Barretts Fähigkeit, die tiefsten Geheimnisse des Universums mit so leichter Hand zu behandeln, ist ein Wunder für sich.«
The Washington Post

Mehr über Autorin und Werk auf *www.unionsverlag.com*

Michel Jean im Unionsverlag

Kukum
Als Almandas Blick auf den jungen Mann in dem Kanu fällt, beginnt für sie eine neue Zeitrechnung. Sie folgt dem ruhigen, freundlichen Thomas in ein neues Leben, zu seiner Familie und dem Volk der Innu. Geborgen in einer Gemeinschaft, die ganz zu der ihren wird, lernt sie zu jagen, zu lieben und zu überleben. Der Rhythmus des Waldes und die Wege des Flusses bestimmen die Schritte der Innu, doch nach und nach beanspruchen immer mehr Siedler das Land für sich. Die Sägewerke vernichten die Wälder, die Flößerei verstopft die Flüsse, und die Innu werden in eine Welt gezwungen, in der sie sich nicht zurechtfinden. Einfühlsam erzählt Michel Jean die Geschichte seiner eigenen Urgroßmutter, seiner Kukum, und die Geschichte der Ersten Völker, die in den offiziellen Berichten nicht vorkommt.

»Wir lauschen der Stimme dieser fast hundertjährigen Frau, als ob wir ebenfalls im Herzen des Waldes um ein Lagerfeuer sitzen.« *Un Dernier Livre*

»Anhand des Schicksals dieser starken, freiheitsliebenden Frau beschreibt Michel Jean auch das Ende der traditionellen Lebensweise der Nomadenvölker im Nordosten Amerikas.« *Falter*

»Ein überraschend warmer Roman. Er breitet sich zunächst aus wie die Tannenzweige im Zelt, die den weichen Boden zum Schlafen bilden. Michel Jean erzählt plastisch von der Schönheit und der Feindseligkeit der Natur.« *Kurier*

Mehr über Autor und Werk auf *www.unionsverlag.com*

Francisco Coloane im Unionsverlag

Feuerland
Schauplatz von Coloanes Werken ist die Südspitze des amerikanischen Kontinents – Feuerland, Patagonien, Kap Hoorn. In unvergesslichen Porträts skizziert er jene Goldsucher, Walfänger, Robbenjäger, verlorene Gauchos, gestrandete Matrosen, Aufständische und Desperados, die auf der Suche nach Glück und Reichtum durch die endlose Weite streifen.

Kap Hoorn
In diesen Erzählungen vor dem Hintergrund der trostlosesten und gleichzeitig großartigsten Landschaft im äußersten Süden Amerikas berichtet Coloane von Jägern und Seeleuten, Farmersfrauen und Verlierern, die es hierher verschlagen hat. Die Landschaft nimmt Gestalt an, ist Schauspielerin in einem Stück ohne Ende, das sich nie wiederholt, nie ermüdet.

Der letzte Schiffsjunge der Baquedano
Zu Anfang des 20. Jahrhunderts verlässt das Schulschiff der chilenischen Marine den Hafen von Talcahuano. An Bord ist ein blinder Passagier, der fünfzehnjährige Alejandro, der um jeden Preis Matrose werden will. Auf der Reise lernt er das harte Leben auf See und eine unbekannte Welt an der Südspitze der bewohnten Welt kennen.

»Geschichten, die von Gischt durchdrungen sind, die unsere Ruhe stören und die kristallenen Lüster an der Decke erzittern lassen.« *Luis Sepúlveda*

Alice Renard im Unionsverlag

Hunger und Zorn
Wenn die kleine Isor von ihren Streifzügen zurückkehrt, kann ihre Mutter nur erahnen, wo sie war. Mit den Fingern löst sie die Zöpfe der Tochter, findet Löwenzahnblüten, Grashalme, einen Käfer. Erzählen wird Isor nichts – denn Isor ist nicht wie andere Kinder. Sie spricht nicht, lernt nicht, lebt in stummen Gedanken und tobenden Wutausbrüchen. Gefangen in einer Realität, die nicht die ihre ist, treibt sie ihre Eltern in die Verzweiflung. Bis sie eines Tages auf Lucien von nebenan trifft, und in dem vorsichtigen, einsamen Alten eine verwandte Seele erkennt. Alice Renard erzählt von einem ungewöhnlichen Mädchen und einer ungleichen Freundschaft, vom Brodeln unter der Oberfläche, vom Mythos der Normalität und der Suche nach einer Welt, die groß genug ist für das Unerwartete.

»Ein unverzichtbarer, wunderschöner Roman über Freundschaft und Liebe, der mitten ins Herz trifft. Versprochen.« *France Info*

»Ein Buch wie ein Komet. Flüsternd und donnernd behauptet sich Alice Renard mit diesem fulminanten Roman im großen literarischen Konzert der Saison.« *Le Point*

»Alice Renard lässt ihre Sprache zerspringen, zerzaust sie, formt sie zu unermesslicher Poesie.« *Le Figaro*

»Alice Renard beeindruckt mit einem eindringlichen Roman, in dem ihr die Sprache zum Zauberstab wird, der das Unmögliche möglich macht.« *Le Monde*

Mehr über Autorin und Werk auf *www.unionsverlag.com*

Samar Yazbek im Unionsverlag

Wo der Wind wohnt
Ali liegt auf einem verlassenen Berggipfel auf dem Rücken und weiß, dass etwas nicht stimmt. Grelles Licht dringt durch seine Lider, und in seinem Körper pocht ein dumpfer Schmerz. Während er sich in die Geborgenheit eines nahen Baumes zu retten versucht, sieht er die verirrte Granate wieder vor sich, die seinen Militärposten getroffen hat. Doch jede Empfindung bringt eine weitere Erinnerung zurück: an das Spiel des Lichts in den Blättern seines Baumhauses, an das melodiöse Pfeifen der Bäume im Tal, an die Kraft der mütterlichen Hände und an den lockenden Wind, der ihm vom Fliegen erzählt. In wortmächtigen Szenen setzt Samar Yazbek der Sprachlosigkeit des Krieges die Kraft der Poesie entgegen und erschafft einen literarischen Rausch aus Güte, Grausamkeit und Sehnsucht.

Die Fremde im Spiegel
Hanan erwischt ihren Ehemann im Bett mit der jungen Dienerin Alia. Für ihn empfindet Hanan zwar nur Abscheu, mit Alia aber verbindet sie eine Liebesgeschichte. Voller Wut jagt sie sie davon, doch ihr Haus ist nun bestürzend leer. Auch Alia, das Mädchen mit seiner sonnenverbrannten Haut und den kohlefarbenen Augen, erinnert sich, während es durch die Gassen von Damaskus stolpert. An seine Kindheit, bevor es vom Vater an den wohlhabenden Haushalt verkauft wurde. Samar Yazbeks Roman basiert auf einem realen Skandal und handelt von Gewalt, Abhängigkeit und Herrschaft, wie sie das Leben vieler Frauen im modernen Syrien bestimmen.

»Samar Yazbek gelingt es, die syrische Realität zu vermitteln.«
Kif Kif

Mehr über Autorin und Werk auf *www.unionsverlag.com*